从乡土中走出的莫言

莫言步入斯德哥尔摩音乐大厅

图片来源：http://www.nobelprize.org/nobel_prizes/literature/laureates 2012/yan-photo.html.

莫言在韩国

图片来源:http://news.naver.com/main/read.nhn?m LSD&mid=sec&sid1=104&oid=001&aid=000

莫言与日本友人吉田富夫

莫言研究书系
总主编　张华

# Mo Yan and His Works in the Global Context:
## A Transcultural Perspective

# 莫言与世界：
## 跨文化视角下的解读

王俊菊　主编

山东大学出版社

# 《莫言研究书系》总序

◇张　华

我们谋划编辑出版《莫言研究书系》可谓由来已久。

早在1986年，创刊《青年思想家》杂志的时候，我们就注意到了当时的青年先锋作家莫言；1988年，由《青年思想家》杂志牵头，在莫言的故乡山东高密召开了全国首次莫言文学创作研讨会，会后出版了全国第一部《莫言研究资料》(山东大学出版社出版)；同时，莫言成了《青年思想家》的栋梁作者，他写故乡的许多短篇作品集中发表在《青年思想家》里。2000年后，莫言被聘为山东大学教授和研究生导师，更成了我们重要的教学科研合作导师……与莫言交往二十多年，可谓知根知底，友情笃厚，持续关注。我们一直想编辑出版一套莫言研究系列丛书。

近三十年来，海内外研究莫言的论文和专著众多，从表层到深层，从宏观到微观，从文学领域延伸至边缘学科，研究的视角不断拓展，研究的水平也不断提高。这些研究成果对莫言小说的创作主体、审美意识、主题内涵、艺术风格、人物形象与意象、语言特色等都有广泛的探索，在影响研究、比较研究、叙事学研究等领域也提出了诸多有价值、令人耳目一新的见解和观点。莫言是从山东高密走进他的文学世界的，他笔下的“高密东北乡”是一个“文学的幻境”，也是一个“中国的缩影”。他说：“我努力地要使那里的痛苦和欢乐，与全人类的痛苦和欢乐保持一致，我努力地要使我的高密东北乡的故事能够打动各个国家的读者，这将是我终生的奋斗目标。”(莫言《小说的气味》)因此，莫言是山东的，是中国的，也是世界的。莫言获得诺贝尔文学奖之后，国内外一股

"莫言热"正在持续升温。无论是大众读者还是研究者，都在以更大的热情和更新的眼光去欣赏、解读、探索莫言的文学世界。特别是在研究者中，将在已有研究基础上，出现更多更新的理论、方法、范畴和观点。无论是什么，有一点是可以肯定的，那就是以一种更加宏阔的"世界眼光"去审视、解读莫言的文学世界。

正是基于以上想法，我们现在推出这套《莫言研究书系》。这个书系的作者群，既邀请了莫言的家人和莫言的学生们加入，也有国内外重要的研究学者，这无疑拓宽了莫言研究的视界，丰富了第一手研究资料。我们希望面向大众读者和研究者两个群体，给他们提供各自或共同感兴趣的作家生活点滴和作品阐释。我们努力在本套书系的可读性和学术性之间找到某种恰当的结合点。

《莫言研究书系》是一个包容国内外研究莫言成果的集中地，是一个开放的书系。首先推出的第一批书是：《莫言研究三十年》(上、中、下三卷)、《莫言弟子说莫言》、《乡亲好友说莫言》、《莫言研究硕博论文选编》、《海外莫言研究》、《莫言与世界》6种。敬请方家指正。

本书系是个开放的书库，今后还将陆续推出莫言研究的其他成果，欢迎国内外学者加盟支持！

(张华，山东社会科学院党委书记、教授、博导，
原《青年思想家》杂志第一任社长)

# 中国的莫言　世界的莫言(代序)

◇王俊菊

近年来,随着莫言作品在国际上屡屡获奖,一些国家早在20世纪90年代就陆续出现了莫言热,但在国内的影响一定程度上却处于相对落寞的状态,形成了莫言研究“墙内开花墙外红”的现象。然而,随着莫言荣获2012年诺贝尔文学奖,举国上下立即刮起一股“莫言旋风”,掀起了关注莫言的狂潮,越来越多的人想了解莫言的其人其事、其眼中的世界、其作品的特点。更多的人想了解莫言现象背后的深层原因、西方人眼中的莫言形象、其作品在海外的传播和接受程度。因此,从跨文化的视角去解读莫言及其作品,了解莫言在世界文学中的位置,了解莫言作品所传达的中国文化在世界舞台上所扮演的角色,已成为眼下大众读者的实际需求,也是全方位解读莫言及其作品不可或缺的视角。

莫言是中国的,更是世界的。他用梦幻般的现实主义将民间传说、历史与当代融为一体。迄今为止,莫言的作品已被译成17种文字在海外出版发行,其传播范围集中在美、法、德、意、荷兰等西方国家和亚洲文化圈中的日、韩、越南等国。

在德国,从莫言获奖后德国媒体和知识界的反应、评论来看,莫言作品所代表的红高粱文化对日耳曼民族形成了一定的冲击力,反映了两种民族文化在文学观念、民族性格、哲学观念等诸多方面的不同和冲突,说明中国文化输出的“逆差”状况亟须消弭。

在法国,莫言作品在题材方面的强烈时代感或地域特色,其思想之大胆、情节之奇幻、人物之鬼魅、结构之新颖,都超出了法国乃至世界读者的阅读经验,这样的作品虽不会被广泛阅读,却会为刺激小说的生命力而持久地发挥效应。

在俄罗斯,莫言获得诺尔文学奖在文学传统深厚的俄罗斯引起轰动,俄罗斯各大主流媒体纷纷报道。但从报道中不难看出,莫言在俄罗斯的知名度远远不够,鲜见有其作品较为系统的介绍、翻译与出版。即便是作为同行的当代作家们，面对记者们的采访，也丝毫不掩饰对莫言的陌生感。可喜的是，《酒国》作为莫言登陆俄罗斯文坛的第一部长篇小说，几乎伴随着莫言获奖的消息翻译出版，《丰乳肥臀》也即将出版发行。

在日本，莫言获奖得到了日本媒体的持续关注，涉及了日本民众对莫言的印象、日本学者对莫言作品的评价以及莫言与日本的交往活动等方面的内容，传达了对莫言及其作品的积极评价。同时日本媒体也难掩失落之情，甚至从政治角度对此事进行了负面解读。但莫言作品的表现力、故事虚构性、内容丰富性等被大多数的日本读者所认可并给予高度评价，其作品在日本的大量翻译发行，不仅是中国文学力量的展示，更是中国式价值观的彰显与展示。

在韩国，莫言的主要作品都已被介绍到韩国，得到韩国读者的赞赏和喜爱。他们被莫言笔下栩栩如生的人物所吸引，被作品中揭示的复杂而深刻的人性所震撼，为莫言作品中呈现的多种新颖形式而倾倒，也加深了对中国历史与现实的了解。莫言荣获诺贝尔文学奖，也让韩国读者感到欢欣鼓舞，吸引着他们更加关注中国文学和中国文化，有可能成为扩大中国文化对韩输出的重要契机。

由此可见，东西方语境下对莫言作品的接受既有共同之处，亦有较大差异。一方面，莫言作品洋溢着的国际范儿令人无法小觑，说明文化可以超越国境，文学甚至可以超越政治。另一方面，也反映出中国当代文学在世界范围内的影响力和受关注程度等方面的局限性。

《莫言与世界——跨文化视角下的解读》一书，力求以学者的严谨和朴实的笔调，从不同视角（媒体、读者、译者、学者）介绍莫言及其作品在世界不同地区的传播与接受、译介与解读等情况，从跨文化的视角去审视莫言作品的民族性和世界性，剖析其超越国界、超越民族的文学血缘关系，进而为中国当代文学走向世界、中国文化走出去提供借鉴。

该书分为上、下两篇。上篇为“译介与接受：莫言及其作品的海外传播”，主要关注了莫言及其作品在海外的译介、传播和接受情况，以及莫言在朋友、译者心目中的形象，分析了其个人魅力与作品创作及译作之间的关系。下篇为“品析与比较：莫言作品的跨文化解读”，重点将莫言及其作品与英、美、德、俄等国的作家、作品进行了对比研究，从个人背景、主题选择、表现手法、文学流派等角度加以探讨。

本书是兼具学术品位和轻松风格的文化读物，适合社会各阶层人士，特别是媒介人员、文化产业管理者、学者、学生及教师等群体阅读。因时间仓促，不足之处在所难免，敬请专家学者和广大读者批评指正。

# 目　录

## 上　篇　译介与接受:莫言及作品的海外传播



## 下　篇　品析与比较:莫言作品的跨文化解读

# 上　篇

# 译介与接受:莫言及作品的海外传播

# 莫言在俄罗斯的译介与接受

◇李建刚　皮　野*

2012年10月11日，2012年度的诺贝尔文学奖揭晓，中国作家莫言获此殊荣。诺贝尔奖委员会称其"将魔幻现实主义融入了民间传说、历史与现实"。此消息一经传出，旋即在世界文坛掀起了一股"莫言风暴"。一时间，莫言成为新闻媒体中的"热词"，各种报道铺天盖地。在圆了国人几代作家的"诺奖梦"之余，莫言的冷静与清醒博得了世人的赞誉。在同样有着深厚文学传统的近邻俄罗斯，莫言的获奖及其作品在俄罗斯的译介传播状况如何呢？莫言与俄罗斯文学的关系怎样？我们想从一个侧面来考察莫言在国外的传播与研究。

## 一、俄罗斯国内对莫言获诺奖的新闻报道扫描

几乎在第一时间，俄罗斯各大主流媒体纷纷报道了莫言荣获诺贝尔文学奖的消息。"新闻俄罗斯网"(newsru.com)早在当日北京时间17点发布莫言获奖的消息，这比国内早了大约2个小时。该消息简单介绍了莫言的基本情况，指出莫言是作家笔名，即"沉默"之意，其真名管谟业。新闻还提到了莫言作品改编的电影《红高粱》在上世纪80年代获得国际大奖的情况。[①]

与我国媒体合作密切的"俄新社"(Риа-новости)比"新闻俄罗斯"迟发了2个小时，即在北京时间19点，这与国内外大部分新闻发稿时间差不多。在简短报道了莫言获得诺贝尔奖之后，还提到了其第一部俄译小说《酒国》不久即将在俄罗斯出版的事

* 李建刚：山东大学外国语学院副院长，俄语系副教授，博士。皮野：山东大学外国语学院俄语系副教授，博士。

① 参见俄罗斯新闻：《中国人莫言获诺贝尔文学奖》，http://www.newsru.co.il/world/11oct2012/nobel_lit_110.html.

情。[①] 两个小时后，该网站即发布了莫言的生平简介。

《消息报》(《Известия》)以《莫言获得诺贝尔文学奖》(《Нобелевскую премию по литературе получил Мо Янь》)为题，报道了莫言获奖的消息。新闻特别指出，莫言是战胜了博弈公司赔率最高的日本作家村上春树而获此殊荣。他们对莫言的获奖显然缺乏思想准备，只是泛泛地提到这是一位中国知名作家，其作品《红高粱》曾被拍成电影并获国际大奖，其最新的一部作品是仅用了 43 天写就的《生死疲劳》。[②]

"报纸网"(Газета. ру)的报道较其他媒体要翔实些，在题为《魔幻中隐含有暗示》(《Галлюцинации, да в них намёк》)的新闻稿中，既有莫言获奖的消息，也把莫言的生平与创作作了简单介绍。新闻提到了莫言的处女作《春雨夜霏霏》。非常有意思的是，记者与编辑可能都不太清楚莫言这部作品的情况，只好把它的英译名称"Falling Rain on a Spring Night"直接引用到新闻稿中。该消息还提到了根据莫言作品改编的电影《红高粱》和《幸福时光》、作家笔名的含义、2011 年莫言获茅盾奖的情况，最后还转载了莫言某次访谈的部分内容。[③]

俄罗斯官方新闻通讯社"俄通社一塔斯社"(ИТАР-ТАСС)以《中国作家莫言成为诺贝尔文学奖获得者》(《Лауреатом Нобелевской премии по литературе стал китайский писатель Мо Янь》)为题发了一条短讯，称该作家用"合乎魔幻的俏皮语言将历史、童话与现实结合在一起"。这条新闻非常有意思，它没有对作家莫言进行过多的介绍，而是对诺贝尔文学奖获得者的情况和评选程序作了梳理。新闻指出，莫言是第六位亚洲诺贝尔文学奖获得者，并对史上 100 多位获奖者的来源地、性别、书写语种等作了统计：欧洲最多(83 人)，澳洲最少(1 人)；男女比例为 94 : 11；英语作家最多(24 人)，其次是法语作家(13 人)、德语作家(11 人)、瑞典语作家(7 人)与俄语作家(5 人)。最后还对每年度诺贝尔文学奖候选人的推荐方法、评选程序、公布时间等作了详细介绍。[④]

"俄罗斯国家电视台文化频道"(《Новости культуры》)在莫言获奖当日的短短 4 个小时内连发了 5 条新闻[⑤]，对莫言的获奖及一系列介绍做得非常到位。除了莫言获奖的简讯外，有瑞典科学院常务秘书对莫言的短评，有中央电视台对作家王蒙的专访，有对莫言作品俄语译者叶果夫的短访等。这组报道从全方位来帮助俄罗斯民众认

① 参见俄新社：《中国作家莫言获诺贝尔文学奖》，http://ria. ru/culture/20121011/771769611. html.

② 参见《莫言获得诺贝尔文学奖》，http://izvestia. ru/news/537483.

③ 参见《魔幻中隐含有暗示》，http://www. gazeta. ru/culture/2012/10/11/a_4808641. shtml.

④ 参见俄通社一塔斯社：《中国作家莫言成为诺贝尔文学奖获得者》，http://tvkultura. ru/newstheme/show/newstheme_id/7.

⑤ 参见俄罗斯国家电视台：《2012 诺贝尔周》，http://www. itar一tass. com/c11/543242. html.

识莫言、了解莫言。

综观俄罗斯国内主流媒体对莫言获奖消息的报道不难看出，无论是俄罗斯新闻界，还是俄罗斯文化界，对莫言的了解很有限，更不用提普通读者大众了。由此，我们可以看出莫言作品在俄罗斯的译介相对滞后的现实。

## 二、俄罗斯国内莫言作品的翻译及出版现状

从上述新闻报道中不难看出，莫言在俄罗斯的知名度远远不够。在当代中国作家群中，他远不如年长自己的王蒙、冯骥才、刘心武等人，甚至比他年幼的余华等青年作家，也在俄罗斯有数部作品得以翻译出版。追溯一下莫言在俄罗斯的译介历史，此前鲜见较为系统的翻译与出版。随着网络和信息技术的发展，只在几个文学网站与个人博客中零星散见其个别作品的部分译文。

2007 是俄罗斯的"中国文化年"，由中国作协编辑并资助翻译的《中国当代小说选集》(三卷本)在俄罗斯出版，其中第三卷《红云》(《Багровое облако》，圣彼得堡哈尔维斯特出版社 2007 年版)中收录了由德米特里·马雅茨基(Дмитрий Маяцкий)翻译的莫言短篇小说《姑妈的宝刀》(《Тетушкин чудо-нож》)。这应该是莫言作品在俄罗斯正式出版的第一篇完整译本作品。2007 年第 4 期的《花花公子》(《Playboy》)杂志曾刊载了由专事莫言作品俄译工作的伊戈尔·叶果罗夫(Игорь Егоров)翻译的《酒国》(《Страна вина》)片段。2012 年初的《孔子学院》杂志也曾刊登过《酒国》的部分译稿片段。①

在此，不得不提这位专事莫言作品俄译工作的伊戈尔·叶果罗夫先生。这位彼得堡汉学家汉语功底深厚，自 20 世纪 80 年代开始即关注莫言，是莫言通往俄罗斯文学市场的桥梁与纽带。叶果罗夫先生还给自己取了个汉语名字，省略了中间一个字，叫叶果夫。由他翻译的《酒国》已由阿穆弗拉出版社在 2012 年 10 月出版。② 这家意为"双耳瓶"的出版社很有远见，2006 年，他们果断买下土耳其作家奥尔罕·帕慕克的俄译版权，这位作家当年即获得了诺贝尔文学奖。孰料，这一幕在去年重演：他们在 2012 年只买下了莫言一位作家的版权，年底，莫言便获得了诺贝尔奖。在推出《酒国》之后，该出版社立即与叶果夫谈妥了下一部书的出版计划，确定在 2012 年底推出《丰乳肥臀》(《Большая грудь，широкий зад》)。不知何故，该书在 2012 年底未能如期发

---

① 参见[俄]伊·叶果夫：《鹤立鸡群的莫言》，http://www.fontanka.ru/2012/10/15/154/.

② Мо Янь. Страна вина. пер. с китайского，примечания И. А. Егорова. - Спб.：Амфора. ТИД Амфора，2012. - 446 с.

行面市。估计不会拖很久，俄罗斯读者就能读到莫言的第二部长篇小说。

鉴于莫言作品在俄罗斯文化市场译介的现实，我们不难猜出，俄罗斯国内对莫言相当陌生。即便是作为同行的俄罗斯当代作家们，面对记者们的采访，也丝毫不掩饰对新晋诺贝尔奖得主的陌生感。近几年活跃在俄罗斯文坛的年轻畅销作家扎哈尔·普里列平(Захар Прилепин)没有正面评价莫言获奖的意义，他认为诺奖对世界文学的影响毋庸置疑，只是担心"评价标准似乎有些偏差"，并为当代俄罗斯作家未被认可鸣不平。亚历山大·普罗汉诺夫(Александр Проханов)则相对中肯些，他承认对莫言的作品不熟，但他对整个中国文坛现状大加赞赏。他认为，"中国经济的崛起推动中国的文化建设"，其模式即是"共产主义意识形态与儒学传统的结合"，中国文学得到国际认可恰恰说明这一点。伊戈尔·古别尔曼(Игорь Губерман)则说，2012 年的诺贝尔文学奖候选人他只认识村上春树，要是让他来推荐候选人的话，他就推俄罗斯当代作家维克多·佩列文(Виктор Пелевин)。佩列文是近二十年活跃在俄罗斯文坛的著名后现代作家，其创作在某些方面与莫言有几分相似。阿纳托利·涅曼(Анатолий Неман)话中有话："我是因为诺贝尔奖才听说莫言这个名字的。……之前选出来的都是一些如雷贯耳的大家，像福克纳、马尔克斯、布罗茨基等。他们之后我就没有再记住一个能震撼地球的人来。"①

这几位作家颇有几分自负，甚至有些酸葡萄的意味，可以认为不具有广泛代表性。不过，他们的话在一定程度上却反映了这样一个事实：我国当代文学走向世界的步伐存在很大问题，不知是宣传问题还是什么其他问题。由于译介工作和广告宣传工作的滞后，莫言在俄罗斯的接受与研究还需等待一段时日。根据我们对俄罗斯人性格与做事方式的了解，他们一般不会急功近利地去做一件事，任何事都会按部就班进行。

## 三、俄罗斯国内对莫言的评介与研究

俄罗斯对莫言的研究兴趣自 2012 年诺贝尔奖揭晓之日便开始升温。如果说，开始阶段仅仅是出于好奇，那么，有限的译介作品成了妨碍俄罗斯研究者全面了解和研究莫言的巨大障碍。截至目前，对莫言的研究称得上有发言权的莫过于其作品的俄译者叶果夫先生。

"新闻调查通讯社"(АЖУР)记者曾于 2012 年夏对叶果夫先生作过一个专访，当时未引起多大反响。待到莫言获诺奖的消息传来，他们又重新对叶果夫作了更深入的专访，冠以《伊戈尔·叶果夫：鹤立鸡群的莫言》(《Игорь Егоров: Мо Янь – как

① ［俄］费·拉平：《意想不到的莫言》，http://polit.ru/article/2012/10/11/nobel-prize-books/.

журавль в стае уток》)[①]刊发。

面对外界质疑莫言批判性不够的问题，叶果夫提出了自己的观点，他认为莫言“既不是一个持不同政见者，也不是一个忠诚的共产主义者”。尽管莫言身居中国作家协会副主席的“高职”，但叶果夫认为，这“仅仅是个荣誉”，不代表莫言是国家工作人员。同时，他指出，莫言的作品在国内“多次被禁”，这也在一定程度上说明了莫言作品的“批判立场”。叶果夫认为，莫言“信奉他自己的真理”，那就是“对他的国家和人民的爱，对他所从事的事业的爱”。

叶果夫对我国现当代社会和文学的发展相当了解。他认为，中国改革开放三十年来，“文学的发展也令人瞩目，取得了巨大成就”，莫言代表了一代作家群，他是这些作家群中的佼佼者，宛若“鹤立鸡群”。叶果夫还向俄罗斯读者推荐了苏童、毕飞宇和余华几位作家，认为这几位作家同样“值得关注”，很有必要译介到俄罗斯。

叶果夫对莫言的创作特色和创作手法有其独到的见解，针对诺贝尔获奖词中的“魔幻现实主义”的说法，他谈了自己的观点：与广泛认可的观点不同，马尔克斯、福克纳、卡夫卡三人都对莫言的创作产生过一定的影响；马尔克斯帮助莫言插上了“自由想象力的翅膀”，莫言把“魔幻现实主义”加入“不同寻常的成分，构成一幅现实主义的世界图景”；福克纳和莫言的最大相似之处都根植于自己的“故土”；莫言与卡夫卡相系于一体的是其作品“深刻的心理主义”。下面这段与记者的对话恰恰表明了叶果夫对莫言创作风格的准确评价：

— 总之，我不想拿他（莫言）跟任何人比较。他不是卡夫卡，也不是福克纳，更不是马尔克斯。他就是他——莫言。

— 这样说来，他信奉的是哪一种创作手法呢？

— 现实主义。

— 魔幻现实主义？

— 莫言现实主义。[②]

叶果夫回答得非常精彩。他对莫言的观察视角也很独特，在评判其创作手法和特色上见解深邃，颇有新意。无独有偶，在瑞典科学院所作《讲故事的人》的报告中，莫言曾有这样一段话：

在创建我的文学领地“高密东北乡”的过程中，美国的威廉·福克纳和哥伦比亚的加西亚·马尔克斯给了我重要启发。我对他们的阅读并不认真，但他们开天

---

① ［俄］伊·叶果夫：《鹤立鸡群的莫言》，http://www.fontanka.ru/2012/10/15/154/.

② ［俄］伊·叶果夫：《鹤立鸡群的莫言》，http://www.fontanka.ru/2012/10/15/154/.

辟地的豪迈精神激励了我，使我明白了一个作家必须要有一块属于自己的地方。一个人在日常生活中应该谦卑退让，但在文学创作中，必须颐指气使，独断专行。我追随在这两位大师身后两年，即意识到，必须尽快地逃离他们。我在一篇文章中写道：他们是两座灼热的火炉，而我是冰块，如果离他们太近，会被他们蒸发掉。根据我的体会，一个作家之所以会受到某一位作家的影响，其根本是因为影响者和被影响者灵魂深处的相似之处。正所谓"心有灵犀一点通"。[①]

这段文字清楚地表明了作家自己的立场，其中恰恰体现了"学我者生，似我者死"的道理。

应记者的请求，叶果夫还对迄今为止仅有的两位汉语诺贝尔文学奖得主作了一番比较。他认为，尽管莫言与高行健都来自于中国，但两人有很大的不同。莫言是一位"人民作家"，"他不需要走入人民中间去了解人民"；高行健则来自于"知识阶层"。高在法国上过学，对法语稔熟，"深受欧洲文学传统的影响"。他的戏剧跟"荒诞派文学"颇为接近，这不是中国文学的传统。莫言则不同，他是一位"地地道道的中国作家"。他拥有任何一个中国人身上"所固有的特征，这些特征恰恰是不熟悉中国的人经常理解不了的"。

叶果夫还对莫言在俄罗斯的"冷遇"提出了自己的看法，他认为是俄罗斯人对当代中国文学的"误读"造成的，他们总认为当代中国产生不了大作家。因此，不但莫言的著作在俄罗斯译介得不够，很多中国知名作家都缺乏应有的关注和译介。他拿法国的例子来说明此事，在法国有三家出版社"专门出版中国文学作品"。

最后，叶果夫还谈到了莫言与俄罗斯文学的关系。他认为，俄罗斯会接受莫言的，莫言获得诺贝尔奖定会推动其作品在俄罗斯的译介与研究，"莫言热"在俄罗斯一定会到来，因为莫言"是一位世界级的作家"，他"热爱生活，具有崇高的人文精神"，他"崇尚光明、善良、真理和爱"。

叶果夫对莫言创作的评价和解读的确有其独到之处。在另一次采访中，他向记者也表达了类似的观点。

从某种意义上说，在中国当代作家中，莫言独树一帜。他的11部长篇小说是对自三十多年前掀开了发展新篇章的中国文学的巨大贡献。莫言的作品博大精深。当然，对那些不了解中国文化和中国文学传统的人来说，理解其作品非常困

① 莫言：《讲故事的人》，http://www.chinanews.com/cul/2012/12-08/4392599.shtml.

难，但我相信，将来会有人读他的作品，他也一定会得到当之无愧的评价的。[①]

在这次专访中，叶果夫对诺贝尔授奖词中"魔幻现实主义"的提法再次提出了质疑。他认为，这个词会令读者"误读"莫言。他宁愿用"令人震撼的"、"难以想象的"等词来修饰莫言的现实主义。在他看来，莫言作品中的现实主义"有时候甚至超越了中国文学传统的自然主义"。叶果夫认为，莫言的现实主义在很大程度上根植于"中国古典主义文学传统"，比如"《水浒传》、《红楼梦》、《西游记》等"。作家描绘的"与其说是国家的成就，不如说是人民的命运"。在莫言作品中，我们读到的是"欧洲作家根本不习惯描写的东西"。他写的是"残酷的现实"：

> 莫言的残酷的现实表现在，他完全不偏不倚地讲述他的国家和人民。说实话，他的许多作品其实是对当前民风极其辛辣的讽刺。莫言描写的是普通大众的自我感觉和感受。从这个角度看，他是一位最伟大的人道主义者。[②]

前文提到的俄罗斯国家电视台"文化频道"所作的系列报道中，有对叶果夫的简短采访。他对莫言有如下的评价：

> 他是中国人民的灵魂。他非常有天赋，他的天才是全方位的。他的作品堪称中国人民苦难历程的历史画卷，其中包含了所有的民族特征、一切变化以及一切苦痛。[③]

著名文学评论家瓦列里·邦达连科（Валерий Бондаренко）在读了《酒国》后，发表了一个题为《酒与烤婴孩的国度》（《Страна вина и жаренных младенцев》）[④]的书评。他在阅读《酒国》的过程中，"一而再、再而三地联想起佩列文，特别是索罗金（В. Сорокин）"。他感觉"俄罗斯人与中国人的确非常接近"，特别是在"后社会主义时代，我们的迷茫与顿悟这方面"更是如此。他最终总结道："这部作品是对人类整个灵敏感官文明的极大讽刺。"

邦达连科的这种感觉很正常，佩列文和索罗金都是活跃在当今俄罗斯文坛的优秀作家代表，他们的创作跟莫言有很多契合和灵犀相通之处。可以设想，在不久的将来，

---

① [俄]娜·米哈伊洛娃：《莫言——一个不怕讲真话的作家》，http://ru.gbtimes.com/kultura/literatura/mo-yan-pisatel-kotoryy-ne-boitsya-govorit-pravdu.

② [俄]娜·米哈伊洛娃：《莫言——一个不怕讲真话的作家》，http://ru.gbtimes.com/kultura/literatura/mo-yan-pisatel-kotoryy-ne-boitsya-govorit-pravdu.

③ 俄罗斯国家电视台：《伊戈尔·叶果夫谈莫言获诺贝尔文学奖》，hthttp://tvkultura.ru/article/show/article_id/256.

④ [俄]瓦·邦达连科：《酒与烤婴孩的国度》，http://www.library.ru/2/liki/sections.php? a_uid=186.

等更多莫言的作品译介到俄罗斯之后，莫言与这两位作家，甚至其他当代俄罗斯作家的比较研究很快会出现。这在有着浓厚文学文化底蕴的国度一点儿也不奇怪。

阅读莫言，想起佩列文的不止邦达连科一人，有一位读者在网上表达了同样的想法。这位名叫米哈伊尔·维泽尔（Михаил Визель）的作者在“休闲莫斯科网”（timeout.ru）上发了一篇针对《酒国》的书评。作者特别推崇书中“混乱不可避免痔疮不可避免，只有神圣的谜底永存”这句话。他认为：“佩列文可能也有很多类似的颇具中国风格的格言，但这句话不是，它是地地道道的中国格言。”[①]

随着《酒国》在俄罗斯面世，读者中有很多“民间高手”对这部作品进行了解读尝试与研究探索，正是得益于如今互联网技术的发展，我们有幸在第一时间收集到来自异域的、不同文化背景的读者对该作品的回应。

一位名叫弗拉基米尔·克拉斯诺斯洛鲍采夫（Владимир Краснослободцев）的读者在其博客中第五次尝试撰写关于《酒国》的评论。该博友从《酒国》的结构到小说的叙事，甚至连小说的语言特色都进行了可能的解读与分析，其观点不乏新意：“此类书以前从未见到过。它在各个方面都不同寻常。”它的结构“新颖”，“叙事精准”，“寓意深刻”。作者特别提到，书中引用了大量古今中外的名人名言，其中也包括俄罗斯历史上的人物，如“高尔基、契诃夫、斯大林、列宁、米丘林”等。作者感叹道：“世界上还有哪个国家能拥有如此丰厚的民族文学遗产？俄罗斯的历史最多不过18个世纪。”总之，这是一部“非同寻常的书”，它讲述了“在消费社会发展阶段中国社会虚实的生活”[②]。

类似的读者评论还可以在互联网上找到不少，限于篇幅，不再一一赘述。这些所谓的书评，从严格意义上讲还不算是研究，只能算是对莫言作品的读后感和心得体会。搜遍俄罗斯各大文学网站，各种文学期刊杂志，对莫言的研究仅限于此。

在诸多采访评论中，我们也发现了部分中国作家、学者的声音，这也许有助于俄罗斯读者间接认识这位诺贝尔文学奖得主。

前文提到过的俄罗斯国家电视台“文化频道”曾转发了中央电视台对作家王蒙的采访。王蒙认为，莫言获诺贝尔奖“实至名归”，“西方很多作家都非常熟悉莫言”。莫言获奖证明了一点，“中国当代作家们，包括中国当代文学，已经开始越来越引起世界的关注”。[③]

“俄罗斯新闻带”网站（Лента.ру）在宣布莫言获奖的次日即刊发了对北京师范大

---

① ［俄］米·维泽尔：《酒国》，http://www.timeout.ru/books/event/284128/.

② Блог Владимира Краснослободцева, http://mingitau.livejournal.com/.

③ 俄罗斯国家电视台：《作家王蒙：很多外国作家高度评价莫言的创作》，http://tvkultura.ru/article/show/article_id/296.

学文学院教授、俄罗斯文学研究专家李正荣教授的专访。李教授把莫言的获奖看作是“世界对中文写作的认可和接受”。他列举了之前曾进入诺贝尔文学奖候选名单的几位前辈作家，如“沈从文、老舍、林语堂、巴金”等，他们都曾与诺奖一步之遥，但都遗憾地擦肩而过。谈到莫言的创作风格，李正荣教授认为，莫言早期“学习借鉴了福克纳、马尔克斯”等的创作手法，但他的创作手法还有一个来源——“那就是苏联文学”。“《红高粱》中的家族传承与《静静的顿河》中的麦列霍夫家族有异曲同工之妙”。李教授也不认同莫言创作的“魔化现实主义”说法。他认为，莫言的现实主义“不同于拉丁美洲作家们的魔幻现实主义”，他作品中的世界是“臆想出来”的；莫言作品中的“现实”不同于“历史”，莫言小说中的“高密东北乡”也有别于现实生活，是他“想象出来的时空”。[①]

《文学报》(《Литературная газета》)2013 年第 1 期刊发了中国社会科学院外国文学研究所研究员、中国俄罗斯文学研究会会长刘文飞先生的文章——《莫言：游走于中心与边缘之间》(《Мо Янь: между центром и краем》)[②]，对莫言的创作进行了较为细致的解读与评述。

刘文飞研究员认为，莫言“是作为‘寻根文学’作家一员开始其文学创作道路的，在其早期的中短篇小说中，作家表达了对中国农村传统生活方式的怀念之情”。在谈到西方媒体对莫言身份与诺奖标准的质疑问题时，刘文飞研究员指出，莫言的意义和价值更多体现在他的“策略”上，他总是“处于中心与边缘之间”：尽管他有很多头衔，但他“在自己的创作中又是一位有良心的知识分子，一位有自由主义色彩的社会活动家”；“莫言似乎总是很清楚，批评界的边缘与界限在何处”，他非常清楚什么时候“可以大胆直抒己见”，什么时候则行使其“莫言”的权利。

在谈到莫言与中外创作传统的关系问题时，刘文飞研究员指出，莫言根植于乡土的情节与马尔克斯、福克纳、肖洛霍夫等大家相似，莫言的“高密东北乡”就像“马尔克斯的‘马孔多’(阿拉卡塔卡)、福克纳的约克纳帕塔法(奥克斯福)，以及肖洛霍夫的维约申斯卡亚”。同时，莫言又汲取了中国文学传统的丰富营养，他是“其老乡、伟大中国作家蒲松龄的忠实弟子”。正如一位中国评论家所言，莫言的《生死疲劳》是“向中国民间叙事的伟大传统致敬的巨著”；其超现实主义力作《酒国》是对中国餐饮与鲁迅当年批判的“吃人”文化的极大嘲讽。

刘文飞研究员最后总结，莫言获得诺贝尔文学奖，没有像苏联时期帕斯捷尔纳克、肖洛霍夫、索尔仁尼琴等人当年获诺奖后引起巨大波澜与震荡，这一方面反映了“东西

① 俄罗斯新闻：《谦逊地与党打交道》，http://pda.lenta.ru/articles/2012/10/12/moyan1/.

② 刘文飞：《莫言：游走于中心与边缘之间》，http://www.lgz.ru/article/20677/.

方的政治家们变得越来越成熟”，另一方面也证明了“莫言是一位充满智慧的作家”，在“城市与乡村、政治与文学、中国文学与外国文学、传统与当代”之间，他“所持的立场非常具有教益与象征意义”，“聪明的莫言完全可以成为中国当代作家的表率”。

## 四、莫言在俄罗斯的译介与研究前瞻

从以上我们所掌握的俄罗斯国内莫言的译介和研究现状看，中国当代文学在俄罗斯的影响力和受关注程度非常有限。莫言获得诺贝尔文学奖，必定在俄罗斯掀起一股“莫言热”甚至“中国文学热”。我们知道，俄罗斯有着深厚的文学传统。20 世纪，先后有五位俄语作家获得过诺贝尔文学奖，他们分别是布宁（1933）、帕斯捷尔纳克（1958）、肖洛霍夫（1965）、索尔仁尼琴（1970）和布罗茨基（1987），俄罗斯作家最近一次获诺贝尔奖已经过去 25 年。此次中国作家莫言的获奖必定会激起俄罗斯当代作家们的激情与斗志，同时，俄罗斯的文学研究者也一定对莫言充满了研究的好奇与兴趣。相信随着莫言作品的大量译介，俄罗斯的“莫言研究热”很快会到来。

刘文飞研究员在一次访谈中曾作过这样的评述：

> 如果没有莫言获奖，中国当代文学在俄罗斯几乎是没有影响的。这不单是翻译成外语的作品少的问题。并不是因为中国是一个大国，就会有很多人来关注这个国家的人们是怎样生活的。无论从文学、政治还是经济角度，他们更加关注美英德法这些国家。这是一种定式，很难改变。因而从这个意义上讲，莫言获奖是件很好的事情。这对于宣传中国文学甚至宣传中国人都是很有好处的。现在俄罗斯人和世界其他国家的人们一样，正在加班加点地翻译莫言的作品。[①]

可以肯定的是，莫言的第二部俄译小说《丰乳肥臀》今年一定会上架，各家出版社估计都在忙着组织专家谈版权，着手翻译工作。

中俄两国的文学交往历史也是促成俄罗斯莫言研究热的另一个原因。我们知道，自 20 世纪三四十年代起，中国文学深受俄罗斯文学特别是苏联文学的深刻影响。作为 50 年代出生的那一代作家，莫言对俄罗斯文学特别是苏联时期文学非常熟识，且充满感情。2010 年春节前夕，叶果夫曾对莫言做过一次专访，在那次专访中，莫言直言不讳地表达了对俄罗斯文学的喜爱及其对自己文学创作的影响：

> 我最早接触的外国文学就是俄罗斯文学。我在童年时便读过我哥哥小学课本里普希金的童话诗《渔夫和金鱼的故事》。后来我还读过高尔基的《童年》、《我

① 刘文飞：《莫言和肖洛霍夫的可比性》，http://www.guancha.cn/culture/2012-10-26-106108.shtml.

的大学》，当然，就像那个年代所有的年轻人一样，我还读过《钢铁是怎样炼成的》。我最喜欢的俄罗斯作家是肖洛霍夫，他的《静静的顿河》对我的创作产生过重大影响。[①]

谈到俄罗斯出版的第一部译著《酒国》是否能被俄罗斯读者所接受时，莫言提到了20世纪俄罗斯作家布尔加科夫的《大师与玛格丽特》。他说："俄罗斯读者对布尔加科夫的《大师与玛格丽特》非常喜欢，我有理由相信，他们一定也会接受我的《酒国》的。"在那次访谈中，莫言还指出了"列夫·托尔斯泰与屠格涅夫对其创作的影响"。

记得"新闻俄罗斯网"在报道莫言获得诺贝尔文学奖时，曾提到过肖洛霍夫，认为两位作家有很多相似之处；前文提到的邦达连科的评论中，评论家提到了佩列文与索罗金；还有一份报道曾指出，莫言早期作品中的"乡土情结"令人会想到拉斯普京与比洛夫……

我们不再一一列举，俄罗斯未来的"莫言研究"可能会包括以下几个方面：莫言与俄罗斯文学传统关系研究，莫言与俄罗斯作家比较研究（肖洛霍夫，布尔加科夫，佩列文，索罗金，拉斯普京，比洛夫等），莫言与俄罗斯"乡村文学"比较研究，莫言作品与俄罗斯某作家某作品比较研究，莫言作品中的文化解读……

莫言在一次访谈中曾提到，《生死疲劳》这个书名令各国的翻译家绞尽脑汁。我们在俄罗斯网站上查到了几个不同的译法。从翻译研究角度，很值得去关注与思考，毕竟好的作品需要好的译者。直接音译的没有什么技术含量，暂且抛开不提。其中一种译法为《Усталость от жизни и смерти》（《来自生与死的疲劳》），另一种译法为《Жизнь и смерть изматывают меня》（《生与死令我疲劳》），第三种译法为《Колесо жизни и смерти》（《生与死的轮子》，意即"轮回"）。如果单从字面意思看，第一种译法最忠实于题目的表面意思，但如果从作品内容看，似乎第三个译法更恰当。从这个角度看，莫言作品的翻译问题也许会成为未来俄罗斯学界探讨的一个热点话题。

尽管俄罗斯目前的莫言研究还相对滞后，但我们相信，随着莫言大量作品在俄罗斯的译介与传播，俄罗斯的"莫言研究热"很快便会到来，我们期待着。

---

① [俄]伊·叶果夫：《"东半球"对莫言的专访》，http://polusharie.com/index.php?topic=50304.msg934362#msg934362.

# 红高粱文化对日耳曼民族的冲击

◇包汉毅*

“莫言”这一名字的本意是“不说”，但时至2012年岁末，全中国乃至全球的人都在说着它。这位中国籍的第一位诺贝尔文学奖获得者来自中国山东的高密县，那里以高粱为主要的农作物之一。20世纪80年代以来，这一作物和这一地区因莫言的小说《红高粱》及其同名电影而蜚声中国以至全球。实至名才归，莫言的奇幻多姿而又深沉厚重的文学创作正是基于高密东北乡厚重的乡土文化之上，在他的笔下形成了一个“类似福克纳的约克纳帕塔法镇这样的文学地理世界”。而且，“高密县东北乡实际上应该是中国乡土社会的一个缩影……里面写的人物、写的事件，有很多来自四面八方、天南海北，包括……小说里面描述的风景”[①]。无疑，莫言的作品具备了中国(乡土)文化的代表性。由于《红高粱》的知名度，本文将莫言作品所体现的中国(乡土)文化称为“红高粱文化”。

莫言获得2012年的诺贝尔文学奖，在全世界范围内造成了不小的轰动，可谓“投石惊破水中天”。这片被惊动的水域就包含有日耳曼民族的德国。德国位于欧洲的中央位置，是西方文明、基督教文化的典型代表。莫言的获奖在德国引发起热议，是毫不奇怪的。因为中德两国在地理上相隔遥远，历史上(19世纪以前)的文化交流极微；即使到了近现代，与政治、经济领域相比，两国在文学、文化范围内的交流亦是如同米粒之珠。由此，于德国大众而言，独特的中国(乡土)文化是陌生、奇特乃至异端的。德国著名文学专栏作家、评论家Iris Radisch在副标题为“Die Romane des chinesischen Literaturnobelpreisträgers Mo Yan sind grossartig und befremdend”(“中国诺贝尔文学奖获得者莫言的小说是伟大和陌生的”[②])的报道中这样说道：“Nicht nur die gespens-

---

* 包汉毅：山东大学外国语学院德语系副教授，博士。

① 《人民日报》专访：《自己成为莫言热旁观者》，“人民网”：http://www.people.com.cn/.

② 本文中由德文至中文的翻译皆由笔者个人所为。

tische, wenig idyllische Dorfwelt der Romane laesst den mit den zivilen Berliner, Pariser und New Yorker Lesewelten vertrauten Abendlae nder wie ein verlassenes Kind mit entbloesstem Hintern in den chinesischen Süsskartoffeln stehen. "[①]（小说中的鬼气森森、远非田园风光的乡村世界更令熟悉柏林、巴黎和纽约都市文明的欧洲读者感觉自己仿佛是一个被遗弃的孩子，光着屁股站在中国的红薯地里。）

陌生的异端本来是“事不关己，高高挂起”的，但是现在却因为瑞典皇家科学院的拣择而一下子变为了不得不面对的“家事”，两种文化的碰撞就不可避免了。

以下将以莫言获奖前后德国知名媒体[以 *Die Welt*（《世界报》）和 *Die Zeit*（《时代周报》）为代表]的相关报道、读者评论以及德国知名学者（包括文学家、汉学家、评论家等等）的有关评述为事实依据，对莫言及其作品在日耳曼民族中的“人气”、形象等加以分析，然后在此基础上探讨获奖事件所引发的文化冲击和由此而带来的启示。

## 一、莫言作品的德译本

现对迄今为止所发行的莫言作品的德译本归总如下：

| 原作以及发表时间 | 译作以及发行时间 | 出版社 | 译　者 |
| --- | --- | --- | --- |
| 《红高粱家族》，1987 | *Das rote Kornfeld*，1993，2007 | Rowohlt 和 Unionsverlag | Peter Weber-Schäfer |
| 《枯河》以及其他一些短篇小说，20 世纪八九十年代 | *Trockener Fluss und andere Geschichten*，1997 | Projekt | Susanne Hornfleck 等 |
| 《天堂蒜薹之歌》，1989 | *Die Knoblauchrevolte*，1997，2009 | Rowohlt 和 Unionsverlag | Andreas Donath |
| 《酒国》，1993 | *Die Schnapsstadt*，2002，2012 | Rowohlt 和 Unionsverlag | Peter Weber-Schäfer |
| 《檀香刑》，2001 | *Die* Sandelholzstrafe，2009 | Insel | Karin Betz |
| 《生死疲劳》，2006 | *Derueberdruss*，2009 | Horlemann | Martina Hasse |
| 《蛙》，2009 | *Froesche*，2013 | Carl Hanser | Martina Hasse |

① Iris Radisch：《这是世界性文学！中国诺贝尔奖获得者莫言的小说伟大而陌生》，http://www.zeit.de/2012/43/Roman-China-Literaturpreis-Mo-Yan/seite-1，2012 年 10 月 19 日。

相比其他汉语作家而言，如上的翻译成果可谓蔚然大观，无怪乎《世界报》称莫言为“der meist uebersetzte chinesische Autor in Deutschland”（在德国被翻译得最多的中国作家）。需要指出的是，这些德译本并非自英语转译而来，而是全部直接译自汉语原作，译者都是汉学家。这一坚持难能可贵，因为在汉语文学作品英文译介领域有“首席翻译家”之称的葛浩文的翻译被视为经典，“一些其他语种的译者在翻译莫言作品时经常根据葛浩文的译本进行转译”①。这也可见德国人一向的严谨工作态度，“德国制造”的良好声誉并非空穴来风。

## 二、莫言获奖前后的“人气”变化

胡燕春教授说“莫言早就是海外颇为熟知的中国作家”②，但笔者认为，在德国社会，这一评语自然可以适用于小说和电影《红高粱》，但若推之于其作者，未免武断；这一点自以下对德国媒体（以《世界报》和《时代周报》为代表）新闻报道的分析即可得知。

（一）获奖之前

在获诺奖以前，两家媒体中皆鲜见与莫言相关的报道，基本只是在其作品的德译本发行时会有简短的书评或是泛泛的采访出现，比如 2002 年 10 月 5 日《世界报》对于《酒国》的书评 *Prost! Wir essen alles!*（《干杯！我们什么都吃!》）以及 2008 年 9 月 12 日由于《生死疲劳》德译本的发行而对莫言作了一次专访。在这些文章之下，都没有读者评论。此外，译作的销量都很低，甚至出现连出版商都忘却的情况：“Am voellig unvorbereiteten Suhrkamp-Stand gab es zunae chst einen Moment der Irritation. ‘Ist der bei uns? Der ist bei uns!’ Es dauerte ein paar Minuten, bis die ersten Sektglaeser eingeschenkt und die ersten Exemplare der ‘Sandelholzstrafe’, das vor zwei Jahren beim Suhrkamp-Imprint Insel erschienen ist, aus den Kulissen hervorgeholt waren.”③[Suhrkamp 出版社展台的负责人完全没有准备，第一反应竟然是茫然：“这人（莫言）在我们这儿（出版过作品）吗？是在我们这儿！”几分钟之后，等到几杯香槟酒斟满了，两年前在其 Insel 分社发行的《檀香刑》德译本方自箱底下找出来了几本。]这篇文章中接下来的一段文字提到了莫言译作在德国的具体的销量：“Vier Bücher von

① 胡燕春：《莫言对中国文学启示：赢得跨语际与文化的传播契机》，http:/culture people. com/cn/n/2012/1218/c172318-19931371. html，2012 年 12 月 19 日。

② 胡燕春：《莫言对中国文学启示：赢得跨语际与文化的传播契机》，http:/culture. people. com/cn/n/2012/1218/c172318-19931371. html，2012 年 12 月 19 日。

③ Georg Blume：《赫尔塔·米勒震惊了，韦斯特韦勒客气地赞扬》，http://www. welt. de/print/die_welt/kultur/article109781679/Herta-Mueller-ist-entsetzt-Westerwelle-lobt-hoeflich. html，2012 年 10 月 12 日。

Mo Yan stehen am Stand，bislang mit einer Auflage von wenigen tausend."①(展台上有四部莫言作品的德译本，迄今为止的销量是少量的几千本。)

此外，在与中国相关的报道中也偶尔会有莫言的名字出现，比如"Chinas derzeit wohl bedeutendster Schriftsteller (Das rote Kornfeld)"[或许是中国现代最有分量的作家(《红高粱》)]、"der beruehmte Dorfromanautor Mo Yan，einer der wenigen in China preisgekroenten Schriftsteller"(著名的乡土作家莫言，少数几位在中国获得大奖的作家之一)等等。显然，在这些报道中，"莫言"的名字是作为中国作家的代表性符号而出现的，很多时候作者还会特意注明其人是《红高粱》的作者——由于电影《红高粱》的拍摄，莫言在德国的知名度显然要高于绝大部分的中国同时代作家。

2009年，莫言的名字第一次引起了德国各大媒体和公众的瞩目，比如《时代报》有如下的文字报道："Mo Yan，chinesischer Starautor beim Partnerlandauftritt der Volksrepublik auf der vergangenen Frankfurter Buchmesse，hat sich erstmals ueber sein Verhalten geaeussert，als Pekings offizielle Delegation aus Protest gegen die Teilnahme von Dissidenten an einem Literatursymposium den Saal verliess."②(莫言，刚刚过去的法拉克福书展主宾国的明星作家，第一次对其行为发表了观点，即是跟随来自北京的官方代表团一起离开了会议大厅，以抗议有异议人士同场参与文学研讨会。)这一事件之所以在德国社会引起一定轰动，其根本原因在于两种文化的冲突，冲突点即是如何看待文学(家)与政治、意识形态之间的关系，这将于本文第三部分中详述。

对于获奖前莫言在德国的知名度，Iris Radisch 概括得很好："Hand aufs Herz：Ausser Martin Walser hat ihn in Deutschland bisher kaum jemand gekannt."③(老实说：在今日的德国，除了马丁·瓦尔泽之外，几乎没有人认识他。)

在诺奖评选之前，《世界报》专门报道了博彩公司的候选人排名，与最大热门村上春树相比，莫言仅排名第四位。因此，在瑞典皇家科学院于10月11日宣布莫言获奖后，有德国读者大放厥词，也就毫不奇怪："Angesichts solcher Koryphaeen wie Haruki Murakami ist es doch geradezu laecherlich，einen in Europa und Amerika weitgehend Unbekanntenzu zu ernennen."(鉴于如村上春树等文学翘楚的存在，将诺奖颁给

---

① Georg Blume：《赫尔塔·米勒震惊了，韦斯特韦勒客气地赞扬》，http://www.welt.de/print/die_welt/kultur/article109781679/Herta-Mueller-ist-entsetzt-Westerwelle-lobt-hoeflich.html，2012年10月12日。

② Johnny Ehrling：《中国全球软实力战略的胜利》，http://www.welt.de/kultur/literarischeweltarticle109774994/Chinas-Triumph-der-globalon-Soft-Power-Strategie.html，2012年10月11日。

③ Iris Radisch：《这是世界性文学！中国诺贝尔奖获得者莫言的小说伟大而陌生》，http://www.zeit.de/2012/43/Roman-China-Literaturpreis-Mo-Yan/seite-1，2012年10月19日。

一位在欧洲和美国广不为人知的作家是可笑的。）事实上，这类的读者评论绝非个例。

概括来说，在莫言获诺奖以前，虽然中德双方都认可他是中国文学、文化的代表，但是他在德国的"人气"可说是低迷。

（二）获奖之后

在获奖之后，德国各大媒体对莫言的报道都呈现井喷之势，短短几个月时间内的数量就有之前十数年的六七倍之多（截至 2013 年 2 月 1 日，《世界报》和《时代周报》的比例分别是：24∶4 和 21∶3）。而且，与获奖前相比，新的报道后面都出现了大量的读者评论。此外，各知名文学家、汉学家、评论家等等也都通过各种媒体对莫言的获奖表达了个人观点。在谷歌搜索引擎这一时期的十大主题词排名中，"Literaturnobelpreis"（诺贝尔文学奖）居第二位，"Mo Yan"则排名第六。

（三）对获奖前后"人气"变化的反思

笔者认为，面对获奖后莫言在德国的"人气"爆棚，实在没有理由值得欣庆，因为这一爆棚完全是基于诺贝尔奖项的西方主流文化的代表性。事实上，这种"人气"的巨大落差恰恰是重大问题的折射。我们所不得不审视的严峻情况是：中国（当代）文学、文化在德国的传播与交流是不足乃至严重欠缺的。这一点尤其通过莫言与村上春树的对比（它所反映的是中日文学与文化在德国传播与交流情况的对比）而得以凸显。本文第三部分中对文化撞击点的具体分析也进一步论证了这一判断。

在历史上，中德之间文学、文化的交流可以分为四个阶段：（1）工业革命以前，由于生产力低下、科学技术不发达等原因，地理上相隔遥远的中德两国之间的文化交流几近于无。（2）鸦片战争以后，西方列强的坚船利炮打开了中国闭关锁国的大门，中德、中西之间的交流以德国、西方文化（包括自然科学、哲学、文学、宗教等）向中国的输出为主，呈现出"一边倒"的局势。（3）中华人民共和国建立以后，由于东西方冷战等各种历史原因，中德之间的文化交流进入了一个停滞期。（4）中国实施改革开放政策以后，伴随着中德之间政治往来的逐渐频繁、经济关系的日益密切，两国间的文化往来亦逐日复苏，但相比政治、经济领域而言，仍然严重不足，而且呈现出中方文化输出相对薄弱（可称之为文化输出的"逆差"）、文化交流不对等的状况。时至今日，受过教育的普通中国人都对歌德、康德等耳熟能详，更不消说马克思和爱因斯坦了；但反观普通的德国大众，又有多少能了解朱熹、曹雪芹和钱学森呢？

造成现代中国文化输出"逆差"的重要客观原因之一是在德国的冷战思维的余存，尤其由于德国是冷战时期东西方两大阵营对立的前沿、两德统一是以前东德加入联邦德国的形式而完成，统一后的这个民族对于社会主义国家的文化总有一些比较坚固的排斥乃至敌视。

人类跨入 21 世纪，东方的文明古国正在崛起；一个负责任大国的形象及其对于世

界应有的贡献，并不应当仅仅局限于政治、经济领域，而恰恰更在于文化与价值观的输出。面对这种文化输出的严重“逆差”，笔者认为中国应当采取一种积极主动的姿态来推动中国文学、文化在世界（自然也包括德国）的传播与交流。

## 三、红高粱文化与德意志文化的撞击点

经济领域的彼此依赖、政治层面的频繁互访以及全球化的趋势都使得中德之间文学、文化交流的日益密切成为必然，而且这将是中国文化输出“逆差”逐步缩减的一个过程，其间自然会产生比较激烈的文化碰撞，莫言获得诺贝尔文学奖即是一个典型事例，它造成了红高粱文化对日耳曼民族的冲击。

（一）冲击点之一：文学（家）与政治之间的关系

毫无疑问，莫言的获奖是一起文学事件，然而非常奇特的是，德国媒体有关于此的绝大部分报道[《世界报》(20/24)、《时代报》(18/21)]却都是与政治相关，这仅从新闻标题即可看出，比如《世界报》的“Literaturnobelpreis an staatsnahen Chinesen Mo Yan”(《诺贝尔文学奖颁给了靠近国家的莫言》)、“Mo Yans Verbeugung vor Kulturzerstoerer Mao Zedong”(《莫言对毛泽东的鞠躬》)、“Chinas Triumph der globalen Soft-Power-Strategie”《中国全球软实力策略的胜利》、“Chinas Nobelpreistraeger brueskiert Peking”(《中国的诺贝尔奖获得者侮辱了北京》)，《时代周报》的“Empoerung ueber regimefreundliche Aeusserungen von Mo Yan”(《对莫言维护政权言论的愤慨》)、“Literatur jenseits politischer Grenzen”(《政治边界之外的文学》)、“Ai Weiwei kritisiert Vergabe des Nobelpreises an Mo Yan”(《艾未未批评将诺贝尔奖颁给莫言》)等等。此外，德国各界人士的言谈，或批评或辩解，也都或多或少地涉及政治领域的内容。

这类的报道、言谈，主要是围绕着如下几点：

(1)莫言是中国作协副主席，是所谓的体制内作家；也因此，莫言没有公开批评政府。

(2)莫言没有公开反对文学出版的审查制度。

(3)莫言没有公开要求释放一些特定的政治犯。

(4)莫言在2002年同其他99位作家一起抄写了毛泽东的《在延安文艺座谈会上的讲话》。

德国媒体的主流声音是批评，其依据是：“In seinem durchaus vieldeutigen Testament wollte Alfred Nobel solche Schriftsteller ausgezeichnet wissen, die ‘in der Literatur das Herausragendste in idealistischer Richtung produziert' haetten."[①](在他多义的遗嘱中，阿尔弗雷德·诺贝尔想要表彰这样的作家，他们“在文学的理想主义方向上进行了最出色的创作”。)这样一份“多义”的遗嘱自然也给了后人较大的诠释空间，但无论如何，将理想主义者与异议人士乃至政府批评者挂钩实在是尚需要大加辨析的。

德国的很多学者和普通读者也对这些批评声音进行了反驳。比如：

> Jürgen Dormagen: Wenn Autoren aus ihrer eigenen Weltsicht ihr Werk schreiben, dann ist die Frage, wie man sich oeffentlich zum aktuellen Regime aeußert, eine sekundaere Frage. … Da er durchaus auch ein realistischer Autor ist, der eben nicht harmonisierend, verharmlosend schreibt, ist fuer jeden genauen Leser sichtbar, dass die Vokabel "regimetreu" einfach schief auf ihm sitzt.[②](如果作家从自己的世界观出发进行文学创作的话，那么他们在公开场合怎样评论当下的执政当局就是一个次要问题……他绝对是一位现实主义的作家，他的作品决不粉饰太平、无关痛痒，因此，于他的读者而言，“忠实于政府”这样的词汇完全不能安在他的头上。)
>
> Nur weil er "Staatsnah", heisst es doch nicht gleich, dass er ein schlechter Literat ist! [③](绝不能仅仅由于他是“靠近国家”的，就要说，他是一位差劲的文学家！)
>
> Man sollte die eigentliche Leistung durch einen Preis wuerdigen und nicht die politische Meinung eines Menschen.[④](奖项用来表彰的是其本来的(文学)成就，可不是他的政治观点。)

诸如此类的辩护言辞主要集中在如下两点：(1)诺奖的颁发是依据文学成就，而不是政治因素。(2)莫言的作品本身也没有媚俗政治，而是具有强烈的现实批判性。

面对德国媒体和社会这种“特异”的反应，笔者认为，不论莫言、中国政府，还是德国媒体、学者和公众，都不应该受到指责，因为这一状况不过是说明了两种文化对于文

---

① Freund Wieland:《诺贝尔奖委员会令人迷惑的选择》，http://www.welt.de/debatte/kommentare/article109776457/Halluzinatorische-Wahl-des-Nobelpreiskomitees.html，2012年10月11日。

② Aya Bach:《莫言：文学，不是政治?》，www.dw.de/mo-yan-literatur-nicht-politik/a-162988430，2012年10月11日。

③ Freund Wieland:《诺贝尔文学奖颁给亲近国家的莫言》，http://www.welt.de/kultur/literarischewelt/article109764793/Literaturnobelpreis-an-staatsnahen-Chinesen-Mo-Yan.html，2012年10月11日。

④ Freund Wieland:《诺贝尔文学奖颁给亲近国家的莫言》，http://www.welt.de/kultur/literarischewelt/article109764793/Literaturnobelpreis-an-staatsnahen-Chinesen-Mo-Yan.html，2012年10月11日。

学（家）与政治之间的关系具有不同的观念，而且造成这一异常态的真正深层原因是：由于中德两国文学、文化交流的相对欠缺，不仅导致了双方文学、文化观念的巨大差异，而且埋伏了彼此不理解和不宽容的隐患。当然，如上一章已述，由于德国的特殊历史等原因，使得这一国家对于政治、意识形态等领域的题材尤其敏感，这也是导致这一反常情形的重要因素之一。

评析：

德国这些批评声音的出发点当是为的文学（家）不受政治因素的干扰、左右，以致成为当权者的工具。但凡事过犹不及。在一则著名的寓言故事中，乌鸦因为听到狐狸的赞美而高兴地张口大叫，结果丢掉了嘴中的肥肉。据说，后来鲁迅先生对此故事进行了续编：小乌鸦吸取先人的教训不再为小狐狸的赞美而所动，小狐狸于是改变了策略，转而辱骂小乌鸦，小乌鸦终又因愤怒而张口大叫，结果再次丢掉了嘴中的肥肉。

伟人毛泽东对此点评说："当你千方百计地注意一种倾向的时候，却从相反的方面犯了同一种错误。"[①]

人们不禁要问：认为文学（家）必须反对当权政府，是否同样也破坏了文学（家）的独立性，造成了政治因素对文学（家）的干扰、左右，乃至让文学（家）沦为政治工具呢？

（二）冲击点之二：莫言的文学风格

现在让我们把视线拉回到本该聚焦的文学本身。毋庸置疑，诺贝尔奖评审委员会的颁奖词是精到和公允的，莫言的文学成就是世所公认的，很多德国文学界、知识界人士也都给予了高度评价，比如德国现代最富盛名的作家 Martin Walser 这么说：

> Ich habe noch keinen anderen Autor gelesen, der in den gegenwaertigsten Handlungen so viel Geschichte miterzaehlt. Da ist Literatur auch Auskunft ueber ein Land und seine Vergangenheit. Alles Geschichtliche wird bei Mo Yan zum sinnlichen Detail, aber nicht zur Mitteilung, sondern zum Ausdruck.[②]（我还从未读过哪个作家像他那样，在最现代性的情节中融入如此多的历史叙事，由此一来，文学也就成了一个国家的国情和秘史，所有的过往在莫言那里都充盈着感性的细节，然而不是用来告知，而是用来倾诉。）
>
> Seine Romane haben eine Eindringlichkeit und einen Reichtum, die mit einfachen Worten schwer zu beschreiben sind. … Wie aber bei Mo Yan gegessen,

---

① 转引自郭金荣：《毛主席如何看待未婚先孕?》，http://book.people.com.cn/GB/69399/107429/147273/8860594.html，2009 年 2 月 24 日。

② Volker Hage：《细节的狂欢》，http://www.spiegel.de/spiegel/print/d-89079825.html，2012 年 10 月 15 日。

getrunken und auch gehungert und geduerstet, wie da gesprochen, geliebt und getoetet wird, davon kann einem schwindelig werden. … Wer sich heute zu China aeuβert, sollte vorher Mo Yan lesen, der faer mich den Rang von Faulkner hat.①(他的小说具备一种逼迫性和财富，很难用简单的言语加以描述。……在莫言那儿，吃、喝、饥、渴、说、爱、死等等，都令人目眩神迷。……谁如果在今日发表对于中国的看法，应该先读一下莫言；对于我来说，他是可与福克纳相提并论的人物。)

如下是法兰克福大学汉学系教授 Dorothea Wippermann 的见解：

Das besondere ist, wie er chinesische Thematiken behandelt und sie mit einer sehr modernen, immer wieder vielfaeltigen und kreativen Erzaehltechnik verbindet. Gerade dieser magische Realismus, diese Verbindung realistischer Erzaehlweisen ueber Stoffe aus der neueren Geschichte der Volksrepublik China verwoben mit fantastischen, mythischen Erscheinungen macht einen sehr grossen Reiz aus.②(尤其出彩的是，他将中国的题材与非常现代化、充满多样性而且极具创意的叙事手法相结合。恰恰是这一种魔幻现实主义，这一种现实主义方式叙述的中华人民共和国现代史事实与奇幻、神话现象的相交织，营造了极大的魅力。)

Ich habe ihn aufgrund seiner unglaublichen Sprachgewalt immer als einen sehr hochrangigen Schriftsteller empfunden. Man liest seine Texte teilweise wie ein Feuerwerk von kreativen sprachlichen Ideen, die aber immer noch auch eine gewisse Bodenstaendigkeit besitzen. Er benutzt eine Vielfalt an Erzaehltechniken, indem er eben nicht nur traditionell erzaehlt, sondern auch mit verschiedenen Zeitebenen und verschiedenen ErzAEhlern arbeitet, die aber immer noch relativ gut nachvollziehbar sind. Man merkt auch, dass er mit bekannten Werken des magischen Realismus aus Lateinamerika, aber auch mit vielfaeltigen modernen Erzaehltechniken internationaler Literatur vertraut ist.③(他拥有令人难以置信的语言能力，因此我一直视他为高级别的作家。阅读他的文字，竟约略

① Volker Hage:《细节的狂欢》, http//www. spiegel. de/spiegel/print; d-89079825. html, 2012 年 10 月 15 日。

② Matthias von Hein:《维佩曼：不可置信的语言力量》, www. dw. de/wippermann-unglaubliche-sprachgewalt/a-16298509, 2012 年 10 月 11 日。

③ Matthias von Hein:《维佩曼：不可置信的语言力量》, www. dw. de/wippermann-unglaubliche-sprachgewalt/a-16298509, 2012 年 10 月 11 日。

地像看一场创意语言的焰火，但它们又总在一定程度上紧接地气。他的叙述技巧是多姿多样的，不仅有传统的叙述模式，而且也采用不同的时间层面和不同的叙述者，但读者仍能很好地理解。可以看到，莫言熟悉拉丁美洲的魔幻现实主义作品，也通晓世界文学的种种现代叙事技巧。）

以上这两位学者的看法代表了大部分德国学者对于莫言文学成就的评价，它们与诺奖委员会的授奖词相契合，从内容性、叙事技巧、语言表现力和美学等各个方面高度诠释、褒扬了莫言的文学成就。

但是事物总是一分为二的，在文学层面也存在对莫言的批评，其中“集大成者”当属德国著名汉学家顾斌(Wolfgang Kubin)，兹引述他的一些评判如下：

Das Hauptproblem bei Mo Yan ist, dass er ueberhaupt keine eigenen Gedanken hat. Und er hat selber oeffentlich sagt, ein Schriftsteller brauche gar keine Gedanken. Was er macht, sind Bebilderungen. Er bebildert das von ihm selber leidvoll erfahrene Leben der 50er Jahre und darueber hinaus. Und das macht er mit grandiosen Bildern. Aber mich persoenlich langweilt das zu Tode.[①]（莫言的主要问题是，他根本没有自己的思想。他曾公开说过，一个作家完全不需要思想。他所做的，只是描写。他描写了他自己痛苦经历过的50年代生活以及其他，而且采用的是宏伟壮阔的画面。但这让我本人无聊致死。）

Er schreibt in einem Stil vom Ende des 18. Jahrhunderts. … Und er erzaehlt ganze Geschichten, die man seit Proust und Joyce. … einfach nicht mehr erzählen kann, wenn man einen modernen Roman schreiben will. … Moderne Erzählung wird zum Beispiel repraesentiert vom oesterreicher Walter Kappacher, der 2009 den Georg-Buechner-Preis erhielt. Da erzachlt man elf Tage aus dem Leben eines einzigen Menschen und konzentriert sich auf eine einzige Person. So etwas macht aber kein Erzaehler in China, weil das Publikum dortund inzwischen auch das Publikum in Deutschlandeinfach erwartet, dass da wieder quasi ein Film vorgefuehrt wird, und nicht, dass sich der Schriftsteller auf die Psyche eines einzelnen Chinesen konzentriert.[②]［他用的是18世纪末的写作风格。……他讲的是整个故事，而自普鲁斯特和乔伊斯以来，现代小说就不能这么

① Matthias von Hein:《顾彬：莫言讲述的是强盗故事》，www. dw. de/dubin-mo-yan-erzaehlt-raeuberpistolen/a-16298363，2012年10月11日。

② Matthias von Hein:《顾彬：莫言讲述的是强盗故事》，www. dw. de/dubin-mo-yan-erzaehlt-raeuberpistolen/a-16298363，2012年10月11日。

写了。…… 现代小说的写作是以比如几年前荣获毕纳西文学奖的奥地利作家瓦尔特·卡帕赫(Walter Kappacher)为代表，他讲了一个人的11天，且集中讲一个人物。而中国小说家却不这样，因为这里的受众——德国受众现在也一样——希望眼前就像在放一部电影，而不是集中描写一个单独的中国人的心理。]

莫言呢？他在43天之内，写出了长篇小说《生死疲劳》，这怎么可能呢？小说翻译成德文有800页呢。如果是托马斯曼要写800页的小说，他最少要写三年。……中国当代作家根本不重视语言，他们觉得故事是最重要的。可是在西方文坛，语言的重要性更甚于故事。①

看不惯莫言、余华写女人的方式。②

在莫言的《酒国》里，男人碰到女人，女人胸部很大，他就想摸一摸。③

……书中女人的形象让我很不舒服。④

总之，顾彬对莫言在文学领域的批评主要集中在如下几点：

(1)莫言作品的叙事手法陈旧。

(2)作品没有思想性。

(3)具体人物描写(比如对女人的描写)的方式不恰当。

(4)写作速度太快，因而语言没有精雕细琢，不够严谨。

其中第一条显然与Wippermann的观点正好相反，第二条也有很多人反对(比如北京大学的陈晓明教授)，孰是孰非，属于正常的学术争论。但顾彬全然不顾中德读者希望读文学作品就像“眼前就像在放电影”的需求，认为“现代小说就应该这么写、不应该那么写”，显然是有些刻板了。德国人的严谨性举世闻名，然而如果过分偏执、不懂变通，自然就容易走向僵化呆板的一面。而中国人的哲学观念向来是“法无定法”。从瓦尔泽和维佩曼的评论来看，作为一位卓有成效的现代文学家，莫言不可能不通晓所谓的“现代小说的叙事方式”，但他仍然会采用传统的“章回体”(这一点也颇为顾彬所诟病)，以达成自己的文学创作意图。

对于顾斌所认为的“莫言写作速度太快”的毛病，中国著名作家王蒙说：“我想他真

---

① 干琛艳：《顾彬再次炮轰中国文坛：过精英生活怎写百姓文章》，http://book.ifeng.com/psl/hwst/200810/1014_3551_830311.shtml，2008年10月14日。

② 德国汉学家顾彬：《莫言、余华写女人的方式我接受不了》，http://www.bowang.de/classname/2012-11-22-24278.html，2012年11月22日。

③ 德国汉学家顾彬：《莫言、余华写女人的方式我接受不了》，http://www.bowang.de/classname/2012-11-22-24278.html，2012年11月22日。

④ 于丽丽：《顾彬：重读之后再评价莫言》，http://www.chinawriter.com.cn/news/2012/2012-11-01/145581.html，2012年11月1日。

是德国人啊，不是德国人哪有用单位时间来衡量作品的优劣啊，这完全是德国工程师的思想方法。”[①]这之中显然也蕴含了对于德国人这种刻板思维方式的批评。

至于顾彬不认可莫言作品中对女人的描写方式，这种评论显然是草率和随意了，因为“看不惯”、“不舒服”等词汇实在难以应用于严谨的文学评论领域。

## 结　语

莫言获得诺贝尔文学奖，于新时期的中国文学、文化而言都是一个大事件，说明了中国文学、文化开始走向世界。但是，自莫言获奖后德国新闻媒体和知识界的反应、评论来看，与政治、经济领域相比，中德之间在文化、文学层面的交流实在还需大力推进、强化，尤其是中国文化输出“逆差”的状况亟须消弭，这也与世界大国的形象相应。

交流则蕴含碰撞，尤其是在消弭文化输出“逆差”的过程中，文化之间的冲突愈加显著。具体分析红高粱文化对日耳曼民族的冲击点，可以看出两个民族文化在文学观念、民族性格、哲学观念等方方面面的不同。然而，这样的冲击也是交流所必需，它促使两种文学、文化彼此取长补短，从而又都各自焕发出新的生命力。

---

① 赵进：《王蒙：把诸贝尔文学奖看得比天还高有点变态》，http://history.people.com.cn/n/2012/1127/c200623-19710788-3.html，2012年11月27日。

# 他者的眼光:莫言作品在法国的译介及接受

◇陈　曦*

## 一、莫言作品在法国的译介

据莫言作品的法译本译者尚达尔·陈·安德罗介绍,法国对于中国当代文学的译介源自1988年法国文化部启动的一项计划——中国新文学(Belles-étrangères Chine)。这项计划共翻译1978～1988年间的数部中国新文学作品,其中包括莫言创作的《枯河》。这是译者第一次接触莫言作品,随后就对作家的作品气息、语言风格大为赏识,决定翻译其作品。《视点》报专访希尔维·让第(莫言的法译本作品的早期女译者之一)时,她解释了为什么选择翻译莫言作品的原因。她认为:“莫言是最早完全脱离寻根派作家的中国作家之一,莫言选择书写另一个时代,即30年代发生在高密东北乡的故事。《红高粱家族》在我看来超脱了命运,是一个具有真实性人物,且构思精妙的一部作品。”①正是源于这项计划,法国出版界随后紧密跟踪中国最新的文学作品,开始译介大量在题材上具有强烈时代感或地域特色,在思想内涵上具有对人性本质的深刻剖析、凝聚着东方哲学精髓,在艺术手法上有所突破创新或具鲜明个性特征的中国当代作家作品。

杜特莱教授②也谈过他开始翻译莫言作品的情况。他看了莫言翻译成法文的《红

* 陈曦:山东大学外国语学院法语系讲师。

① [法]卡洛琳·普埃尔:《您想获得诺奖吗?那就出版法文版吧!》,《视点报》2012年10月19日。Caroline Puel, Vous voulez le Nobel? Publiez en français!, le Point, le 19 octobre 2012。

② 法国著名的汉学家、翻译家,前任法国普罗旺斯大学商学院院长,现为中文系主任,曾将中国新时期作家阿成的“三王”、苏童的《米》、莫言的《酒国》、高行健的《灵山》等翻译成法文,还翻译过台湾作家李昂的作品。他翻译的莫言的《酒国》获得了2001年法国的最佳外国文学奖——“卢尔巴泰隆”奖。因翻译成就突出,2001年,他被授予“法兰西骑士勋章”。

高粱》，很喜欢里面的那种呼吸(气魄)。在中国文学里是非常独特的，而且他描写的是真正的农民。至于《酒国》，很喜欢他的写作技巧，比如小说里的小说，侦探小说的味道，还有对鲁迅风格的模仿，还有他的幽默，以至于翻译时经常哈哈大笑。

据莫言回忆，最早找到他说想要翻译他的作品的，是一名法国人。他想要翻译《红高粱》的第一部，当时出版社和译者签了一个没有期限的合同，出版社想要出全文，但是一直到现在，《红高粱》的法文版也只有第一部。《生死疲劳》的法文版上市仅2个月就卖出了8000本，当时就先后加印了2次，莫言在法语世界的受欢迎程度可见一斑。

为详细准确地了解莫言作品在法国的出版情况，笔者综合各类信息来源，对莫言作品在法国的出版进行列表综述。

**莫言作品法译本统计列表**[①]

| 中文 | 法文 | 译者 | 出版社 | 年份 |
|---|---|---|---|---|
| 《红高粱家族》 | Le Clan du Sorgho | Pascale Guinot | Arles: Actes Sud | 1990 |
| 《天堂蒜薹之歌》 | La Mélopée de l'ail paradisiaque | Chantal Chen-Andro | Ed. Messidor | 1990 |
| 《透明的红萝卜》 | Le Radis de cristal | Pascale Wei — GuinotWei Xiaoping | Arles: P. Picquier | 1993 |
| 《筑路》 | Le Chantier | Chantal Chen-Andro | Paris: Scandeditions | 1993 |
| 《十三步》 | Les Treize pas | Sylvie Gentil | Paris: Ed. du Seuil | 1995 |
| 《酒国》 | Le Pays de l'alcool | Noël Dutrait Liliaine Dutrait | Paris: Ed. du Seuil | 2000 |
| 《铁孩》 | Enfant de fer | Chantal Chen-Andro | Paris: Ed. du Seuil | 2004 |
| 《藏宝图》 | La Carte au trésor | Antoine Ferragne | Arles: P. Picquier | 2004 |

① 本列表中莫言作品法译本起止日期是1990年1月至2012年12月，根据Amazon.fr整理，不包括再译本。

续表

| 中　文 | 法　文 | 译　者 | 出版社 | 年　份 |
| --- | --- | --- | --- | --- |
| 《爆炸》 | Explosion | Camille Loivier | Paris：Ed. Caracteres | 2004 |
| 《丰乳肥臀》 | Beaux seins, belles fesses | Noël Dutrait Liliaine Dutrait | Paris：Ed. du Seuil | 2004 |
| 《师傅越来越幽默》 | Le maître a de plus en plus d'humour | Noël Dutrait | Paris：Points | 2006 |
| 《檀香刑》 | Le Supplice du santal | Chantal Chen-Andro | Paris：Ed. du Seuil | 2006 |
| 《欢乐》 | La Joie | Marie Laureillard | Arles：P. Picquier | 2007 |
| 《四十一炮》 | Quarante et un coups de canon | Noël Dutrait Liliaine Dutrai | Paris：Ed. du Seuil | 2008 |
| 《生死疲劳》 | La Dure loi du karma | Chantal Chen-Andro | Paris：Ed. du Seuil | 2009 |
| 《长安大道上的骑驴美人》 | La belle *à* dos d'âne dans l'avenue de Chang'an | Marie Laureillard | Arles：P. Picquier | 2011 |
| 《蛙》 | Grenouilles | Chantal Chen-Andro | Paris：Ed. du Seuil | 2011 |
| 《三十年前的一次长跑比赛》 | Le Veau suivi du Coureur de fond | François Sasourné | Paris：Ed. du Seuil | 2012 |

通过列表不难看出，法国对于莫言作品的译介出版经历了两步走的阶段，即起步阶段和正步阶段。

（一）起步阶段（1990～2003 年）

法国对于莫言作品的译介开始于 20 世纪 90 年代。一般认为莫言在国内的成名作是《透明的红萝卜》，1986 年写就的《红高粱家族》则奠定了他在中国文坛的地位。而国际级导演张艺谋改编自《红高粱家族》的电影《红高粱》在德国柏林电影节上斩获金熊奖后，在很大程度上推动了法国读者对莫言作品的接受。从莫言身上我们看到，中国电影因其创造的独特形象，在使法国公众接受中国当代文学时起到了不容置疑的作用。莫言在接受记者采访时曾经说：“实事求是地说，中国文学走向世界，张艺谋、陈凯歌的电影起到了开路先锋的作用。最早是因为他们的电影在国际上得奖，造成了国

际影响，带动了国外读者对中国文学的阅读需求。各国的出版社都很敏感，他们希望出版因电影而受到关注的文学原著，我们的作品才得以迅速被译介。”[①]

由于电影《红高粱》的上映，观众看到了影片中所展示的一切。“《红高粱》被安置在刺眼的红色之中，这红色就是中国传统婚礼的颜色、酒的颜色、血的颜色，还有男性的阳刚。人们很难抗拒这舒缓的图像伴随着喇叭和锤击的声音。一个弱女子在叹气声中彻底释放野性，既充满激情又略显腼腆。镜头此时离开被风吹拂的高粱。”[②]

法国读者无不为这充满异国情调的画面所震撼，法国的出版界从此开始关注莫言，关注其作品。在近十多年的时间里，莫言共有六部作品被译成法文。

(二)正步阶段(2004 年至今)

2004 年对于莫言作品在法国的译介是一个重要的年份。因为在这一年，作为中法文化年的重要活动之一，中国作为主宾国参加了在法国巴黎举办的法国图书沙龙。沙龙的主题是“中国文学”。由于莫言大量作品被翻译、介绍到法国，莫言成为系列活动中“中国文学”沙龙的焦点人物，受到法国读者的格外青睐。法国的主流媒体，像法国电视一台(TF1)、法新社(AFP)以及法国国际广播电台(RFI)；主流报刊，如《世界报》、《费加罗报》、《解放报》、《人道报》、《新观察家》、《视点》和《读书》等都对其进行了专题采访和报道。由于在法国读者中具有极大的影响力，莫言被称为在法国最受欢迎，作品被译成法文数量最多的中国当代作家。

2012 年，莫言凭借其特有的想象力和讲故事的天分获得诺贝尔文学奖，这无疑将会加速莫言作品在法国的译介和推广。我们完全有理由期待莫言作品在法国译介的第三个阶段——散步阶段的快速到来。

## 二、莫言作品在法国的接受

时至今日，莫言共有 18 部作品被翻译成法文，从作品数量可以看出莫言在法国读者和业界的号召力和影响力。在获得 2012 年诺贝尔文学奖后，法国媒体从各个侧面介绍莫言的生平，探讨他的写作风格与成功奥秘。一些媒体用“中国的拉伯雷”和“中国的福克纳”来形容他。

---

① 术术：《“法兰西骑士”归来：莫言、李锐畅谈法图书沙龙》，http://book、sina、com、cn/news/c/2004-04-14/3/59839. shtml. www. booktide. com/news/2004，04，16.

② [法]那扎尔·米勒：《〈红高粱〉影评》，《电视全览》2011 年 3 月 26 日，http://www. teleroma，fr/films/le-sorgh0-rouge，15260，php，Nagel Miller，la critique TV de TELERAMA du 26/03/2011.

(一)获得重要奖项的授奖词

2001 年，莫言因《酒国》的法译本获得“卢尔·巴泰雍”(Laure Bataillon)外国文学奖。授奖词是：

> 由中国杰出小说家莫言原创、优秀汉学家杜特莱翻译成法文的《酒国》，是一个空前绝后的实验性文体。其思想之大胆、情节之奇幻、人物之鬼魅、结构之新颖，都超出了法国乃至世界读者的阅读经验。这样的作品不可能被广泛阅读，但却会为刺激小说的生命力而持久地发挥效应。我代表评委会宣布：2001 年的“卢尔·巴泰雍”外国文学奖授予莫言和杜特莱。

2004 年，莫言获“法兰西艺术与文学骑士勋章”，法国文部部长让·雅克·阿雅贡给予莫言的授奖词是：“您写作的长、短篇小说在法国广大读者中已经享有名望。您以有声有色的语言，对故乡山东省的情感、反映农村生活的笔调、富有历史感的叙述，将中国的生活片段描绘成了同情、暴力和幽默感融成一体的生动场面。您喜欢做叙述试验，但是，我想最引起读者兴趣的还是您对所有人物，无论是和您一样农民出身的还是所描写的干部，都能够以深入浅出的手法来处理。我很荣幸地授予您艺术与文学骑士勋章。”

(二)主流媒体的报道

法国媒体大多引用了瑞典文学院对莫言的评价：“莫言用梦幻般的现实主义将民间传说、历史与当代融为一体。”法新社着重指出了莫言小说中将现实中时代变迁和土地上的现实生活联系在一起，从各个方面表达了现代中国的发展历程和作者本身对家乡的依恋。法新社同时称赞莫言以现实主义风格刻画了中国包括日本侵华、“文革”等重大历史变迁，表现了对生养他的中国东部乡土的眷恋，并引述颁奖词说，莫言的创作融合了民间传说、历史和当代的魔幻现实主义风格，又可在中国传统文学和口头文学中找到出发点。

法国国际广播电台评论道：“莫言创造了一种新的想象与叙事的创新，通过寓言、暗喻和复杂的断裂来描述一些敏感的政治主题。正是这种有社会担当的美学探索使其作品具有了新颖性。”①

(三)主要报刊的报道

《世界报》在莫言获奖后第一时间发表评论：“莫言，是一位懂得把幽默与讽刺、现

① 《中国作家莫言获得诺贝尔文学奖：孤独和饥饿滋养了我的创作》，法国国际广播电台，2012 年 10 月 18 日。Mo Yan, l'écrivain chinois pris Nobel de littérature: La solitude et la faim ont nourri ma création, Rfi, le 18 octobre 2012.

实与虚幻较好融合的作家，他不想复制西方小说，更愿意想象能够反映中国现实的小说。”《世界报》撰文指出，莫言作品中，文艺复兴时期法国作家拉伯雷式的粗犷无处不在。《世界报》评论，莫言、高行健、贾平凹、阎连科等中国作家，代表了中国当代文坛的繁荣，在他们的作品中，也能看到当代中国的方方面面。《世界报》还特别指出，支撑莫言作品的，全部都是东方的智慧，但他的作品与大部分中国当代作品不同。莫言的书中，没有大规模对意识形态的探讨，注意力都放在小人物的命运和生活上。莫言的获奖也会为最普通的人们带来更多的关注。法国广播电台在网站上刊登了一些网友对莫言获奖质疑，认为他并没有在社会民生上作出应有的贡献。《世界报》认为，诺贝尔奖颁给莫言，一方面肯定了他作为作家的地位，另一方面也是对他政治立场的妥协。《世界报》还评论道，莫言笔下有很多女人，母性让她们在面对困境时变得强大。莫言演讲中所选择的几件小事既是他心目中的母亲的剪影，也是他笔下所有女性角色都富有的母性特征。

《费加罗报》文章回顾了莫言的成长经历：他在中国农村长大，到 17 岁还干着照管牲畜、收割高粱等农活。借着油灯光听老一辈讲述那些充满鬼神的中国民间故事和传说，是他小时候唯一的娱乐。莫言说过，童年的艰苦生活是他无穷无尽的灵感源泉。《费加罗报》评论道：“在他的作品法译本的早期译者之一让第・希尔维看来，他非常乐于从长度、宽度和厚度上描绘一场大屠杀式的盛宴。”

2004 年在参加法国图书沙龙期间，《人道报》在 2004 年 3 月 18 日发表了一篇题为《莫言：饥饿的农民，渴求真理的作家》的专访报道文章，就其关心的一些问题向莫言进行了提问。其中，该报认为：“莫言是一位多产的、执着的作家，他以作品的新颖性成为了中国当代文学的一员悍将。”[①]《人道报》的文学专栏发表著名评论员让・克洛德・勒布朗的评论文章，他认为：“莫言是新生代作家，《丰乳肥臀》展示了写作的另一面。”[②]

《视点报》发表了《不该讲话的人》的文章。其中说道：“人们称他为中国的马尔克斯，《丰乳肥臀》可以与马尔克斯的《百年孤独》相媲美。”[③]《视点报》记者玛丽・弗朗索瓦・勒克莱评论莫言：“这是位扎根传统文化的讽刺家，他能够把虚幻和现实融合在一起。透过盛宴和屠杀、透过农民的历史或是会讲话的动物，他在讲述着当代中国。甚至有一天他曾宣布要取代记者的位置！”[④]

---

① [法]多米尼克・维塔尔：《莫言：饥饿的农民，渴求真理的作家》，《人道报》2004 年 3 月 18 日。

② [法]克洛法・勒布朗：《莫言：复生的一代》，《人道报》2004 年 3 月 18 日。

③ [法]卡洛淋・普埃尔：《莫言：不该讲话的人》，《视点报》2004 年 3 月 18 日。

④ [法]玛丽・弗朗索瓦・勒克莱：《莫言：介于粗野与写实主义的中国作家》，《视点报》2012 年 10 月 11 日。

法国“新观察家杂志网站”评论说，莫言是中国作家里风格“最粗犷、最有力、最有独创性”的一个。《巴黎人报》说，莫言三十多年来的创作，是对中国当代社会发展历程的“听诊”。《法兰西西南部报》评价道：“莫言在其作品中以拉伯雷式的粗野描绘了性和酷刑的场景，再现了战争和纵酒作乐的带给人类的痛苦。他的现实主义手法和他对故土的眷恋，足以让这个57岁的作家可以与美洲人威廉·福克纳和哥伦比亚人加西亚·马尔克斯比肩。他从此与两位杰出的前辈一起进入诺贝尔文学奖得主的行列。”①

对那些还不熟悉莫言的法国读者，《快报周刊》推荐了5部莫言作品：《红高粱家族》、《丰乳肥臀》、《酒国》、《檀香刑》和《蛙》。《世界邮报》评价其作品《檀香刑》时说：“《檀香刑》既是一幅伟大的历史画卷，又是作者对于中国通俗文学的抗争。莫言喜欢把文学比作人类的头发。头发的有无对于一个个体的美貌至关重要，但是一旦进入坟墓，肉体便会化作灰尘，而头发却会保存完好。”②《快讯报》评价说：“在莫言的上部作品《酒国》中有马尔考姆·劳里的风格；在他新的超过800页的长河小说《丰乳肥臀》中有加夫列尔·加西亚·马尔克斯的风格。”③

瑞士《时代日报》评论莫言：“莫言是一位无所忌惮的作家，他的作品充斥着淫荡、色情、食人、荒诞的暴力、酷刑、恶性疾病、贿赂、‘文革’、当局的懒散、恐怖讽刺的奇谈，几乎总是可笑，而又能给人一种语言天马行空的印象。”④“在莫言身上有着某种拉伯雷式的东西，他重视神怪题材，创作出地狱之旅和来生转世。他很会用嘲笑但不失温柔的语气讲述乡间野史。他不会吝惜批评当局，只是隐晦但却真实。”在另外一篇文章中评价莫言：“莫言喜欢搞混现实与想象，他更喜欢搅乱虚幻与历史、悲剧与喜剧。”⑤比利时法语区烈日大学在线文化杂志评论道：“莫言作品以风格大胆、放肆和粗俗，甚至尖刻而闻名。他的作品充满尖刻、辛辣的语句，字里行间流露出强烈的情感，它与痛苦的场景互生共存。”⑥

(四)译者的评论

莫言多部作品的法文译者、普罗旺斯大学中国语言与文学教授诺埃尔·杜特莱教授曾经评价莫言的《红高粱》是中国当代文学中的一个了不起的事件。杜特莱对记者说，莫言的作品内容丰富，中国当下社会中的诸多主题——例如社会关系、腐败、传统

---

① 《莫言，诺奖：瑞典皇家科学院选中57岁的中国作家》，《法兰西西南部报》2012年10月12日。

② 孙立梅：《莫言细说〈檀香刑〉》，《羊城晚报》2001年6月26日。

③ [法]铁里·冈蒂洛：《中国的乳房梦》，《快讯报》2004年3月15日。

④ [法]埃雷诺尔·苏尔策：《莫言：拉伯雷式的中国作家》，《时代日报》2012年10月12日。

⑤ [法]埃雷诺尔·苏尔策：《莫言：奇怪的作家》，《时代日报》2012年10月11日。

⑥ 王鹏：《不该讲话的人的80部小说》，“列日大学在线文化杂志”，2010年1月。

的印记等等，他都给予关注，表现出了人类与社会关系的复杂性。对杜特莱来说，他感到最有趣的，是莫言总是在尝试不同的写作风格。比如，《酒国》像是一本侦探小说；《丰乳肥臀》是一部宏大的史诗般的小说，足可以和托尔斯泰、巴尔扎克和马尔克斯的作品媲美；《檀香刑》有民间戏曲的印记；《蛙》的最后一部则是一出有萨特风格的戏剧……杜特莱说，莫言的与众不同之处在于他强大的写作能力，以及独创又多元的写作风格。杜特莱说，莫言有敢于触及中国当代社会最尖锐问题的勇气。而他总是从人性的角度来思考和写作这些问题。这就使他获得了一种独立的身份：他既不是异议人士，也并非官方作家，而是一位深植于他的社会和人民的独立作家。

（五）出版商的评论

法国瑟伊出版社编辑安娜·萨斯图尔内说，法国的出版商很久以前就与莫言建立了合作关系。她还说，法国的编辑们很早就意识到莫言是一位伟大的作家。另一家出版亚洲作家作品的法国比基艾出版社编辑菲利普·比基艾表示："是时候让大家了解和发现中国当代作家了。"他认为，在中国文学的"森林"里，莫言无疑是一棵"大树"。莫言作品法国的发行商安德鲁·伟利对《世界报》的记者说："世界上从来没有一个作家，像莫言一样，有着如此特别的写作手法。他的风格非常特别、非常引人注目。他是非常特别的。"出版商的负责人菲利普·皮可先生对《世界报》表示："我已经被他的想象力，他作品的广度，他诗一样的语言所吸引了。""莫言就像是中国文学森林里的一棵大树，但是他不会遮住其他树的光彩，比如阎连科等优秀当代作家。现在是读者们发现中国文学森林的时刻了。

通过以上摘选的法国各类媒体的评论文章，我们可以看出，关于莫言及其作品的评论文章主要集中在法国读书沙龙期间以及 2012 年莫言获得诺贝尔文学奖之后两个时期，且评论文章主要集中在他最出色的法译本作品的评论上，如《红高粱家族》、《酒国》、《丰乳肥臀》和《生死疲劳》等。评论的焦点主要集中在作品风格特色、语言特色、主题分析和叙事风格等方面。

## 三、莫言作品在法国传播的原因分析

毫无疑问，张艺谋导演改编自莫言《红高粱家族》的电影《红高粱》在国外的大放异彩，在很大程度上推动了法国读者对莫言的接受。法国拥有悠久的汉学传统，他们早在几个世纪前就表现出对中国文化的偏爱，然而究其根本，莫言作品在法国的接受还是源自作家的独特风格、出版社的独特眼光和译者的出色工作。

（一）莫言作品的独特风格

莫言注重风格创新，注重丰富题材，考究叙事方法。杜特莱教授说，他有个特点，总是尝试在每部作品中改变风格。莫言在一次采访中说："法国对中国文学的介绍在欧洲国家中一直是比较热情的，贾平凹、余华、苏童的作品都很早就被译介到法国，贾平凹还在法国得过费米纳奖。我的长篇小说《天堂蒜薹之歌》、中篇小说《红高粱》是1988年就被译介到法国，并有一些不错的反映。法国是文化传统比较深厚的国家、西方的艺术之都，他们注重艺术上的创新。而创新也是我个人的艺术追求，总的来说，我的每部小说都不是特别注重讲故事，而是希望能够在艺术形式上有新的探索。我被翻译过去的小说《天堂蒜薹之歌》是现实主义写法的，而《十三步》是在形式探索上走得很远。这种不断变化可能符合了法国读者求新求变的艺术趣味，也使得不同的作品能够打动不同层次、不同趣味的读者，获得相对广阔的读者群。"①

法国读者尤其喜欢莫言的叙事技巧。莫言小说大都有精心的结构，《丰乳肥臀》就展示了他驾驭作品的能力。作品在前六章重点塑造一位可怜的母亲形象，重点描述她在逆境中痛苦挣扎，顽强地抚育自己的孩子。第七章开始展开回忆，讲述这位母亲的身世、出生、成长、出嫁，最后为了传统的子嗣观念迫使她与不同的男人睡觉。作者有意识地这样安排结构，更为了突出母亲这个角色曾经受到怎样的摧残，突出地表现了母亲坚韧、伟大的形象。莫言讲故事的天分尤其令法国读者倾倒。至于《酒国》，"书中侦探缉凶的情节，隐约透露了一种追本溯源、找寻真相的诠释学意图。但莫言一路写来，横生枝节。他所岔出的闲话、废话、笑话、余话，比情节主干其实更有看头。"②在《师傅越来越幽默》这部作品中，作者以喜剧性的笔触来化解生命中的沉痛。在莫言看来，人的生命并不会因为其惊人的忍耐而显得高贵。《师傅越来越幽默》以它独特和鲜明的风格，使其具有强烈的穿透力和感染力。莫言说："总的来说，在艺术形式上有探索，同时有深刻社会批判内涵的小说比较受欢迎。目前看来，《酒国》和《丰乳肥臀》的影响最大，《丰乳肥臀》小说描写了一个非常复杂的大家庭的纷争和变化，《酒国》则是一部寓言化的、象征化的小说，当然也有社会性的内容。总之，小说艺术上的原创性和深刻的思想内涵，是打动读者的根本原因。"③

（二）出版社的独特眼光

通过莫言作品法译本统计列表可以看出，中国当代文学的译介，在相当程度上还得力于几家年轻的出版社，即菲利普·毕基耶（Editions Philippe Picquier）、南方书编出版社（Actes Sud）和瑟伊出版社（Editions du Seuil）。莫言作品的法文译者希尔

---

① 术术：《"法兰西骑士"归来：莫言、李锐畅谈法图书沙龙》，http://book，sina. com. cn/news/c/2004-04-15/3/59839，shtmal.

② 王德威：《千言万语，何若莫言》，《读书》1999年第3期。

③ 术术：《"法兰西骑士"归来：莫言、李锐畅谈法图书沙龙》，http://book，sina. com. cn/news/c/2004-04-15/3/59839，shtmal.

维·让第曾说过："莫言作品的法译本数量远远多于其他语种的译本，这主要源自几家出版社的胆识，寻找新型作家的嗅觉以及对于其他文化的兴趣。法国就这样成为未来诺贝尔文学奖得主的必要中转站。"[①]然而法国权威和精英式的大型出版社对中国当代文学一般很少问津。如法国著名的嘉里玛出版社(Gallimard)的主要精力则放在中国古典文学的推介上。

(三)译者的出色工作

在一次汉学家文学翻译国际研讨会上，中国作协主席铁凝说："作为一名作者和读者，当自己被世界上优秀的文学作品所打动时，会首先想到感谢翻译家。没有他们奉献的智慧，很多读者将会是璀璨的文学星空下的盲人。"[②]由此可见译者是架起作者与读者的桥梁。莫言也曾坦承其作品在国外迅速译介和传播，并广受好评，这也得益于翻译家们的功劳。莫言作品的法译本主要译者希尔维·让第和诺埃尔·杜特来都曾说过，翻译莫言的作品需要很大的勇气。其中杜特莱教授就曾说，翻译莫言作品的困难主要来自两个方面：一是他的作品中使用很多的高密方言；二是莫言叙事的多变。他不得不求助于中文系的学生来完成翻译。尚德兰也提出翻译莫言作品过程中遇到的问题，比如说时态问题，因为中文里没有绝对的时态，这就给译者带来很大麻烦，其次是家庭成员称谓的翻译问题，如"爹"、"娘"和"哥"等。但是二人都不约而同地称赞莫言非常温和，在翻译的过程中作家给了他们很多的帮助和支持。

我们可以看出，作者和译者的良好关系也是莫言作品能够在法国得以迅速译介和推广的重要原因。尽管在莫言作品的法译本中也出现些低级失误。本文试举一例。在《红高粱》中作者描述"我奶奶"时写道："她老人家不仅仅是抗日的英雄，也是个性解放的先驱，妇女自立的典范。"而在译本中"个性解放的先驱"变成了令人错愕的"性解放的先驱"。这很显然是文化不同导致的错误。然而莫言作品的法译本总体质量很高，这就是为什么莫言是作品法文翻译数量最多的中国当代作家的原因。2001年，莫言和译者杜特莱教授因《酒国》法译本共享儒尔·巴泰雍奖就是对译者最大的褒奖。莫言之所以能够荣获诺贝尔文学奖，各国翻译家可谓功不可没。他的作品被广泛翻译后，提高了在世界上的影响力。莫言此次飞赴瑞典，特地以个人名义邀请了不少嘉宾，其中就有不少位翻译家。他还不止一次地在不同场合表示，这是为了表达对他们工作的深深谢意。"翻译的工作特别重要，我之所以获得诺奖，离不开各国翻译者的创造性工作。有时候，翻译比原创还要艰苦。"在采访中，莫言提到了以下几名翻译家，称赞他

① [法]卡洛琳·普埃尔：《您想获得诺奖吗？那就出版法文版吧！》，《视点报》2012年10月19日。

② 铁凝：《在"汉学家文学翻译国际研讨会"上的致辞》，http://www.chinawriter.com.cn/news/2010-08-10/88582,html.

们“对中国当代文学作出了很大贡献”。其中有瑞典翻译家陈安娜，美国的葛浩文，日本的汉学家吉田富夫，意大利的李莎、丽塔，法国的杜特莱和沙德莱晨。

## 结　语

莫言小说以其独特的风格、实验性的书写、译者的完美翻译加之电影的海外影响，受到法国读者的青睐，正是法国对中国民族精神探索的历史，也是法国人对中国文学呼唤的历史。而如何让莫言译作真正被法国读者接纳与欣赏，值得人们深刻思考。

# 莫言与日本

◇邢永凤*

2012年10月，莫言的诺贝尔文学奖的获奖，引发了国内对莫言文学的极度热情。但当追寻莫言获奖的足迹时，笔者发现，早在获奖之前，莫言就已经引起国际文坛的广泛关注。尤其是日本对莫言文学关注的广度与深度，对莫言获奖的预言都耐人寻味。

2003年，诺贝尔文学奖获得者大江健三郎就断言："莫言是亚洲离诺贝尔文学奖最近的作家。"而早在2000年，大江健三郎在北京的演讲中说："莫言一定会获得诺贝尔文学奖，只是他还太年轻，估计要等十年左右。"2006年，日本福冈市政府授予莫言"第十七届福冈亚洲文化奖"，以表彰其为亚洲文化的保存与创造所作出的积极贡献。他是继巴金之后获此殊荣的第二位中国作家。

在中国当代作家中，在日本最为有名的是莫言，他的作品的80%都有了日文版本，是除鲁迅之外，在近现代文学家中他的作品被翻译成日文最多。

另外，莫言与诺贝尔文学奖获得者大江健三郎的友谊是中日文坛的佳话，他与日本作品翻译家的友好交往也早已超越了文学，谱写了人世间至诚的友情。可以说，莫言的文学魅力，早早地得到了日本文学家的高度评价，而他的文学作品的日本翻译和日本传播使其一步步走近诺贝尔文学奖的视野中。因此，莫言受日本文学的影响以及与日本文学家的心灵感应、与日本翻译家的友情是莫言文学世界中独具特色的风景，值得我们认真品味。

## 一、莫言作品的日本译介

莫言在日本拥有众多读者。他的作品在诸多外文版本中，日文版本是最多的。2012年10月，莫言获得诺贝尔文学奖的消息一公开，《蛙》等4部作品已经卖断货，出

* 邢永凤：山东大学外国语学院日语系教授，博士，博士生导师。

版社的订购电话不断，于是，中央公论社决定立即增印莫言的作品。其中《四十一炮》（上、下）、《生死疲劳》各加印 3000 册，《蛙》加印 5000 册，《檀香刑》（上、下）加印 10000 册。另外，日本有名的出版社平凡社、岩波书店、NHK 出版也纷纷加印《丰乳肥臀》、《红高粱》、《酒国》、《白狗秋千架》等作品。

莫言作品仍是书店里的抢手货
（笔者于 2013 年 2 月摄于日本）

莫言作品的热销与其获奖有着重要的关系，但同时，在莫言获奖之前，莫言作品中的中、长篇小说陆续在日本得到传播。早在 20 世纪 80 年代，莫言的作品日译本已经问世，截至 2012 年，莫言的作品中，长篇小说 80% 在日本翻译出版，其中一部分短篇小说在日本也广受好评。莫言作品日文版翻译的具体情况如下：

| 年　份 | 作　者 | 作　品 | 出版社 |
| --- | --- | --- | --- |
| 1989 年 | 山口晃 | 《红高粱》、《现代中国文学选集》 | 德间书店 |
| 1990 年 | 山口晃 | 《红高粱续》、《现代中国文学选集》 | 德间书店 |
| 1991 年 | 藤井省三 | 与长堀祐造合译《来自中国农村：莫言短篇集》 | JICC 出版局 |
| 1992 年 | 藤井省三 | 《怀抱鲜花的女人》 | JICC 出版局 |
| 1996 年 | 藤井省三 | 《酒国》 | 岩波书店 |
| 1998 年 | 藤井省三 | 编译《现代中国短篇集》 | 平凡社 |
| 1999 年 | 吉田富夫 | 《丰乳肥臀》 | 平凡社 |

续表

| 年　份 | 作　者 | 作　品 | 出版社 |
|---|---|---|---|
| 2002 年 | 吉田富夫 | 《师傅越来越幽默:莫言中短篇选集》 | 平凡社 |
| 2002 年 | 吉田富夫 | 《至福时刻:莫言中短篇选集》 | 平凡社 |
| 2002 年 7 月 | 吉田富夫 | 《檀香刑》 | 中央公论社 |
| 2003 年 10 月 | 吉田富夫 | 《白狗秋千架:莫言自选短篇集》 | 日本广播出版协会 |
| 2006 年 3 月 | 吉田富夫 | 《四十一炮》 | 中央公论社 |
| 2008 年 2 月 | 吉田富夫 | 《生死疲劳》 | 中央公论社 |
| 2011 年 5 月 | 吉田富夫 | 《蛙》 | 中央公论社 |
| 2012 年 10 月 | 吉田富夫 | 《天堂蒜薹之歌》 | 翻译完成 |

从上表可以看出，日本对于莫言的关注是持续了二十多年，使得莫言作品的影响逐年增加。莫言的主要文学作品的日译工程基本完成，这就使得莫言将成为继鲁迅之后文学作品在日本被翻译出版最完整的中国作家。

关于莫言的研究最早见于 1986 年，以日本汉学界为主导，《中国语》杂志刊登了日本大学教授、日本著名汉学家近藤直子对《透明的红萝卜》的评介性阐释文章，近藤直子多年来一直传播和研究中国文学。

同年，井口晃在《东方》杂志上发表了《阅读现代文学：莫言的中篇小说金发婴儿》的评论文章。日本国际文化研究中心教授井波律子对《檀香刑》评价道：作品将深藏于中国近代史底层的黑暗部分，用鲜艳浓烈的噩梦般手法奇妙地展现出来。2006 年 6 月，藤井省三对《四十一炮》的日本版作了题为《现代中国农村的骚乱》的书评，发表在《文学界》。近年来，日本有关莫言作品的研究论文多达数十篇。莫言作品被日本读者广泛地阅读与研究，是莫言作品日译者的贡献，同时也是莫言作品具有国际性的重要标志之一。

日本的青年流行时尚杂志《ELLE》，在 2000 年前必读的 20 世纪 90 年代的世界文学作品中，将莫言的《酒国》名列其中。这说明，莫言的作品不仅是严肃文学，在年轻的一般读者中也很有人气，日本人认为这是因为莫言的作品让读者感受到了文学的乐趣。①

更有意思的是，诺贝尔文学奖的获奖热点人物村上春树的粉丝们，在得知获奖者为莫言后，都异口同声地说："我们要读读莫言的作品。"

可以说，莫言作品的日本译介，使莫言赢得了日本读者的青睐，更赢得了日本的诺奖获得者大江健三郎的认可，并由此展开了两者多年的文学情缘，莫言作品的海外传播是其国际认知度与国际声誉形成的重要因素。而在海外传播过程中所产生的跨文化影响，已经远远超出了文学作品本身，其意义非同一般。

同时，在莫言作品日译过程中，莫言与译者的关系、译者对莫言的认识也值得我们去考察。

## 二、莫言作品的日本传播者——吉田富夫、藤井省三

莫言作品在日本拥有众多读者，且读者中不仅有学术圈人，普通民众、时尚年轻人中也有诸多莫言的粉丝。这当然与莫言作品的日文翻译者有着很大的关系。在莫言作品的诸多外文版本中，日文版本是最多的。这与日本两位非常有名的翻译家有很大关系。他们是佛教大学吉田富夫教授与东京大学藤井省三教授。

### （一）莫言作品翻译专业户——吉田富夫

吉田富夫(yoshida tomio)，1935 年生于日本广岛，1963 年毕业于京都大学研究生院，日本佛教大学文学部教授，是中国现当代文学研究领域的著名学者和专家，在我国现当代文学研究界早就享有盛名。其研究范围和成就相当广泛，其中最具特色的中国学研究便是：通过文学透视 20 世纪中国的历史，并从文学中把握中国的政治、文化乃至中国的灵魂。近几年来，吉田教授向日本翻译介绍的莫言、贾平凹等中国文学作品，在日本读者中获得了良好的反响。在日本，新中国文学从未获得过如此巨大的反响，从这个意义上讲，吉田富夫教授不仅是一个中国文学研究者，更是一个有着学者眼光的中国文学的日本传播者。他在翻译、研究以及教学方面的努力，不仅让日本读者接近了中国文学，也使中国和中国文学走进了日本读者、走进了日本。

据不完全统计，莫言的作品已经被翻译成不少于 16 种文字，而在翻译作品中，日文版本是最多的，到目前为止，吉田是莫言作品最主要的日文翻译者，目前已翻译并出版了 7 部莫言的主要长篇作品，第 8 部也已经翻译完成。他对莫言、贾平凹等中国作家的作品得以在日本传播作出了非常关键性的贡献。

---

① 参见[日]釜屋修：《莫言东京演讲会》，《野草》66 号，2000 年 8 月。

吉田富夫教授讲道：日本莫言长篇小说的80%被翻译成日文，这个现象在中国作家中除了鲁迅之外是绝无仅有的。鲁迅的全部作品有日文翻译，其他作家的作品寥寥无几。

吉田富夫与莫言一样成长于农村，农村的生活经历是他与莫言结缘的重要因素，让他对莫言的作品有着强烈的共鸣。吉田富夫曾这样说过：

> 莫言经常说自己是农民，我也说我是农民，我们的出身一样。我在日本的农村长大，从小从事农活。我父亲是打铁的，莫言的周围也有这样的人。《丰乳肥臀》里就有打铁的，这部小说的母亲形象和我的母亲的形象一模一样，翻译这段时，我流泪了，因为我的母亲就是这么打铁的，这不是小说。我翻译《丰乳肥臀》之后，完全融入了莫言的世界了。1997年3月第一次见到莫言，到现在14年了，越接触越亲近，可能因为同样是农民出身的原因吧。①

吉田富夫认为，莫言的每一部作品无论是结构还是语言风格，都有着显著的变化，创作手法相当巧妙，其天马行空的故事展开，以及游走于现实与异次元世界之间的奔放自如的想象力，其真正的根基实际上源自《西游记》、《水浒传》等传统小说。还有，莫言作为农民之子自幼受民间故事与乡土戏剧的熏染，在此种意义上莫言是地地道道的"中国土著作家"。

吉田认为，莫言作品的魅力在于它们触及了人的共性。虽然莫言作品的日本读者大多在城市中长大，不过莫言作品追求的是人内心的感动，反映了常常被掩盖的人内心的欲望和追求，包括善恶两面。人内心的东西是共通的，所以乡村环境只是一种外在的入口，通过这个入口，读者可以接触到各个国家、各个人内心深处的欲望和本性。这一点无论在中国、日本还是其他国家，都是共通的。这是好的文学作品的共同特点。像鲁迅的《阿Q正传》，虽然讲的是农村的一个雇农的故事，非常偏僻、非常特殊的一个人物，但我们通过阿Q接触到人类内心。同样，莫言的小说，人们也能接触到人类内心共同的东西，这可能是他获得诺贝尔奖的根本原因。② 莫言小说把人内心隐藏的东西揭示出来，读者通过莫言的作品重新发现了自己，这正是莫言作品能拥有广泛读者的秘密所在吧。

有人说莫言受到了外国文学家的影响，但吉田富夫坚持认为莫言是受中国古典文学影响大，另外是受中国的民间故事的影响。③

---

① 参见人民网记者专访：《莫言作品日文版翻译：愿他获奖后多保重》，2012年11月21日。
② 参见人民网记者专访：《莫言作品日文版翻译：愿他获奖后多保重》，2012年11月21日。
③ 参见人民网记者专访：《莫言作品日文版翻译：愿他获奖后多保重》，2012年11月21日。

对于莫言的获奖，吉田讲到：在五六年前，海外媒体报道说莫言有可能获得诺贝尔文学奖，这两三年每到诺贝尔奖快揭晓的时候，好多媒体找我让我准备莫言获奖感言，我想他早晚会获奖的。

吉田眼中的莫言是这样的：

> 他是个180多斤的大汉，他用清晰悦耳的男中音小声说话，别人不主动搭话，他就沉默不语，是个“寡言”之人。这样一个人，何来如此汪洋恣肆的想象力，真是不可思议！①

1998年，吉田富夫教授探访了莫言的家乡高密东北乡。此后两人的交往甚密，莫言每次到京都，都住在吉田的家里。

2008年初秋，吉田富夫教授从佛教大学退休。在吉田富夫教授退休的仪式上，莫言即兴发言：“我的小说里写过一个黑孩子，后来吉田教授告诉我他小时候经常被别人叫成黑孩子。我是农村人，他是山村人。不过，最近收到他的邮件总叫我莫言先生，这个很奇怪，以后请直接叫我莫言，而我叫他吉田大叔！”

吉田教授与夫人应邀将出席了2012年12月在斯德哥尔摩举行的诺贝尔文学颁奖仪式，他们为莫言的获奖而高兴。

（二）莫言的日本研究者藤井省三

东京大学文学部教授藤井省三是较早翻译莫言作品的，并且被公认为是最有地位的莫言作品翻译家兼莫言研究家。藤井教授于1996年早春拜访过莫言的家乡，他认为很多中国作家成长在城市，但莫言在农村长大，其作品大多以描写农民的心理和生活为主题，这在中国作家中无人能出其右。

藤井教授认为莫言的作品是魔幻的现实主义。这一点，是藤井首先提出的。在2003年藤井与莫言的对谈中，莫言坦陈：“第一个发现我的魔幻的现实主义的是你。”②藤井写道：“莫言独特的魔幻的现实主义更进一步，形成了莫言独特的‘莫言世界’，其作品翻译到欧美各国后广受好评，几年后将是诺贝尔文学奖的有力人选，从而备受瞩目。”③

另外，藤井省三还是莫言作品的主要研究者，到目前为止，他已经发表了莫言的研究、评论、介绍等文章十几篇。对于莫言作品的日本传播有着不可磨灭的作用。

---

① ［日］吉田富夫：《莫言的世界——从高密县一角探索人的生存根源》，《中央公论》，2012年12月。

② ［日］藤井省三：《藤井省三与莫言对谈录》，《中央公论》，2003年11月。

③ ［日］藤井省三：《藤井省三与莫言对谈录》，《中央公论》，2003年11月。

（三）亚洲诺贝尔文学家的对话——莫言与川端康成、大江健三郎

在莫言的文学中，他曾经提到的日本作家的名字有：川端康成、岛崎藤村、三岛由纪夫、大江健三郎、井上靖等。关于作家与作家之间的影响关系，莫言曾经这样对大江健三郎说道：

> 两个作家之间可能会产生心灵上的感应，尽管看起来他们写的东西很不相似。世界上这么多作家，但是能够成为影响其他作家的作家并不多。托尔斯泰尽管很伟大，但他的作品对我的创作影响却很小；有的作家虽然距我很遥远，但我一读他的作品就会产生灵感。我记得80年代读马尔克斯的作品时就产生过灵感。读两行我就不想读了，因为我的脑子里有很多记忆被他的作品激活了。我不是不要读他的书，而是要放下书赶快写我的东西。这几年，我读大江先生的书也产生过这种感受。您生活中跟我生活中有很多东西很相似，我读您的小说的过程中很可能会构思出我的小说。[①]

对莫言的文学产生过影响的作家毋庸置疑，大江健三郎是一位，另外，莫言明确提到影响他文学创作的另一位日本作家是川端康成。大江健三郎与川端康成同是诺贝尔文学奖获得者。他们对于莫言的影响也可以说是他们之间的文学对话，无论是实际的对谈还是心灵的感应。那他们之间有着怎样的对话？

1.莫言与川端康成

川端康成是日本文学史上的顶峰人物，1968年12月获得诺贝尔文学奖，是亚洲继泰戈尔之后第二位获得诺贝尔文学奖的作家。中国作家当中除了莫言受川端康成小说的启发以外，余华也说川端康成的小说几乎就是他的老师。

1999年10月，莫言探寻了川端康成的文学足迹，并对伊豆舞女的故事场景一一体验。在参观茨木市的川端康成纪念馆时，他翻阅了当时川端康成的《雪国》，非要找那里面关于狗的描写。他说，读《雪国》，他感觉作品中的那条黑狗一定是一条很大的狗，但中文译文中是“一条黑狗”，因此，他要确认他的感觉，结果，不懂日语的他，一下子翻到了那一页。他印证了他的感觉。[②] 在这次探访中，他感觉到了川端康成，并遇到了他的幽灵。

---

① [日]大江健三郎：《我在暧昧的日本》，王中忱等译，南海出版社2005年版，第34页。

② [日]釜屋修：《莫言东京演讲会》，《野草》66号，2000年8月。

莫言在川端康成纪念碑前

（本照片来自毛丹青教授的博客。本书中还有几张照片也是来自毛丹青教授的博客，经他同意我们可以使用，文中不再一一标注，在此我们表示感谢！）

2011年，莫言寻访了川端康成的故居，地点是大阪府。莫言一边听川端老侄女热心地解释川端的经历，一边向川端康成文学纪念馆的馆长提出了不少问题。莫言说："了解一位作家最先应该了解他的经历。"当中国的一位作家悄然走入了川端的经历的时候，其中的沟通也就开始生成了。作家莫言——一个生者从中国而来，川端康成——一个吸了煤气而自杀身亡的日本作家，当这两个人处于某一个时间段，一方从另一方的经历当中有所察觉的时候，文学的对话也就实现了。

关于与川端康成的相遇以及川端康成给予他的启示，莫言是这样说的：

> 与川端康成我的相遇是在80年代中期的某一天，我偶然读到了川端康成的《雪国》，其中里面有这样的句子："一条壮硕的黑色秋田狗蹲在那里的一块踏石上，久久地舔着热水。"读到这儿，我突然被雷击了一般猛地站了起来。啊，原来狗也能进小说，温泉也能呀。读到这儿，我便把书放到一边，写起了自己的小说。我是这样写的："高密东北乡，是白色的、温顺的大型犬的原产地，经历过几个世纪，今天，纯种犬几乎看不见了。"这是我的小说中最初出现的高密东北乡这个概念，而且，纯种这个概念也是首次出现。写完这句后，我感到自己的思维就像水库的闸门开放了一般，之前感到没什么可写，这之后感觉怎么写也写不完。写这一篇小说时，其他小说的构思便一个接一个地往外涌，一篇小说还没有写完，已经有三四个小说的构思出来了。1984～1986年的三年间，我写了相当于之前写的小说的三分之一的作品。"①

关于自己的文学创作受到的川端康成的影响，莫言在不同的场合反复提到过。具

① 参见[日]釜屋修：《莫言东京演讲会》，《野草》66号，2000年8月。

体的还有在2002年莫言与大江健三郎的对谈中。[①]

可以说川端康成的根据地在于他的故乡"雪国"的秋田县，他的小说是以此为基地展开的。受此启发，莫言确立了自己的领地"高密东北乡"，他的作品故事均在此地展开，从此他便一发不可收拾。可以说，与川端康成的对话，在于让莫言触及到了"故乡"的神经，从而找到了他的"故乡"、他的"乡土"，并将此确立成为其文学领地。"故乡"对于一个作家的重要性盖在于此吧。

2.莫言与大江健三郎

大江健三郎是日本第二位诺贝尔文学奖得主，他与莫言的交往始于2002年，但他对莫言的关注却更早。1994年，大江先生获得诺贝尔文学奖，当他在瑞典作演讲时，他首次提到了莫言：

> 正是这些形象系统，使我得以植根于我边缘的日本乃至边缘的土地，同时开拓出一条到达和表现普遍性的道路。不久后，这些系统还把我同韩国的金芝河、中国的莫言等结合到了一起。[②]

大江健三郎在一次演讲中预言：

> 以莫言强劲的创作能力以及已取得的文学成就，他将是中国诺贝尔文学奖最有力的候选人。
>
> 你这样的作家，也许在中国只有你一个，全世界也只有你一个。[③]

大江比莫言大20岁，当时已经名满全世界，给莫言如此高的评价，作为文坛前辈来讲，既是对后辈文学成就的褒扬与肯定，同时也承认了莫言的作品已引起了世界的关注。

大江健三郎与莫言是相知多年的老友，两人的交往是中日文坛的一段佳话。2002年春节，大江健三郎想访问莫言老家时说过："我想看看文学的风景。"大江健三郎与莫言在高密过年时，大江在莫言的陪同下，去看了他的老房子。当莫言告诉他这里是写《秋水》的地方时，他很感慨，连说"我看到了文学"。

---

① 莫言说道：我写这部小说的时候受到日本作家川端康成的影响，阅读他的《雪国》的时候，当我读到"一条壮硕的黑色秋田狗蹲在那里的一块踏石上，久久地舔着热水"时，脑海中犹如电光火石闪烁，一个想法浮上心头。我随即抓起笔，在稿纸上写下这样的句子："高密东北乡原产白色温驯的大狗，绵延数代之后，很难再见一匹纯种。"《雪国》的这句话确定了《白狗秋千架》的写作基调，而且，我下意识地把"高密东北乡"这五个字在小说里写出来了。此后，在我的很多小说里，"高密东北乡"成了我专用的地理名称。我的很多小说都发生在这个环境里面。它已经不完全是一个地理上的概念，而是一个文学的王国。（[日]大江健三郎：《我在暧昧的日本》，第33页。）

② [日]大江健三郎：《我在暧昧的日本》，第58页。

③ [日]大江健三郎：《我在暧昧的日本》，第30页。

2002年，大江健三郎与莫言在高密老家的村口

在高密期间，大江拜访了莫言的姑姑，莫言的姑姑后来成为莫言小说《蛙》主人公的原型，而小说里的日本友人“杉谷义人”，正是隐喻大江健三郎。

在高密，莫言对大江健三郎曾经这样说：

> 你能千里迢迢飞越大洋，来到中国偏僻的农村高密东北乡，这种力量肯定是来自文学。这也说明我们两个人的人生起点和文学起点有很多相似之处。①

莫言所指出的“人生起点和文学的相似性”是这两位诺贝尔文学家能相互吸引的重要原因。

另外，莫言对大江健三郎怀有深深的敬意。他的演讲《大江健三郎给我们的启示》中，对作家大江、对大江的文学作了如下的评述：

> 大江先生经历过从试图逃避苦难到勇于承担苦难的心路历程，这历程像但丁的《神曲》一样崎岖而壮丽，他在承担苦难的过程中发现了苦难的意义，使自己由一般的悲天悯人升华为一种为人类寻求光明和救赎的宗教情怀。他继承了鲁迅的“肩住黑暗的闸门放他们到宽阔光明的地方去的“牺牲精神”和“救救孩子”的大慈大悲，这样的灵魂是注定不得安宁的。创作，唯有创作，才可能使他获得解脱。大江先生不是那种能够躲进小楼自得其乐的书生，他有一颗像鲁迅那样的疾恶如仇的灵魂。他的创作，可以看成是那个不断地把巨石推到山上去的西绪福斯的努力，可以看成是那个不合时宜的浪漫骑士堂吉珂德的努力，可以看成是那个“知其不可为而为之”的孔夫子的努力，他所寻求的是“绝望中的希望”，是那线“透进铁

① ［日］大江健三郎：《我在暧昧的日本》，第27页。

> 屋的光明”。这样一种悲壮的努力和对自己处境的清醒认识，更强化为一种不得不说的责任。①

从上可以看出，莫言对大江健三郎作了很高的评价。

另外，莫言与大江健三郎的关系，重要的相似性在于：他们都找到了自己的故乡，但并不是一味地迷信故乡，他们既是故乡的民间文化的和传统价值的发现者和捍卫者，也是故乡的愚昧思想和保守停滞消极因素的毫不留情的批评者。这既是他对大江健三郎的评价，也是莫言自身的文学特征。莫言如是说：

> 大江先生对故乡的发现和超越，对我们这些后起之辈，具有榜样的意义，或者可以说，我们在某种程度上，不约而同地走上了与大江先生相同的道路。我们可能找不到自己的森林，找不到“自己的树”，但我们有可能找到自己的高粱地和玉米田；找不到植物的森林，但有可能找到水泥的森林；找不到“自己的树”，但有可能找到自己的图腾、女人或者星辰。也就是说，重要的问题不在于我们是否来自荒原僻野，而是我们应该从自己的“血地”，找到异质文化，发现异质文化和普遍文化的对立和共存，并进一步地从这种对立和共存状态中，发现和创造具有特殊性和普遍性共寓一体特征的新的文化。②

关于文学与政治的关系，莫言对大江的评价正体现了他自己的文学精神。他说：

> 政治和文学的关系，其实不仅仅是中国文学界纠缠不清的问题，也是世界文学范围内的一个问题。我们承认风花雪月式的文学独特的审美价值，但我们更要承认，古今中外，那些积极干预社会、勇敢地介入政治的作品，以其强烈的批判精神和人性关怀，更能成为一个时代的鲜明的文学坐标，更能引起千百万人的强烈共鸣并发挥巨大的教化作用。文学的社会性和批判性是文学原本具有的品质，但如何以文学的方式干预社会、介入政治，却是摆在我们面前的重大课题。在这方面，大江先生以自己的作品为我们做出了有益的启示。③

莫言与大江健三郎的关系，像一对知音，他们在异质的土地上，发现了同样的“故乡”，这故乡是他们的精神家园，同时也是他们发现世界的窗口。因此，可以说莫言与

① 莫言：《大江健三郎给我们的启示》，藤井省三译，《东方》313 号，2007 年 3 月。
② 莫言：《大江健三郎给我们的启示》，藤井省三译，《东方》313 号，2007 年 3 月。
③ 莫言：《大江健三郎给我们的启示》，藤井省三译，《东方》314 号，2007 年 4 月。

大江健三郎虽然相差20岁，在心灵上、在文学上他们更像一对弟兄。

另外，2012年12月，莫言在瑞典的获奖典礼上演讲的题目是：《讲故事的人》，其中多次提到自己的母亲，不可思议的是，莫言早在2006年的演讲中，对“讲故事的人”有着如下的评述：

> 大江先生在他的小说和随笔中多次提到过他童年时期与母亲的一次对话，当他担心自己因病夭折时，他的母亲说：“放心，你就是死了，妈妈还会把你再生一次……我会把你出生以来看过的、听过的、读过的还有你做过的事情，一股脑儿地讲给他听，而且新的你也会讲你现在说的话，所以两个小孩是完全一样的。”我们希望大江先生像他的母亲那样不停地讲述下去，我们也希望大江先生不停地讲述下去。您的讲述和呼唤，不但能使千千万万被偷换了的孩子置换回来，也会使您自己变成那个赤子！①

这“讲故事的人”是大江先生也是他的母亲。“母亲”、“故乡”是这两位作家心灵中永远热爱与眷恋的，正由于此，他们的文学拥有了世界性。

2002年，大江健三郎访问莫言，与莫言、张艺谋畅谈《红高粱》

① 莫言：《大江健三郎给我们的启示》，藤井省三译，《东方》314号，2007年4月。

## 结 语

关于莫言获得诺贝尔文学奖的意义，借吉田富夫教授的评价便是：他证明了文化是可以超越国境的，包括文学在内，文学可以超越政治。真正的文化追求都能触及人内心本质的东西，无论任何国家都能互通。另外，文学有它的特殊作用，它能深入人的心灵，比如鲁迅作品一直持续地给予日本知识分子非常深刻的影响，虽然读鲁迅作品的日本人也不一定那么多，但是这少数人灵魂深处受到的影响能对社会起到很大的影响。[①]

我们希望，莫言文学的价值能在亚洲以及世界社会起到重要的影响，不仅限于文学方面。

---

① 莫言：《大江健三郎给我们的启示》，藤井省三译，《东方》314，2007年4月。

# 日本媒体眼中的莫言
## ——以日本报界对莫言获诺奖的报道为中心

◇王慧荣*

2012年10月11日，瑞典文学院宣布将诺贝尔文学奖授予中国作家莫言，莫言成为有史以来首位获得诺贝尔文学奖的中国作家。莫言获奖的消息成为各国媒体关注的焦点，也吸引了全球读者尤其是中国人的广泛关注。而在获奖名单公布之前，在瑞典及英国的两家著名的博彩公司的诺奖赔率表上，中国作家莫言和日本作家村上春树分别占据头两名。正因为如此，所以今年的诺贝尔文学奖得主自然也成为日本媒体关注的焦点。在诺贝尔文学奖的结果公布之后，日本各大主流媒体难掩对村上落选的失落，与此同时也对莫言获奖进行了一系列的报道。2012年，日本《读卖新闻》评选出的最受日本人关注的海外新闻中，"中国作家莫言获得诺贝尔文学奖"位列第15位。与此同时，莫言的各部代表作如《红高粱》、《蛙》、《生死疲劳》、《丰乳肥臀》、《檀香刑》等的日文版在日本也被抢购一空，各大出版社都相继增加了发行量。可以说通过日本媒体的报道和宣传，莫言几乎成为了日本家喻户晓的作家。那么有关莫言获得诺贝尔文学奖一事，日本的媒体是如何进行报道和解读的呢？本文将以日本发行量居于前三位的报纸——《读卖新闻》、《朝日新闻》和《每日新闻》的相关报道和评论为中心进行分析。

据粗略统计，自2012年10月诺贝尔文学奖揭晓至2012年12月诺贝尔奖颁奖典礼举行的两个月间，日本报界对莫言获得诺贝尔文学奖一事持续关注，三大报纸的相关报道及评论数分别为：《读卖新闻》23篇，《朝日新闻》(含电子版)33篇，《每日新闻》15篇。大致看来，这些报道围绕莫言获诺奖一事，主要从介绍与评论莫言及其作品、对莫言赴日交流活动的追溯、莫言获奖在日本引起的反响等几个方面进行了解读。

* 王慧荣：山东大学外国语学院日语系副教授，博士。

## 一、莫言印象：语气温和、想象力丰富的中国作家

瑞典文学院宣布将诺贝尔文学奖授予莫言以后，其“中国籍”的身份成为日本各大媒体关注的焦点。《朝日新闻》（电子版）10 月 11 日晚的报道《诺贝尔文学奖得主莫言，首位获奖的中国籍作家》中指出：“瑞典文学院宣布将今年的诺贝尔文学奖授予中国作家莫言”，“这是首位拥有中国国籍的作家获奖”。《读卖新闻》10 月 12 日的“东京朝刊”和“西部朝刊”同时刊发了题为《诺贝尔文学奖授予莫言，代表作〈红高粱〉、〈蛙鸣〉，中国作家首次获奖》的报道，其中也指出“莫言是中国第一位获得诺贝尔文学奖的作家”，其作品《蛙》等“引起了巨大反响”，在“欧美、亚洲等十几个国家被翻译出版”。有意思的是在关注莫言的“中国籍”身份的同时，日本的媒体还从同为“亚洲人”的角度再度提及日本曾经获诺贝尔文学奖的两位作家川端康成和大江健三郎。

与媒体新闻的正规化报道和略显生硬的表述有所不同，一些与莫言有过接触的日本人在得知莫言获奖的消息后，纷纷向报社投稿，讲述自己心目中的莫言形象。而这些来自日本民众的“声音”则显得更加具有人情味。《每日新闻》上刊登了一篇题为《诺贝尔文学奖得主莫言：柔和与热忱》的报道，其中讲述了记者在 2011 年 7 月采访莫言时的印象：“莫言在其新作《蛙》的日文版出版之际来到了日本，并在东京、神户等地举办演讲会，同时接受媒体的采访。在东京接受《每日新闻》采访时，始终很和善，嘴角一直带着笑意，给人留下了态度温和的印象。”“而当他谈及文学创作时，表情立刻严肃起来，强调‘每次在创作新书时都想着要超越之前的作品’，‘小说家的工作就是要创作出令人难以忘怀的人物’。其诚挚的语言加上习惯性的手势，使得语气变得更加热忱起来。”[①]《朝日新闻》则报道了莫言在 2004～2006 年间访问北海道时给当地民众留下的印象：“虽然是很出名的作家，但是毫不摆架子，行事低调”，“说话语气沉稳、缓慢，令人印象深刻”。[②]《读卖新闻》的记者对莫言的印象是：“喜欢日本文学和日本料理”，“平时沉默寡言的这个中国大作家，一谈起自己今后的文学构想便滔滔不绝，可以一直讲 30 分钟甚至 1 个小时”。[③] 通过这些新闻报道不难看出，莫言在日本一般民众心目中的形象是一个言谈举止很沉稳、温和，同时又具备极大创作热情的作家。

除了采访与莫言有过接触的一般民众之外，日本的报纸还记录了与莫言有长期交往的日本学者眼中的莫言形象。日本佛教大学名誉教授吉田富夫是莫言作品的主要

---

① ［日］棚部秀行：《诺贝尔文学奖得主莫言：柔和与热忱》，《每日新闻》西部朝刊 2012 年 10 月 12 日。

② 北海道综合频道：《衷心祝贺：“语气沉稳”诺奖得主莫言多次来访》，《朝日新闻》朝刊 2012 年 10 月12 日。

③ ［日］森恭彦：《今日人物：莫言》，《读卖新闻》大阪朝刊 2012 年 10 月 13 日。

译者，与莫言有着十几年的深厚友谊。莫言获得诺贝尔文学奖以后，日本媒体就此事对吉田富夫做了专访，请他向日本读者介绍莫言。在《朝日新闻》专访中提到莫言，"虽然是一个体重90公斤的'巨人'，说话时却很低沉，是标准的男中音。如果不主动与他搭话，他会一言不发，是一个沉默寡言的人。以前很能喝酒，现在几乎滴酒不沾"。"而他写作速度极其迅速，代表作《丰乳肥臀》共计50万字，据说仅用了3个月就完成了。这是1996年创作的，那个时候应该还是手写吧。"在《丰乳肥臀》日文版出版之际，吉田邀请莫言来到日本，请他住在自己的家中，"早饭喜欢将煮羊栖菜和花椒小鱼拌到米饭里，吃的很快，一言不发。告别的时候会微笑着说'谢谢'，之后再没有华丽的词藻。妻子说就是这样简洁的语言反而能温暖人心"。① 通过吉田富夫近距离聚焦式的介绍，一个沉默、质朴又具有丰富想象力的莫言已经跃然纸上了。

## 二、莫言作品：扎根于中国乡土的魔幻现实主义

正如莫言本人所言，作品的文学素质是他获得诺贝尔奖的最主要因素。因而关于莫言的文学作品的介绍和评论也是日本媒体关注的焦点之一。在莫言的众多作品中，最为日本人熟知的便是《红高粱》。在诺贝尔文学奖结果公布以后，《每日新闻》、《读卖新闻》的报道中都以醒目的标题介绍了《红高粱》。2012年10月12日的《每日新闻》"东京朝刊"的标题是《诺贝尔文学奖授予中国莫言，代表作〈红高粱〉，魔幻现实主义》。同一日的《读卖新闻》"西部朝刊"和"东京朝刊"报道的标题中不仅同时出现了《红高粱》，而且报道中还详细介绍了电影版《红高粱》以及莫言的其他作品在日本出版的情况。其中指出："《红高粱》是莫言的代表作，这部作品曾被改编成张艺谋导演的同名电影，并获得了柏林国际电影节最高奖金熊奖。"②2012年10月24日的《朝日新闻》朝刊则刊登了"《红高粱》将在新宿上映"的消息，指出："今年的诺贝尔文学奖得主莫言的代表作《红高粱》改编的电影将于25日下午及11月6日上午在'中国电影全貌2012'上映。"

除了《红高粱》之外，莫言的作品《丰乳肥臀》、《白狗秋千架》、《檀香刑》、《蛙》等在日本也被翻译出版。《读卖新闻》报道称："出版了莫言作品的中央公论社11日决定增印《四十一炮》上下卷各3000册，《生死疲劳》上下卷各3000册，《蛙》5000册。"③《朝日

---

① [日]吉田富夫：《寄语莫言获奖》，《朝日新闻》夕刊2012年10月16日。

② [日]三井美奈：《诺贝尔文学奖首次授予中国作家莫言，代表作〈红高粱〉》，《读卖新闻》西部朝刊2012年10月12日。

③ [美]三井美奈：《诺奖得主莫言，代表作〈蛙〉、〈红高粱〉，首位中国籍作家获奖》，《读卖新闻》东京朝刊2012年10月12日。

新闻》也报道说莫言获得诺贝尔文学奖以后，“中央公论社决定推出《蛙》等四部作品，此消息一经公布，便不断接到订购电话，网上书店也全部卖断货”，“岩波书店也决定重印莫言的三部作品，其代表作《红高粱》增印已经累计达到一万三千册”。[①] 吉田富夫在接收《朝日新闻》采访时指出：除《红高粱》、《丰乳肥臀》等名作之外，以《酒国》、《檀香刑》、《四十一炮》、《生死疲劳》等长篇为代表的作品“描写的都是20世纪中国现代史，而且几乎都被翻译成日文出版，这在现代中国作家中可以说是绝无仅有的”[②]。

除了介绍《红高粱》等莫言各部作品的出版信息之外，如何解读和理解莫言的作品也是日本媒体关注的焦点之一。诺贝尔奖评审委员会将文学奖授予莫言的理由是他的作品将“魔幻现实主义与民间故事、历史与现实融合在一起”。而莫言本人在山东省高密市接受媒体采访时表示，自己的作品“表现了中国人民的生活，表现了中国的独特的文化和民族的风情”，是“站在人的角度上，立足于写人”，“这样的作品超越了地区和种族的、族群的局限”。《读卖新闻》东京夕刊和西部夕刊的报道中也分别以《表现中国独特文化》和《描写人超越了民族》为标题介绍了莫言对自己作品的评价。除此之外，日本报纸基本上都是通过采访研究中国文学的学者、刊登研究专家投稿的形式，对莫言作品的特点进行了深入分析。在日本三大报纸的报道中，莫言的作品主要有如下特点：

首先是魔幻现实主义手法。“魔幻现实主义”是莫言获得诺贝尔文学奖的关键词之一，也是日本学者及媒体谈论的话题之一。在诺贝尔文学奖结果揭晓的翌日早上，日本的《每日新闻》便以《诺贝尔文学奖授予中国莫言，代表作〈红高粱〉，魔幻现实主义》为标题进行了报道。日本东京大学教授藤井省三在接受《朝日新闻》的采访时也强调“魔幻般的叙事”是莫言文学作品的一大特色，“莫言的魔幻现实主义笔法勾起了人们遥远的历史记忆的同时，更能激发人们去审视当下”，尤其是《酒国》构思奇特，“堪称中国魔幻现实主义的巅峰之作”[③]。日本作家諏访哲史更是对莫言的作品作了极高的评价。他在《朝日新闻》的投稿中指出：“莫言是一个写出了超出诺贝尔文学奖的伟大作品的作家。在他众多的杰作面前，诺贝尔文学奖显得微不足道。”“莫言的手法确实是魔幻现实主义的，但是他并不同于马尔克斯。”“他相信自己知道的现实便是现实本身”，“并不是单纯运用魔幻的手法写作”，他所描写的是“魔幻般的现实”。[④]

其次是扎根中国乡土的平民化视角。描写小人物的大命运，是莫言作品的核心所

① [日]上原佳久：《莫言作品被相继增印，网上书店亦售罄》，《朝日新闻》（电子版）2012年10月16日。

② [日]吉田富夫：《寄语莫言获奖》，《朝日新闻》夕刊2012年10月16日。

③ [日]藤井省三：《寄语莫言获诺贝尔文学奖》，《朝日新闻》朝刊2012年10月16日。

④ [日]諏访哲史：《洞察矛盾的微笑》，《朝日新闻》朝刊2012年11月6日。

在，日本作家平山隆评价莫言的作品“以关注大自然与小人物的关系为根本”[①]，这可谓一语中的。正因为如此，其平民化的视角，成为了日本媒体热议的焦点。《每日新闻》将莫言的作品称作是“现代中国的写照”，认为《透明的红萝卜》、《红高粱》等作品“以他者的眼光描写了在体制变迁的激流中生活的平民形象，将虚构与幽默相交织，从社会的底层出发一如既往地关注20世纪中国，由此构建了自己独特的文学地位”[②]。日本翻译家桑岛道夫在投给《每日新闻》的文学评论《执迷于乡土的传统——诺贝尔文学奖莫言的世界》中指出：“欧美人以及我们都认为生活在中国农村的人们是一个处于社会底层的、受压制的、没有发言权的弱势群体，但是《红高粱》完全颠覆了我们的这种认识”，“《红高粱》是对来自世界的差别审视的反审视”，“对中国农村的东方主义认识实际上是一种偷窥症”，“莫言的作品实际上是在通过与传统的乡土文化相接轨的方式来对抗所谓的正统文化，由此来构建自己的文学世界”。[③]《读卖新闻》引用了复旦大学严锋教授的评论，指出：“莫言的作品‘采用平民的视角，表现平民的烦恼和痛苦，反映了当今中国存在的社会问题’”，“这种将现实社会的矛盾融入虚构小说中的创作手法被评价为发挥了最大限度的批判精神”。[④]《朝日新闻》则刊登了日本东京大学教授藤井省三的评论，称“中国虽然广袤无边，然而描写农民情感和伦理的作者当推莫言为翘楚”[⑤]。

再次是源于中国传统文学的丰富想象力。莫言的作品情节奇异，充满丰富奔放的想象力，这一点也受到了日本学界的好评。日本佛教大学名誉教授吉田富夫在给《朝日新闻》的投稿中指出，莫言作品的“结构与表述每部作品都截然不同”，“故事内容天马行空”，“将现实世界与灵异世界自如地穿插交织在一起”，其丰富奔放的想象力实际上源于“《西游记》、《水浒传》等中国传统小说以及其幼年时作为农民的孩子所时常听到的民间传说和说书艺术”，因此“从这个角度上讲，莫言是真正意义上的中国本土作家”。在从中国传统文学中汲取营养的同时，莫言的小说中“总是以一个弱者为中心人物，以占中国人口大多数的农民的目光来观察世界，凭借丰富的想象力来构思故事，而这正是莫言作品受读者喜爱的秘密所在”。吉田曾经去过莫言的故乡山东省高密市，那里是莫言的小说中故事的发生地，在吉田眼中“那里是一片一望无际的平原，既没有

---

① 大阪新闻：《莫言受到日本友人祝福，曾多次来日，深受川端康成影响》，《朝日新闻》朝刊2012年10月12日。

② ［日］棚部秀行：《诺贝尔文学奖授予莫言，〈红高粱〉现代中国的写照》，《每日新闻》大阪朝刊2012年10月12日。

③ ［日］桑岛道夫：《执迷于乡土的传统——诺贝尔文学奖莫言的世界》，《每日新闻》2012年10月18日。

④ ［日］大木圣马：《诺奖得主莫言：描写中国平民的困难、一党体制下最大限度的“反骨”》，《读卖新闻》东京朝刊2012年10月12日。

⑤ ［日］藤井省三：《寄语莫言获诺贝尔文学奖》，《朝日新闻》朝刊2012年10月16日。

小说中写的断壁悬崖和大河，更没有漫山遍野的红高粱，这些完全出自作者的想象”，“如此绚烂瑰丽的、自由自在的想象力真是令人拍手称奇”。[①] 日本中央大学教授饭塚容在写给《朝日新闻》的书评中也强调“莫言小说的特色是以中国近现代史为背景，描写了受到命运严酷打击而依旧顽强生存的普通平民的原始生命力，文体粗放、情节奇异而又不失幽默和讽刺”[②]。旅居日本的神户国际大学教授毛丹青则认为，莫言的作品“构思奇异而具有丰富的表现力”，“拥有非比寻常的想象力”。[③]

通过以上对日本三大报纸中有关莫言作品的评论和解析可以看出，莫言的作品因其魔幻般的写作手法、充满想象力的奇思妙想以及扎根于中国乡土文学传统又能对现实社会的矛盾给予批判和揶揄的犀利文风而受到了好评。正因为如此，日本的学者们在接受媒体采访时对于莫言获得诺贝尔文学奖的意义也大多给予了积极的评价。如在《朝日新闻》的报道中，吉田富夫认为，诺贝尔文学奖的获得表明“莫言作为一个深受大众喜爱的作家而受到国外的好评，这将使中国萌生自信，而在对外交往中更加开放”。平山隆等人则认为，莫言获奖可以促使日本民众更加亲近莫言，对于缓和中日关系是一个好消息。[④] 毛丹青在接受《每日新闻》采访时指出，莫言获奖意味着“当代中国文学获得认可，其意义巨大”，希望“以这次获奖为契机，使亚洲文学获得越来越多的关注”。[⑤]《读卖新闻》刊登的对日本静冈大学学者桑岛道夫的采访中指出：“莫言获得诺贝尔文学奖的意义重大，这意味着以往偏重欧美作品的诺贝尔文学奖评价标准开始改变了。”[⑥]

## 三、莫言与日本：多次赴日的知日派作家

在莫言作品的翻译版本中，日文版作品是最多的。也正是以此为契机，莫言曾经多次访问日本，被称作知日派作家。因而在日本媒体围绕莫言获诺奖所作的报道中，还有一个关注的焦点就是回顾他在日本的交流活动。作为与莫言相交多年的朋友，毛

---

① [日]吉田富夫：《寄语莫言获奖》，《朝日新闻》夕刊 2012 年 10 月 16 日。

② 饭塚容：《描写顽强生存的平民》，《朝日新闻》朝刊 2012 年 10 月 28 日。

③ 参见大阪新闻：《莫言受到日本友人祝福，曾多次来日，深受川端康成影响》，《朝日新闻》朝刊 2012 年 10 月 12 日。

④ 参见大阪新闻：《莫言受到日本友人祝福，曾多次来日，深受川端康成影响》，《朝日新闻》朝刊 2012 年 10 月 12 日。

⑤ [日]石川贵教：《喜欢温泉与生鱼片的亲日作家》，《每日新闻》东京朝刊 2012 年 10 月 12 日。

⑥ [日]三井美奈：《诺奖得主莫言，代表作〈蛙〉、〈红高粱〉，首位中国籍作家获奖》，《每日新闻》东京朝刊 2012 年 10 月 12 日。

丹青在接受《每日新闻》采访时透露："莫言大约赴日交流十多次，是一个喜欢温泉和生鱼片的亲日派作家。"①《读卖新闻》的书评专栏中也指出："今年的诺贝尔文学奖得主莫言是一位知日派，在日本文学界也有极高的知名度。"②对于这样一位新科诺贝尔文学奖得主，又是日本文学界熟知的知日派作家，追溯其与日本人的交往，展示中日交流背景下的莫言形象，这也成为日本媒体报道的重要议题之一。大体而言，日本媒体报道的莫言赴日交流活动主要有：赴北海道观光游览、获得福冈亚洲文化大奖、参加学术交流活动等方面的内容。在这些报道中，莫言是一个多次赴日、对日本文化及日本文学有着独特理解、与日本人结下深厚友谊的知日派作家，所以相关报道内容洋溢着和谐、友好的气息。具体看来有如下内容：

首先是有关莫言曾赴北海道参观的回顾。莫言获奖的翌日，《朝日新闻》便以《诺贝尔文学奖莫言多次来访北海道》为题进行了报道，主要介绍了莫言于 2004 年拜访北海道当别町的情况。当别町是二战时期被日军抓到日本矿山做苦力的山东人刘连仁被发现的地点，莫言听说了刘连仁的经历后，特意去当别町拜访了当时发现刘连仁的日本村民。当地的村民听说曾经来访的人获得了诺贝尔文学奖，"十分激动，并衷心祝贺"。除了采访莫言去过的北海道当别町居民之外，《朝日新闻》上还刊登了一篇对札幌市职员高田英基的采访报道。2004 年 12 月至 2005 年 1 月，莫言在北海道各地参观期间，全程由高田陪同，两人因此结下友谊，之后一直保持联系。高田回忆说受北海道运输局和观光联盟的邀请，莫言在近两周时间里游览了北海道的襟岬裳、洞爷湖、钏路市胜手井、十胜川温泉等风景名胜区。在此期间，莫言为旅行杂志撰写了旅行散文。报道中说，得知莫言获得诺贝尔文学奖，"高田高兴地说'想要去北京祝贺'"③。《读卖新闻》也以《诺贝尔文学奖得主莫言曾为北海道宣传做贡献》为题报道了莫言在北海道旅行的情况，指出，为了吸引游客，札幌市曾经邀请莫言赴北海道观光，期间莫言所撰写的旅行散文大大提高了北海道的知名度。当时陪同莫言的北海道职员回忆说："这样一个世界级的作家能来札幌，真是令人兴奋。"④

其次是关于莫言获得福冈亚洲文化大奖的介绍。2006 年 9 月，莫言曾获得过日本福冈市的第十七届福冈亚洲文化大奖。在诺贝尔文学奖揭晓以后，这件事也被日本媒体"旧事重提"。《朝日新闻》上刊登了一篇题为《福冈亚洲文化大奖得主再获诺贝尔奖，莫言曾获 2006 年大奖》的报道。文中指出："诺贝尔文学奖得主莫言与亚洲的大门

① ［日］石川贵教：《喜欢温泉与生鱼片的亲日作家》，《每日新闻》东京朝刊 2012 年 10 月 12 日。
② ［日］鹈饲哲夫：《读卖堂评论》"征稿启事"，《读卖新闻》东京朝刊"读卖堂"2012 年 10 月 21 日。
③ ［日］熊井洋美：《与莫方至今仍有交往——专访北海道札幌市职员》，《朝日新闻》朝刊 2012 年 10 月 13 日。
④ ［日］三井美奈：《诺贝尔文学奖得主莫言曾为北海道宣传做贡献》，《读卖新闻》东京朝刊 2012 年 10 月 12 日。

福冈市渊源颇深"，"他曾以'通过文学开辟了亚洲通向世界的道路'为由获得了第十七届福冈亚洲文化大奖"，"这是2006年诺贝尔和平奖得主穆罕默德·尤努斯以来第二位获得诺贝尔奖的福冈亚洲文化大奖得主"。[①]《每日新闻》"西部朝刊"上对此事也作了回顾，并就莫言获诺贝尔文学奖一事采访了福冈市市长高岛宗一郎以及当时负责福冈亚洲文化大奖联络事宜的日本职员西岛雅一。高岛表示："十分荣幸福冈市能够在诺贝尔文学奖之前将亚洲文化大奖颁给莫言。"西岛则回忆了莫言在福冈跟当地小学生交流的情景介绍说："他说跟小学生交流能写出几百页的书，实在是一个文学天才。"[②]

再次，莫言曾经多次赴日本参加学术交流活动，这也是日本媒体关注的内容之一。2012年10月12日的《朝日新闻》(电子版)以《莫言曾多次来日演讲》为题对莫言在日本做的学术演讲进行了梳理：1999年在京大会馆做演讲；2006年在关西大学做演讲、2008年在东京参加"灾难与文化"国际学术会议；2010年在北九州参加中日韩文学研讨会等。其中在关西大学演讲时莫言曾表示深受日本作家川端康成的影响，而这则成为了日本媒体特别关注的焦点。在《朝日新闻》一篇题为《莫言受到日本友人祝福曾多次来日，深受川端康成影响》的报道中，通过采访原关西大学校长河田悌一指出，莫言在关西大学演讲时曾与河田悌一会面并表示"深受川端康成的影响"，"对日本式细致入微的描写很有感触"。[③]《读卖新闻》的"大阪朝刊"和"东京朝刊"上都以《莫言敬爱川端康成》为题作了相关报道。其中10月12日"大阪朝刊"的报道标题是《莫言敬爱川端康成，曾讲"小说是理解日本的捷径"》，文中指出，莫言曾经在2006年6月来大阪之际参观了川端康成少年时代生活过的地方以及川端康成文学馆。他还表示每次来日本都有意识地加深对日本以及日本文学的理解，最有效的捷径便是阅读小说。

## 结　语

综上所述，在莫言获得诺贝尔文学奖的消息公布以后，日本媒体对此事进行了持续的关注，日本的三大报纸报道的内容涉及了日本民众对莫言的印象、日本学者对莫言作品的评价以及莫言在日本的交流活动等方面的内容。这些报道内容传达了对莫

---

① [日]鸟居达也：《福冈亚洲文化大奖得主再获诺贝尔奖，莫言曾获2006年大奖》，《朝日新闻》朝刊2012年10月12日。

② [日]棚部秀行：《诺奖得主莫言：柔和与热忱》，《每日新闻》西部朝刊2012年10月12日。

③ 大阪新闻：《莫言受到日本友人祝福，曾多次来日，深受川端康成影响》，《朝日新闻》朝刊2012年10月12日。

言获奖一事的积极评价。然而，中国作家莫言获奖意味着日本作家村上春树的落选，所以在关注莫言的同时，日本媒体也难掩对村上落选的失落之情。如《读卖新闻》10月12日的“大阪朝刊”上分别以《村上与诺贝尔文学奖擦肩而过，母校神户高中同学深感遗憾》和《香炉园小学的恩师寄语“明年必获”，村上落选诺贝尔文学奖》为标题作了报道。在《每日新闻》“东京朝刊”2012年10月12日的报道《诺贝尔文学奖授予莫言，村上的书迷也表示祝贺》中，则记录了诺贝尔文学奖揭晓当天村上春树的书迷们聚集在一起等待庆祝，最终只能遗憾收场的情景。对于莫言的获奖，当时在场的村上书迷也有人表示“同是亚洲人，为他感到高兴”。与这篇报道同时刊登的还有一篇题为《诺贝尔文学奖授予莫言，有人表示“中国获得认可”，“战胜了日本”》的报道。同一天的《每日新闻》也刊登了题为《诺贝尔文学奖授予莫言，中国国内喜气洋洋，宣称“打败日本”》的报道。其内容都是截取了微博中部分中国读者对莫言获奖的反应和评价，这样的排版安排，显然是在刻意渲染中国读者对日本的敌视情绪。除此之外，日本媒体的报道中还不乏关于莫言被称作“体制内”作家的相关报道，从政治角度对此事进行了负面解读。在当前中日关系趋于紧张的时期，日本媒体特意选取了“中日对决”、“战胜日本”等只在部分网民中流传的言论进行报道，难免有宣扬中国威胁论以及加剧中日两国国民情绪对立之嫌。

# 天才的说书人
## ——韩国人眼中的莫言

◇韩　梅*

## 一、序言：莫言与韩国

在韩国，莫言堪称知名度最高的中国当代作家之一。他的主要作品《蛙》、《红高粱》、《丰乳肥臀》、《檀香刑》、《生死疲劳》、《天堂蒜薹之歌》、《酒国》、《食草家族》、《四十一炮》、《十三步》、《月光斩》、《师傅越来越幽默》、《万事亨通》等先后被介绍到韩国，在创作与批评、文学与知性等韩国屈指可数的代表性文学出版社出版，不仅得到文学评论界的高度评价，在读者当中也引起了热烈的反响。作为中国作家的代表，莫言曾多次赴韩参加交流活动，与韩国文坛建立了密切的关系，甚至被韩国舆论界评为中国代表性的“知韩派”作家。[①] 2008年，莫言被韩国檀国大学聘为客座教授；2011年，莫言荣获韩国万海大奖文学奖；2012年，莫言的作品《蛙》被韩国出版物伦理委员会列为推荐图书。……这些都证实莫言在韩国具有不凡的影响力。

如果用一句话概括韩国读者对莫言的看法，那似乎可以归纳为“莫言是一个善于通过小说作品讲故事的人”。莫言作品的主要翻译者朴明爱曾撰文介绍说：“莫言话不多，但是一旦开始写作，他就成了一匹脱缰的野马。……他是一位不断创造故事的天才说书人。”[②]《蛙》的翻译者沈奎浩（音译）也说，正如其笔名“莫言”一样，莫言在正式场合少言寡语，然而作家身份注定他是一位用文字讲故事的“不说话的说书人”。[③] 此

---

* 韩梅：山东大学外国语学院朝鲜语系教授，博士。

① [韩]韩润正、白胜瓒（音译）：《莫言，用混合历史与现实的想象力描绘中国农村与城市的悲欢》，《京乡新闻》2012年10月11日。

② [韩]朴明爱：《世界文学巨匠2——〈红高粱〉的作家莫言》，《东亚日报》2005年4月17日。

③ [韩]沈奎浩：《诺贝尔奖为什么关注拿“笔”的人民解放军莫言?》，Pressian，cn，2012年10月12日。

外，也有评论者指出："莫言以出色的写作能力和丰富的想象力表现出天才说书人的表达能力。"①

以下本文主要根据出版社书评、读者和翻译者的评论来看一下韩国人如何具体地认识、评价莫言的作品。

## 二、"写人是唯一的目的"——关于莫言小说中的人物

莫言一向重视对人物的塑造，对于自己的创作，他一直秉持的观点是："写人是唯一的目的。"②他在《蛙》的韩文版序言中也写道："小说关键是写人。"因此他下决心准确地观察人、描写人。他把人物塑造成功与否看作评价作品的一个重要标准，认为只有创造出世界文学史上从未出现过的新鲜人物形象，作品才算是成功的。由于在作品中着力塑造出彩的人物，他创造出了《红高粱家族》中粗豪率性、敢爱敢恨的"我爷爷"、"我奶奶"，《檀香刑》中阴鸷、残忍的刽子手赵甲，《丰乳肥臀》中懦弱无能的上官金童，《生死疲劳》中执拗的单干户蓝脸和不屈的地主西门闹等个性鲜明的人物形象，给读者留下深刻的印象。莫言作品中这些独具特色的人物也同样引起了韩国读者的关注。他们认为，莫言小说中的人物具有原始的野性、复杂的矛盾性，他们也对莫言借助人物揭示人性的创作表示赞赏。

莫言的成名之作——《红高粱家族》以 20 世纪 20 年代中期到 40 年代初期的山东高密为背景，真实地描写出日军在高密的种种暴行，讲述了"我爷爷"、"我奶奶"的罗曼史以及当地百姓在"我爷爷"的带领下揭竿而起反抗日军的故事。不过，韩国出版社在有关《红高粱家族》的书评中指出，小说的重点不是讲述家族史或抗战史，而是"描绘具有浓厚象征意味的人物，讲述他们所创造的生活、热烈的爱情、悲壮的斗争以及最终的死亡。作品表现出对充满原始生命力的人、充满野性的人热烈的憧憬与向往"③。这种理解非常符合莫言对《红高粱家族》的阐释——"《红高粱》歌颂了一种个性张扬的精神"④，说明韩国评论者透过轰轰烈烈的故事情节，准确地把握了《红高粱家族》的本质。

莫言小说中的人物大都具有鲜明而突出的个性，但又绝不平面化，他们往往真实可信、有血有肉，这是因为莫言注重描写人物身上的矛盾性和人物之间的矛盾。对于

① [韩]吴尚道：《用诙谐的问题反映中国民众贫瘠的生活》，《首尔新闻》2012 年 10 月 12 日。
② 杨扬、莫言：《写人是唯一的目的》，《今晚报》2012 年 10 月 12 日。
③ "文学与知性出版社书评"，http://book.naver.com/bookdb/publisher_review.nhn? bid=3123063.
④ 张清华、曹霞编：《看莫言——朋友、专家、同行眼中的诺奖得主》，华中科技大学出版社 2013 年版，第 25 页。

讲述地主西门闹六次轮回经历的巨著《生死疲劳》，韩国读者认为，其可贵之处是通过西门闹投胎转世的驴、牛、猪等动物的视角描写出了人与人之间的矛盾。[①] 对于莫言近年以计划生育为题材的力作《蛙》，梨花女大教授金美贤（音译）认为，其最大的闪光点就在于主人公"我"的前后矛盾：在小说的前半部，"我"恪守国家的计划生育政策，甚至为此失去了第一个妻子和妻子腹中的胎儿。而到了小说的后半部，"我"却在第二个妻子的怂恿下寻找代孕妈妈借腹产子，违反了国家的政策。通过这一人物，作家凸显了人物的矛盾与复杂[②]，使人物更加真实丰满。

莫言在作品中塑造人物形象，其根本目的是为了揭示复杂而微妙的人性，赋予作品更为深刻而普遍的意义，韩国读者也认识到了这一点。一份出版社书评就明确指出，洋洋数十万言的《四十一炮》所讲述的实际上是"追逐肉的少年罗小通、追逐权力的村长老兰、追逐爱情的父亲罗通、追逐财富的母亲杨玉珍为满足自身欲望人格逐渐扭曲的故事"[③]。关于《酒国》，出版社书评认为，作品中依靠酒致富的酒国象征着疯狂追求刺激的现代社会。作家通过酒，赤裸裸地揭露了人性的丑恶与暴力，目的就是揭示隐藏在人心最深层的丑恶与懦弱。[④] 莫言的小说集《月光斩》中出现了很多孩子，他们有的是天真、淳朴的野孩子，有的是惹是生非的顽皮孩子，有的则是不惜牺牲生命恪尽孝道的乖孩子。韩国读者认为，归根到底，这些孩子的形象都是为了讽刺、批判社会的矛盾和人类残忍而卑劣的本性。[⑤]

韩国学者认为，莫言的可贵之处就在于他关注生命、重视人物。他站在民众中间，展现百姓的生活，着力于对人性的描摹，"他真实地描写出人物的孤独、恐惧、自私、残忍，同时也不放过人物所具有的美好品质和对生活的渴望"[⑥]。正是由于这个原因，尽管莫言作品中的人物大多身处中国偏僻的乡村，却能够超越国境和文化的界线，让异国的读者受到深深的感动。

---

① "创作与批评出版社书评"，http://book.naver.com/bookdb/publisher_review.nhn? bid=4899954.

② 金美贤：《蛙——2012年8月韩国刊行物伦理委员会推荐图书》(2012年7月25日)，http://blog.naver.com/libro0103? Redirect=Log&logNo=70143102062.

③ "文学与知性出版社书评"，http://www.ypbooks.co.kr/book.yp? bookcd=1206902271#4.

④ 朴明爱：《世界文学巨匠2——〈红高粱〉的作家莫言》，《东亚日报》2005年4月17日。

⑤ "文学村图书信息"，http://book.naver.com/bookdb/book_detail.nhn? bid=4770748.

⑥ 白百合：《深入发掘民众生活的莫言作品世界》，《联合新闻》2012年10月11日，http://news.naver.com/main/read.nhn? mode=LSD&mid=sec&sid1=104&oid=002&aid=0001987139.

## 三、“要做一个有担当的作家”——关于莫言小说中的历史与现实

莫言在创作谈中表示：“作家要有勇气去关注现实生活，不应该绕着走。要做一个有担当的作家，不能回避重大问题。只要生活中存在的，作家就有权利把它表现出来。”[①]因此，莫言关注的人物是卷入历史或现实风浪中的人物，他用天赋的想象力把故乡土地上过去或现在发生的故事写成小说。这决定了他的作品无论多么天马行空，都直接或间接地反映了中国的历史与现实，而能够反映中国的历史或现实也是韩国读者喜爱莫言作品的重要原因。

《丰乳肥臀》的故事开始于1930年代日本侵略中国的悲惨历史时期，清朝末年出生的母亲上官鲁氏幼年经历了裹脚的痛苦，长大后嫁给了无能的丈夫，饱受婆婆的折磨。当她意识到只有生出儿子才能得到应有的待遇，便为生儿子不断地生育，而孩子们的父亲也各不相同。从上官鲁氏这种看似极为个人的行为中，韩国读者看到的是20世纪中国民间百姓的生存方式。他们认为：“小说看似在赞美残酷的现实，实际上是通过历经磨难、令人同情的母亲形象讲述了中国大陆悲惨的近现代历史。”[②]

描写中国当代半个世纪农村现实的长篇小说《生死疲劳》得到韩国读者的赞扬，如很多读者所表示的那样，其中一个很重要的原因就是“《生死疲劳》这本书让我们轻松有趣地了解了中国历史”[③]。他们认为，作品中的故事虽然荒诞、离奇，但是小说实际上深刻反映了中国各个时代的现实。比如说，主人公蓝脸的儿子叫“解放”，孙子们叫“开放”、“改革”，2000年出生的曾孙子叫“千岁”。他们的名字就分别代表着中国各个时期的主旋律。莫言通过一个宏大的叙事讲述了一个悠长的时代故事。作品清晰地讲述了中国当代历史，真实地展现出社会主义和资本主义意识形态对民众的影响。[④]对于《檀香刑》，韩国读者认为，其创作本身就是基于中国近代努力摆脱列强的蹂躏、守卫作人尊严的悲惨历史。小说通过描写戏曲演员孙丙戏剧般浪漫而悲壮的人生、县令陈丁法律与良心的背离以及对民众的爱、混混儿赵甲残忍的行刑以及对杀人美学的追求、媚娘自由奔放的爱情，展现了“大陆的历史与文化、生与死的掠影”[⑤]，因而格外深刻、厚重。

从故事的时间背景来看，莫言的创作大致可以分为两大类：一类以写近现代史为

---

① 杨景贤：《莫言访谈录：作家要写灵魂深处最痛的地方》，“新华网山东频道”，2011年11月2日。

② “兰登书屋韩国分社图书信息”，http://book.naver.com/bookdb/book_detail.nhn? bid=1462669.

③ 晨星：《莫言的〈生死疲劳〉》，http://blog.naver.com/foreverck? Redirect=Log&logNo=10152135241.

④ 参见紫霞（音译）：《〈生死疲劳〉书评》，http://www.texter.co.kr/04_review/review2_board_list.

⑤ “中央M&B出版社图书信息”，http://book.naver.com/bookdb/book_detail.nhn? bid=133251.

主，一类以写当代现实为主。除了上述几部作品——《生死疲劳》、《丰乳肥臀》、《檀香刑》着重通过被卷入历史漩涡中的人物经历反映中国近现代历史之外，莫言还在很多作品中直率地描写了当代民众的生活，揭露时代的问题和矛盾，表现出作家的现实批判意识，反映出强烈的社会责任感。《天堂蒜薹之歌》、《师傅越来越幽默》等着重反映近二三十年以来中国当代现实的作品就是这一类型的代表。

对于以20世纪80年代的改革开放为背景的《天堂蒜薹之歌》，韩国读者认为其主题意识很强，作家凭借出色的写作技巧，真实描写出农村现实的贫困和部分官员的腐败，表现出作家借助小事件反映社会问题的气魄与能力，与其他作品相比，小说表现出更为强烈的现实批评意识[①]，实为难能可贵。对于小说集《师傅越来越幽默》，韩国读者也高度评价了作家对社会现实的揭露和对社会黑暗面的批判。他们指出，通过被上级领导和官员欺骗的劳动模范丁师傅、真心照料牛却受到干部冷落与蔑视的杜大爷、仅仅因为走路先迈右脚便被荒谬地打成右派的朱总人等人物形象，作家对官僚主义进行了猛烈的批判。[②] 不过，与《天堂蒜薹之歌》不同的是，这种批判意识巧妙地隐藏在作家杰出的口才和诙谐的描写之中，只是偶尔露峥嵘。

魔幻色彩浓郁的《四十一炮》中有很多荒唐的内容，乍看起来，现实意义似乎不那么强烈。即便如此，韩国读者仍然从中读出了"令人痛心的真实"，认为作家"通过这种跨越幻想与现实的叙述方式，描述了20世纪90年代之后开放时期中国的社会现实"[③]。在莫言的诸多作品中，关注现实问题、文体朴实的《蛙》似乎最为深刻地打动了韩国读者。有的读者表示，"《蛙》是一部有趣而且令人惊叹、令人感动的小说"[④]。因为它让自己进一步走近了中国的现实，以前曾经在报纸上读过的一条简讯、在课本上背过的一个单词不再抽象而遥远，而是活生生地展现在自己面前，让人感同身受。

## 四、"对小说形式的探索"——关于莫言小说的形式

优秀的作家一定有独创性，优秀的小说必须有独创性。为此，莫言曾表示："我一直痴迷于对小说形式的探索。我在创作《檀香刑》、《生死疲劳》时一直在写作形式上进行探索和创新，力戒重复。"[⑤]为加强作品的独创性，他不断创造思考出多种文体和叙

---

① 蓝天：《〈天堂蒜薹之歌〉书评》，http://blog.naver.com/www7582/100087014004.

② 尹根荣（音译）：《莫言小说集〈师傅越来越幽默〉》，2009年12月24日，http://news.naver.com/main/read.nhn? mode=LSD&mid=sec&sid1=103&oid=003&aid=0003013727EWSIS.

③ 水蜘蛛：《莫言的〈四十一炮〉》，http://blog.naver.com/anyjy Redirect=Log&logNo=80124470924.

④ 小家伙：《莫言的〈蛙〉》，http://blog.naver.com/wldushoy Redirect=Log&logNo=130164758194.

⑤ 杨景贤：《莫言访谈录：作家要写灵魂深处最痛的地方》，"新华网山东频道"，2009年11月30日。

事方式，将其运用于小说创作之中。莫言对小说形式的实验和摸索得到了韩国读者的认同，韩国学者就曾分析说，莫言的小说之所以有趣，就是因为他的小说充满了想象力，时常让读者在幻想与现实之间徘徊，这种效果多得益于莫言的叙事方式。①

莫言对小说形式的创新首先表现在对独特视角的探索和灵活运用方面。如莫言自述的那样，在《红高粱家族》中，他发明了“我爷爷”、“我奶奶”这一独特的视角，打通了历史与现实的障碍，开启了一扇通往过去的方便之门。② 有不少韩国读者就不约而同地指出了这一作品视角独特，以“我”为中心用第一人称进行叙述，但又用“我奶奶”的视角直接表达奶奶的想法，让自然地表现出奶奶的内心世界一下子变得轻而易举。③ 与此类似的还有《生死疲劳》，有韩国专家指出，作品虽然使用了第一人称，但其叙述近似于全知视角，因而能够生动地描写出漫长的时间背景，塑造出各个人物形象。④ 韩国读者在《檀香刑》中也发现了莫言在视角上的创新，他们指出，《檀香刑》“每一章轮流让作家、眉娘、赵甲、陈县令、孙丙等多个人物以独白的方式进行叙述，使读者能够更好地了解这些人物的品格与价值观”⑤，加深对人物行为方式的理解。

带有强烈魔幻色彩的《十三步》也采用了奇特的视角。作品的开头由被关在动物园笼子里的叙述者“你”向听众“我们”讲述“他们”的故事，但是随着故事的发展，“你”与“我们”、“他们”之间的界线变得模糊起来，时间也开始颠倒混乱，想象与现实的界线变得模糊不清。对此，韩国读者的解读是莫言通过这种写法强调并非只有某一事件、某种观点中的历史才是真实的，他拒绝用某一种视角、让某一个叙述者操控作品中人物的命运和事件。⑥ 换言之，莫言的目的是让作品表达多重声音，让不同的人物从不同的立场和观点阐释历史与现实，使小说具有更加丰富的含义。

在小说创作中，莫言还非常擅长借鉴书信、戏剧甚至小说等文体增强作品的多样性、趣味性。有韩国读者指出，《檀香刑》将历史叙述与戏剧因素结合在了一起，特别在结尾部分让主要人物都出现在刑场上，很像话剧结束后演员一起上台谢幕，读起来很有意思。⑦ 《蛙》则由叙述者蝌蚪写给杉谷义人的五封长信组成，蝌蚪在信中表示，要

---

① 沈奎浩：《诺贝尔奖为什么关注拿“笔”的人民解放军莫言？》，Pressian. cn，2012 年 10 月 12 日。

② 参见张清华、曹霞编：《看莫言——朋友、专家、同行眼中的诺奖得主》，华中科技大学出版社 2013 年版，第 25 页。

③ “文学与知性出版社书评”，http://book. naver. com/bookdb/publisher_review. nhn? bid=3123063.

④ [韩]全盛泰：《用庄重的口才穿过中国现代史》，“韩国刊行物伦理委员会网”：http://www. kpec. or. kr/Site/web/sub_frameView. asp? menuKMCD=KP0065&selKMCD=KP0204&BKNO=4.

⑤ 水蜘蛛：《檀香刑：用檀木实施的刑罚》，http://blog. naver. com/anyjy? Redirect = Log&logNo = 80125361248.

⑥ “文学村图书信息”，http://book. naver. com/bookdb/book_detail. nhn? bid=7032771.

⑦ 水蜘蛛：《莫言的〈檀香刑〉》，http://blog. naver. com/anyjy? Redirect=Log&logNo=80124237180.

以姑姑的一生为素材写一部剧本。第五封信里就附上了这样的一部九幕剧本，而且剧本中姑姑的故事成为整部小说的结尾，作品将小说与书信、话剧结合得十分巧妙。[①]《酒国》的形式也非常特别，内容由叫“莫言”的作家与立志当作家的青年李一斗之间往来的书信和李一斗的短篇小说习作组成，作品中的现实与作品内的小说相互补充，使故事更加错综复杂，加强了作品的幻想性。[②]

关于莫言小说的形式，韩国读者还特别注意到他对传统文化的发掘和运用。有读者指出，《生死疲劳》使用了中国传统叙事方式——“讲故事”的形式，成功地表达出人生劳碌空虚的主题。作品还在莫言常用的中国现当代历史和农村现实题材上增添了六道轮回的素材，这种源于佛教的东方式想象力极大地增添了阅读的乐趣。对于莫言的这些探索，西江大学中文系教授李旭渊认为这是他在为重建中国文化的特色作努力。李教授分析指出，为了摆脱“文化大革命”之后现实主义文学的程式化，中国作家曾一度热衷于使用类似西欧现代主义小说的实验性文体，但是近年他们开始回归中国传统叙事方式。莫言就回到了更具中国特色的叙事方式之中，采用中国古典小说的形式创作了章回体小说，写人变成畜生、变成鬼，在过去与现代、灵的世界与现实的世界中自由往来。[③] 他对莫言这种重建中国传统文学叙事方式的努力作出了积极的评价，认为这为文坛注入了新的活力。

## 结 语

2012年莫言荣获诺贝尔文学奖，在韩国引起了很大反响。很多此前并不太关注中国文学的韩国读者开始关注莫言及其作品，也有不少人开始思考莫言获奖的原因以及莫言获奖的意义。

大多数韩国人都从莫言作品本身解释莫言获奖的原因。德诚女大中文系教授金京南(音译)认为：“中国的世界级作家很多，他们大都从现代性的角度进行创作。莫言则对中国历史和生活价值进行了深入发掘，这就是他获奖的理由。”[④]也有不少读者将莫言与其他外国著名作家进行了比较，认为莫言获奖理所当然。有的读者说，莫言的

---

① “民音社出版社书评”，http://book.naver.com/bookdb/publisher_review.nhn? bid=6954106.

② 参见“书世界出版社书评”：《诺贝尔文学奖获得者莫言及其作品〈酒国〉》，http://bkworlds.tistory.com/82.

③ 李旭渊：《从中国特色的复活中寻找“话本小说”的传统》，《纵横驰骋，21世纪中国文化与文学》2007年总第573期，第542～555页。

④ 白百合：《深入发掘民众生活的莫言作品世界》，《联合新闻》2012年10月11日。

作品与马尔克斯的《百年孤独》有相似之处，但是“莫言的作品比马尔克斯的作品读起来更加诙谐幽默、更加轻松愉快。因此，莫言比马尔克斯还要技高一筹”①。也有人将莫言与日本作家村上春树进行了比较，认为“村上春树的作品像速溶咖啡，莫言的作品则像充分发酵的虾酱一样，味道浓郁、回味无穷”②。无数阅读过莫言小说的韩国读者认为，“莫言不愧是2012年诺贝尔文学奖获得者，不愧是中国的第一位诺贝尔文学奖获得者”③。

此外，也有不少韩国学者结合中国的国际地位和社会现实、东亚文化的地位来阐释莫言获奖的原因。有的学者指出，在过去的三十年中，中国取得了惊人的发展，“中国模式”引起了世人的瞩目，中国的文学作品也容易引起世人的关注。而且“今天的中国社会纷繁复杂，就像一个博览会，展示着当今世界需要解决的所有问题”，因此，“当今中国是一个比较容易创造出世界性人物和世界性文学的不可思议的地方”，“中国文学正处于一个产生中国式世界文学的最佳时期”。④ 首尔大学中文系教授全炯俊则认为：“莫言的作品扎根于中国农村，但是这种农村不仅源于中国，而是源于东亚的农耕文化。”因此，“莫言这次获诺贝尔文学奖并非与他国无关。从广义上来说，这次诺贝尔文学奖是授予了东亚文化”⑤。韩国舆论界还认为，莫言此次获诺贝尔文学奖会进一步提高中国文化的竞争力，“继成为亚洲的艺术品、电影市场的中心之后，中国将会在文学创作等领域陆续取得成就”⑥。

综上所述，在过去十年间，莫言的大多数重要作品都已经被介绍到韩国，得到韩国读者的赞赏和喜爱。他们被莫言笔下栩栩如生的人物所吸引，被作品中揭示的复杂而深刻的人性所震撼，为莫言作品中呈现的多种新颖形式而倾倒。与此同时，他们也通过莫言的作品加深了对中国历史与现实的了解，在感情上与中国和中国人更加亲近。莫言荣获诺贝尔文学奖，也让韩国读者感到欢欣鼓舞，吸引着他们更加关注中国文学和中国文化，这有可能成为扩大中国文化对韩交流的重要契机。

---

① 紫霞（音译）：《〈生死疲劳〉书评》，http://www.texter.co.kr/04_review/review2_board_list.php?booknum=6391&category=&find=&id=texter&nadomd=2&page2=21&parent=6391&recomend=&search=&sub=&wmade=.

② 晨星：《莫言的〈生死疲劳〉》，http://blog.naver.com/foreverck?Redirect=Log&logNo=10152135241.

③ 我爱我：《2012年诺贝尔文学奖获奖作家莫言的〈蛙〉》，http://blog.naver.com/shj9098?Redirect=Log&logNo=110149763920.

④ 白志云（音译）：《莫言的世界性》，《成均中国简讯》2013年第1卷第1期。

⑤ 白百合：《深入发掘民众生活的莫言作品世界》，《联合新闻》2012年10月11日。

⑥ [韩]金泰勋：《韩国应如何看待中国摘取诺奖》，《朝鲜日报》（中文网络版），http://cn.chosun.com/site/data/html_dir/2012/10/24/20121024000019.html.

# 英译者葛浩文眼中的莫言

◇孙昌坤[*]

在接受英国文学杂志 *Granta* 的专访时，美国著名中国当代文学翻译家 Howard Goldblatt（中文名葛浩文）这样描述他与莫言作品的相遇：

> 1985 年，我去了满洲里、哈尔滨，在那里写作关于日本占领时期文学的作品。慢慢地感到很无聊，我就开始读刚刚出版的一本故事集，名字叫作《1985 年的中国小说》（*Chinese Fiction in* 1985）。书中有 6～8 位在以后成名作家的小说，莫言的就在其中。……莫言的这个故事很棒（terrific），真的很不寻常（really unusual）、很有创新精神（revolutionary）。两三年后，我回到科罗拉多，香港的一位朋友寄给我一本文学季刊。这一期里有全文登载的《天堂蒜薹之歌》。读到这个作品，我马上一见钟情（absolutely knocked out）。从来没有其他文学作品让我感到如此震撼（stunned）。我马上写信给莫言，做了自我介绍，告诉他我想把他的这个故事翻译成英文。他回答："当然可以。"[①]

这句简简单单的"当然可以"开启了莫言这位当代中国作家与葛浩文这位被文学评论家夏志清称为"公认的中国现当代文学之首席翻译家"的相知、相识、相互成就的过程。作为美国作家 John Updike 眼中中国现当代文学在英语世界的"接生员"（midwifery）[②]，葛浩文对于莫言的作品用力最多，在与莫言作品相遇后的二十多年时间里，他关注和翻译最多的是莫言的作品。截至 2012 年底，他翻译的莫言作品包括 7 部小

---

* 孙昌坤：山东大学外国语学院翻译系副教授，博士。

① Sophia Efthimiatou，"Interview：Howard Goldblatt"，http://www.granta.com/New-Writing/Interview-Howard-Goldblatt.

② John Updike，"Bitter Bamboo-Two Novels from China"，http://www.newyorker.com/archive/2005/05/09/050509crbo_books.

说、1本小说集和1部回忆录。这些成绩的取得，既得益于作者对译者的信任，也得益于译者对作者的肯定。

## 一、一支烟开始的交情

葛浩文与莫言第一次见面是在其翻译了莫言的两部小说《红高粱》(1994)、《天堂蒜薹之歌》(1996)之后。此前，葛浩文的一位朋友曾经见过莫言，回到美国后，她告诉葛浩文："这个人真好，会全心待客。"于是葛浩文来到中国与莫言见面谈他要翻译的第三部莫言的作品《酒国》。"我到他那里去，我们一起吃饭，但当时完全没有共鸣(absolutely no chemistry between us)。我和他一点都不合拍(He and I simply did not click at all.)。我们就这样尴尬地坐着，都没有说话。他点上一支烟。我好多年不抽烟了，但我想，'算了，为什么我不抽一支呢?'所以我对他说，'给我也来一支，好吗?'他递给我一支烟，就此开始，我们成了好朋友。"[①]

在葛浩文眼里，"莫言从不摆架子，不装样子，骨子里头就是一位可爱的农民"[②]。他认为莫言从不吝惜自己的时间和学识。虽然只上到小学四五年级就辍学了，但在葛浩文眼里，莫言与他所见到的任何中国作家一样，读过并了解所有中国文学传统的东西。[③] 他对莫言的学识有深刻的印象，"这个人真是聪明，你要是跟他在一起，你问他什么，他都能说。还不是扯淡，他真能说。有一次，他在我美国家里住过三个晚上，他住的小房间里有一个书架，上面有不少台湾作品，很多是当时国内看不到的。他临走前我对他说，那个书架上你要什么书就带回去，他说，没有关系，我都看过了！好几十本呢，他竟然都翻过了！"[④]在接受美国《华盛顿邮报》的专访时，葛浩文称赞莫言是一位安静的、有思想的自学成才者，认为"他的社会意识非常强，而且有着强烈的社会良知。他对中国社会非常感兴趣，无论是好的一面还是坏的一面。人们对他有很多的争议，但这不再对他构成困扰。他头脑中肯定有很多问题，因此根本没有时间去理会外

① Sophia Efthimiatou,"Interview: Howaard Goldblatt", http://www.granta.com/New-Writing/Interview-Howard-Goldblatt.

② 《美翻译家谈莫言：他骨子里就是一位可爱的农民》，http://www.chinanews.com/cul/2012/12-21/4426839.shtml.

③ Sophia Efthimiatou,"Interview: Howard Goldblatt", http://www.granta.com/New-Writing/Interview-Howard-Goldblatt.

④ 季进：《我译故我在——葛浩文访谈录》，《当代作家评论》2009年第6期。

面的世界”[①]。

无疑，正是译者对作者的这种深入了解以及作者与译者这样融洽的交往，让莫言对葛浩文的翻译持开放态度，给了译者很大的发挥空间，甚至为了翻译做出改变。莫言的《天堂蒜薹之歌》，“那是个充满愤怒的故事，结尾有些不了了之。我把编辑的看法告诉了莫言。十天后，他发给了我一个全新的结尾，我花了两天时间翻译出来，发给编辑，结果皆大欢喜。而且，此后再发行的中文版都改用了这个新的结尾”[②]。如葛浩文所言：“莫言理解我的所作所为，让他成为国际作家，同时他也了解在中国被视为理所当然的事物，未必在其他国家会被接受，所以他完全放手让我翻译。”[③]

也许正是这种信任和放手，成就了英语世界里光彩夺目的诺奖获得者莫言。对此，莫言也不吝啬对其作品英译者的赞美。2000 年 3 月，在科罗拉多大学博尔德校区的演讲中，莫言说：“如果没有他杰出的工作，我的小说也可能由别人翻成英文在美国出版，但绝对没有今天这样完美的译本。许多既精通英语又精通汉语的朋友对我说：葛浩文教授的翻译与我的原著是一种旗鼓相当的搭配，但我更愿意相信，他的译本为我的原著增添了光彩。……我与葛浩文教授 1988 年便开始了合作，他写给我的信大概有一百多封，他打给我的电话更是无法统计……教授经常为了一个字、为了我在小说中写到的他不熟悉的一件东西，而反复磋商……由此可见，葛浩文教授不但是一个才华横溢的翻译家，而且还是一个作风严谨的翻译家……”[④]正如美国媒体所言：“莫言是那种和蔼可亲的人，他的译者经常赞誉作为小说家的他，而他也赞誉自己作品的译者。”[⑤]

## 二、从来没有他不用或不喜欢的形容词

葛浩文对于莫言的语言风格和叙事方式也有自己独特的理解。他说自己第一次被莫言的作品吸引是因为“它非常新颖，在时间上自由地前后转换。我被作品的语言、

---

① 《美国译者将莫言比肩狄更斯：最恐怖的场景也有很强的美感》，http://news.hsw.cn/system/2012/10/13/051498683.shtml.

② 李文静：《中国文学英译的合作、协商与文化传播——汉英翻译家葛浩文与林丽君访谈录》，《中国翻译》2012 年第 1 期。

③ 《作家和翻译谁成就谁？葛浩文译本被赞比原著好》，http://www.chinanews.com/cul/2012/11-02/4296306.shtml.

④ 莫言：《我在美国出版的三本书》，《小说界》2000 年第 5 期。

⑤ Kevin Bloom, "Found in translation: Mo Yan wins literature Nobel", http://www.dailymaverick.co.za/article/2012-10-12-found-in-translation-mo-yan-wins-literature-nobel#.UVOgrx0VIio.

刻画人物的深度和作品呈现出的生命感所吸引”。他表示：“我一直喜欢粗俗、大胆、幽默的语言大师，比如狄更斯或拉伯雷。莫言的优点与其说在于他创造的人物，不如说在于他对语言和意象的运用，加上他那种嘲讽的幽默。”①

他在接受《中国日报》的电子邮件专访时把莫言称为“最大主义者”(maximalist)，认为：“莫言是一个广泛探索中文，寻求其表达特性(expressive qualities)的作家。他也是一位能够调动各种感官的作家。特别善于‘陌生化’，用他的散文营造出‘崭新的现实，引人入目’(new and arresting realities)。”②他所认识的莫言“从来没有他不用或不喜欢的形容词。他是个很狄更斯式的作家，善于运用长长的句子和插话(asides)”，“特别擅长通过对话与叙述为自己的作品设定基调”③。

谈到莫言的创作素材，葛浩文认为与莫言的农民身份密切相关。“他是一位农民，这在他的作品里有很多描述”④(He was a peasant, so he has a lot of that in his work.)，“他的作品常常是虚构性自传(quasi-autobiographical)，他童年时是农民，他写作的大多数素材都来自这里”⑤。

在叙事方面，葛浩文认为莫言“是一位寓言与幻想的行家、多重叙事与文体转换的高手”⑥。“莫言的所有小说都以其类似虚构的东北高密县家乡为场景。孩提时从祖父和亲戚处听来的故事为其丰富的想象添加了燃料，在一系列篇幅巨大、充满活力，总是富于争议性的小说中找到了爆发点。”他“惯于运用民间信仰、奇异的动物意象及不同的想象性叙事技巧和历史现实(国家和地方性的、官方和流行的)混为一体，创造出独特的文学、唯一令人满意的文学。这些作品具有吸引世界目光的主题和感人肺腑的意象，很容易跨越国界”⑦。这位译者还特别注意到莫言叙事中的历史视角。他认为：“比起同时代的作家，莫言更有‘历史感’。不论是太平天国还是‘文革’题材，他拿捏历

① 《美国译者将莫言比肩狄更斯：最恐怖的场景也有很强的美感》，http://news.hsw.cn/system/2012/10/13/051498683.shtml.

② Howard Goldblatt & Shelley Chan, “Author Mo earns praise for his historical Perspectives”, http://www.chinadaily.com.cn/life/2012-10/10/content_15811922.htm.

③ Sophia Efthimiatou, “Interview: Howard Goldblatt”, http://www.granta.com/New-Writing/Interview-Howard-Goldblatt.

④ Sophia Efthimiatou, “Interview: Howard Goldblatt”, http://www.granta.com/New-Writing/Interview-Howard-Goldblatt.

⑤ Deborah Treisman, “This week in fiction: Mo Yan”, http://www.newyorker.com/online/blogs/books/2012/11/this-week-in-fiction-mo-yan.html#ixzz2OnJV507G.

⑥ Deborah Treisman, “This week in fiction: Mo Yan”, http://www.newyorker.com/online/blogs/books/2012/11/this-week-in-fiction-mo-yan.html#ixzz2OnJV507G.

⑦ 葛浩文：《莫言英译本序言两篇》，吴耀宗译，《当代作家评论》2010年第3期。

史角度最为得心应手。”[①]“当我阅读莫言的作品时，我时常会想到狄更斯（我知道他不是当代作家）：他们的作品都是围绕着一个鲜明道义核心的鸿篇巨制，大胆、浓烈、意象化而又强有力。与其作品相似的还有威廉·弗尔曼的《欧洲中心》，莫言的《红高粱》系列拥有同样的宏大历史叙述，他的《天堂蒜薹之歌》也同样表达了对强权者兽行的猛烈抨击。当然，还有那些莫言自己也比较喜欢的作家：现代主义的福克纳、魔幻现实主义的加西亚·马尔科斯，还有日本的大江健三郎。也别忘了另外一个‘老派人物’：以市井俚语冷嘲热讽著称的拉伯雷。”[②]

## 三、《丰乳肥臀》是一场丰盛的文学宴，《生死疲劳》堪称才华横溢的长篇寓言

对于他翻译过的莫言作品，葛浩文都有过仔细的研究。在葛浩文的眼里，莫言“写的东西不会不好，绝对不会，所以他的新作我都会看”。他“始终认为莫言是一个非常了不起的作家”[③]。在有专访者请他评价哪部莫言作品是他的最爱时，他说：“这就像是要我在自己的孩子中选一个最喜爱的一样难。我真心喜欢莫言的所有小说，并对翻译它们乐在其中。我喜欢它们的原因各式各样。”[④]

对于最早翻译的莫言《红高粱家族》，译者葛浩文认为这是“一部虚构性自传”，拥有宏大历史叙述，认为这部作品“在 1987 年出版时一改当时的文学景观，亦成为首部在西方叫好又叫座的中国电影”。[⑤]

《天堂蒜薹之歌》则充斥着明显可见的怨愤，但由于间有讽刺（这种讽刺手法会在莫言日后的作品中发扬光大）和对官方话语的零散嘲笑，乃得以缓和下来。[⑥] 书中“表达了对强权者兽行的猛烈抨击”[⑦]。

《酒国》也许是葛浩文谈论最多的莫言作品。他认为《酒国》是他“读过的中国小说

---

① Howard Goldblatt & Shelley Chan, “Author Mo earns praise for his historical Perspectives”, http://www.chinadaily.com.cn/life/2012-10/10/content_15811922.htm.

② Howard Goldblatt & Shelley Chan, “Author Mo earns praise for his historical Perspectives”, http://www.chinadaily.com.cn/life/2012-10/10/content_15811922.htm.

③ 季进：《我译故我在——葛浩文访谈录》，《当代作家评论》2009 年第 6 期。

④ Howard Goldblatt & Shelley Chan, “Author Mo earns praise for his historical Perspectives”, http://www.chinadaily.com.cn/life/2012-10/10/content_15811922.htm.

⑤ ［美］葛浩文：《莫言英译本序言两篇》，吴耀宗译，《当代作家评论》2010 年第 3 期。

⑥ ［美］葛浩文：《莫言英译本序言两篇》，吴耀宗译，《当代作家评论》2010 年第 3 期。

⑦ Howard Goldblatt & Shelley Chan, “Author Mo earns praise for his historical Perspectives”, http://www.chinadaily.com.cn/life/2012-10/10/content_15811922.htm.

中在创作手法方面最有想象力、最为丰富复杂的作品”①。在葛浩文看来，“《酒国》是斯威夫特式的讽刺之作”②，“莫言创作《酒国》，除了叙述人物全情沉迷于食、酒、性，字里行间充满讽刺语气和奇人逸事，以及设置天马行空的叙述架构之外，还处处语带双关，混杂不同的文体形式，且搬引典故，允古允今，既有政治的，亦有文学的；既有文雅的，亦有秽亵的，又使用许多山东地方性的表达”。所以，“《酒国》劲度很足，就如莫言山东家乡和中国其他地方所酿制的无色烈酒（当中最知名的要数茅台酒）。这部小说充满了爆炸力，其暴露嘲讽后毛中国之政治结构或中国人在饮食上之持久沉耽，既妙趣横生又怨恨流露，在当代文学中并不多见；而结构之新颖独创，更鲜有能望其项背者”③。他指出《酒国》是一部有多重意义的小说，它直面许多中国人的国民性，如贪吃、好酒、讳性等特征，探讨了各种古怪的人际关系。他认为既然《酒国》中的吃人肉不是出于仇恨，不是出于饥荒导致的匮乏，而是纯粹寻求口腹之乐，那么作者这样写显然是一种寓言化表达，即作家对于整个社会是否还有人性存在提出的强烈质疑。④

莫言的另一部影响力巨大的小说《丰乳肥臀》，被葛浩文称为是“一场丰盛的文学宴。莫言几乎将整个20世纪涵盖其中，以无畏的毅力和热情描述了中国社会的历史发展……它是展现作者独特风格的文学经典”。“作者熟练地交替使用第一和第三人称的叙述角度，运用回闪倒叙以及其他巧妙的技巧”。“在处理（自然是有选择性的）历史事件的同时，亦探讨暴露社会与人性更广的层面，超越和驳斥那些特定事件或对历史的经典化政治解读。中国标准的历史小说倾向于将重大的历史事件前景化，莫言则置之不理。《丰乳肥臀》中的历史事件纯粹为金童、其幸存的姐妹、侄子侄女以及母亲的生命提供了背景。因为这背景，上官金童的恋母情结和阳痿变得明显可见。通过对男主人公不留情面、毫不恭维的描绘，莫言要读者注意的是人种退化和人的个性混杂削弱（对初见于《红高粱家族》中情感的回响），亦即失败的父权社会。最终，是女性（大部分，并非全部）的性格力量为作者灰暗的景观添加了一线希望”。⑤ 此外，葛浩文认为：“《生死疲劳》堪称才华横溢的长篇寓言；《檀香刑》，正如作者所希望的，极富音乐之美。”⑥

---

① Howard Goldblatt & Shelley Chan, “Author Mo earns praise for his historical Perspectives”, http://www.chinadaily.com.cn/life/2012-10/10/content_15811922.htm.

② [美]葛浩文：《莫言英译本序言两篇》，吴耀宗译，《当代作家评论》2010年第3期。

③ [美]葛浩文：《莫言英译本序言两篇》，吴耀宗译，《当代作家评论》2010年第3期。

④ 刘江凯：《本土性、民族性的世界写作——莫言的海外传播与接受》，《当代作家评论》2011年第4期。

⑤ [美]葛浩文：《莫言英译本序言两篇》，吴耀宗译，《当代作家评论》2010年第3期。

⑥ Howard Goldblatt & Shelley Chan, “Author Mo earns praise for his historical Perspectives”, http://www.chinadaily.com.cn/life/2012-10/10/content_15811922.htm.

## 结　语

文学翻译中译者的角色显然不是被动的，在翻译过程中，译者集读者、创作者、评论者、译者多种身份于一身。他对于原作者的了解、原作者创作风格的认识、原作者作品的熟悉程度都会影响到他对作品的转达。德国汉学家顾彬认为莫言能获得诺贝尔文学奖，很大一部分原因是由于葛浩文的翻译。[①] 我们何尝不可以说，葛浩文英译中国当代文学的成功，是因为中国当代有莫言这样具有国际影响的作家。这样的作者与译者的组合，对于中国文学、世界文学都是一种幸事。

① 参见张箭飞：《看得见的译者：葛浩文的莫言》，《粤海风》2013年第1期。

# 莫言与保罗·安德鲁

◇侯萍萍*

莫言是中国当代的著名作家，2012 年诺贝尔文学奖的获得者。保罗·安德鲁(Paul Audreu)是世界著名的法国建筑设计师，中国国家大剧院的设计者。两位来自不同国度、有着不同文化背景和不同职业的杰出人物，由于对文学和艺术的共同热爱而结下了深厚的友谊。

近期，笔者利用给保罗·安德鲁担任口译的机会，面对面访谈了这位著名的设计师，了解了他与莫言的不解之缘，以及他眼中的莫言作品和中国文学。

## 一、莫言的《蓝色城堡》

2008 年夏天，法国国内发行量最大的报纸《费加罗报》开展了一项独特而有趣的活动，即邀请世界范围的顶级外国籍作家为该报撰写小说，由该报每天发表一篇。规则是：每篇小说的开头都必须使用荷马史诗《奥德赛》中的同一段话。这段话取自这部史诗的第十三章，内容是描述特洛伊战争后奥德修斯返回故乡之前的一个场景。莫言的《蓝色城堡》就是在这样的背景下诞生的。这篇小说的具体发表时间是 2008 年 8 月 18 日，正值北京奥运会进行期间。

莫言的小说《蓝色城堡》中神秘的蓝色城堡原形即是国家大剧院。该剧院位于北京市天安门广场西，是首都北京的标志性建筑之一，自酝酿规划至建成历经近十年的时间，2007 年 9 月建成。大剧院外观呈半椭球形，外立面为淡蓝色，由于形状和颜色酷似鸭蛋而被人们戏称为“鸟蛋”，与北京奥运会的主场馆“鸟巢”遥相呼应。

国家大剧院的设计者保罗·安德鲁(Paul Andreu)，是国际著名的法国建筑设计师，曾多次荣获国际建筑大奖。1967 年，29 岁的安德鲁设计了圆形的巴黎查尔斯·戴

* 侯萍萍：山东大学外国语学院翻译系副教授，博士。

高乐机场候机楼，一举成名。从此，作为巴黎机场公司的首席建筑设计师，在多个国家设计了众多的机场，其中包括尼斯、雅加达、开罗、文莱、巴黎、上海等地的机场。1999年，安德鲁领导的巴黎机场公司与清华大学合作，经多轮角逐，在中国国家大剧院国际竞赛中一举夺标。鉴于安德鲁先生在建筑设计领域的成就，浙江大学聘请他担任其建筑工程学院名誉院长、建筑设计研究院名誉院长和艺术总监。

值得一提的是，安德鲁先生同时还是一位文学造诣颇深的作家，他的小说《房子》(*La Maison*)和《记忆的群岛》(*L'archipel de la Memoire*)已被翻译成中文并由上海文艺出版社于2010年出版。为了表示对本文作者口译工作的感谢，他赠送了一本由他亲笔签名的法文版小说 *La Maison*。

## 二、《蓝色城堡》中的保罗·安德鲁

莫言在他的作品中提到过很多中国人，如在他的半自传体小说《变》中就提到了张艺谋、巩俐、姜文以及他以前的老师和同学等人的名字。但在他的作品中提到的真实的外国人为数并不多，而保罗·安德鲁则是其中之一。为什么会选择安德鲁呢？安德鲁与《蓝色城堡》又有着怎样的关系？

在小说《蓝色城堡》中，莫言再次展示了异常丰富的想象力和把魔幻与现实相结合的高超本领。在这部小说中，希腊神话中的英雄、荷马史诗《奥德赛》中的主人公奥德修斯在特洛伊战争后渴望回到自己的家乡与家人团聚。然而，这次奥德修斯的返乡旅程发生了变化，他感到“身体不听头脑的支配”，快速下沉，然后通过“一条与他仰着的身体同样形状的通道”穿过地球，到了世界另一端的一个陌生地方。醒来后，他发现自己赤身裸体地躺在一个“巨大的广场中央”，这个巨大的广场就是中国北京的天安门广场。他发现“周围有许多人，穿着他在梦中也没见过的奇装异服，身上散发着他从未嗅到过的气味，嘴巴里发出他从未听过的语言”，这些人好奇地围观，似乎想弄明白他到底是哪方来的怪物。于是，他开始逃离。奔跑过程中，“他看到迎面是一座淡蓝色城堡，形状椭圆，既像一只巨大的鸭蛋，又像一座美丽的岛屿”。他不顾一切地冲进了这座蓝色城堡。

在城堡里，他见到了两个人，“一个年过七旬，身体瘦削，鼻梁直挺，眼窝深陷，眼珠深蓝，目光忧郁；另一位身体肥胖，年约五十，头发半秃，眼睛细长”。老者带他参观了蓝色城堡，解说过程中不经意间流露出自豪与炫耀之色，之后用上等的葡萄酒招待了奥德修斯。最后，老者对迷惑不解的奥德修斯说，“奥德修斯，我们从荷马的史诗里，知道了您过去的英雄事迹和不幸遭遇，也知道了您今后的命运……您很快就会返回故乡……您现在身处四千年后的中国首都，这里是刚刚落成的国家大剧院，一座梦幻般的建筑，我是这座建筑的设计师法国人保罗·安德鲁”。接着，老者又指着身边的“中年胖子”说，“这一位，是中国作家莫言，我的朋友，我们俩是荷马的崇拜者，他把您的事迹唱成了史诗。从他的史诗里，我们得到了高尚的艺术灵感。荷马的史诗是一切艺术的源头，而您，是所有英雄的楷模”。

如此这般，希腊神话里的英雄穿越时空来到了北京，在国家大剧院里与世界闻名的法国设计师安德鲁和诺贝尔文学奖的获得者中国作家莫言相逢相识，并得到了两位现代杰出人物的高度礼遇。莫言的超强想象力和表达力足以让众多的穿越剧黯然失色。《蓝色城堡》里的这场穿越，别出心裁，既反映了现代社会的全球化特征，又彰显了古希腊文化对当今艺术的影响。想必奥德修斯也会因这次奇特的旅行而对莫言心存感激吧，也许作为回报，他回到家乡后会以传播中国文化为己任呢！

## 三、保罗·安德鲁眼中的莫言作品

对于自己进入莫言的小说中，安德鲁先生是颇为自豪的，因为莫言是他非常喜欢的作家，自十几年前他便开始读莫言的小说，先后读过《丰乳肥臀》、《檀香型》、《酒国》等多部莫言的作品。在与笔者的交谈中，安德鲁调侃地说莫言在描写他时说他“眼珠深蓝”是不准确的，因为他的眼珠是棕色的。他接着幽默地说，他并不怪罪莫言，因为他在小说中把自己描写成是“头发半秃，眼睛细长”的“中年胖子”。据安德鲁先生回忆，他第一次读莫言的作品是在十几年前，一方面因为他非常喜欢莫言的作品，另一方面因为那时候翻译成法文的当代中国作家的作品很少，因此，他连续读了莫言的多部作品。虽然莫言笔下的农村生活对他来说是陌生的，但从莫言的作品里，他能够“真正地感受甚至呼吸到中国农村乡土的气息”。

发表于 2008 年 3 月 20 日《南方人物周刊》中题为《保罗·安德鲁：我时刻都在怀疑自己》的文章中提到：“闲聊文学时，安德鲁告诉记者，他十分喜欢中国作家莫言：‘他的作品有一种直接而强烈的感情。’”

当笔者问安德鲁先生读莫言作品的目的是否是为了了解中国文化时，老先生摇了摇头很肯定地说，不是，他读莫言的作品是纯粹出于对高品质文学作品的喜爱。他说，世界上优秀的作家都有共性，能用作品打动人。虽然安德鲁先生读莫言作品的初衷并非为了了解中国文化，但无疑这些作品增进了他对中国文化的了解。

由于对莫言作品的情有独钟，安德鲁先生萌生了与作家见面的念头。为此，他委托自己的老朋友、曾旅居巴黎 12 年的董强教授牵线搭桥，安排了见面。根据 2008 年 5 月 8 日发表于“东方网—文汇报”的题目为《莫言与安德鲁对话：传统与现代的关系》的文章介绍，两人的见面应该是 2008 年 3 月 13 日。这篇文章中讲到：“今年 3 月 13 日，莫言与法

国的建筑设计大师、中国国家大剧院的设计者保罗·安德鲁一起座谈。安德鲁在业余时间看过莫言很多小说的法文译本，喜欢它们的原因是这些小说让他感受到了地地道道的中国风格，使他仿佛走进了中国的村庄和一个个中国家庭。他说：'这些我不熟悉的但完全可以理解的生活，给了我一种新鲜的审美体验，并能刺激我的创造灵感。'"

2013年4月，笔者与安德鲁先生在省会大剧院施工现场合影

据安德鲁先生回忆，两人见了面并相互赠送了自己的作品，但因为语言不通的原因，两人并没有进行深入的交谈，因为借助翻译交谈无论如何也不如直接交谈来得畅快。与莫言的见面了却了安德鲁先生的一项心愿，在读了众多的莫言作品后，他终于能够当面向作家表达自己对他的作品的喜欢。

## 四、安德鲁团队的"莫言俱乐部"

安德鲁先生在中国的设计作品还远不止上面所提到的项目。目前正在进行后期施工的"第十届中国艺术节"主场馆——山东省文化艺术中心（也称"省会大剧院"）也是由他设计的。安德鲁先生也因此被授予"齐鲁友谊奖"和"2012影响济南年度文化人物奖"。在大剧院项目施工期间，安德鲁团队多次派设计师及灯光和声学顾问来济南会谈，笔者作为该项目的首席口译员，有机会与多位设计师接触并交谈。

安德鲁团队里的设计师Stephanie深爱中国文化，早在十几年前就来中国旅行，到过中国的很多地方，能用汉语进行简单交流。她性格怡人，待人宽厚。工作之余，笔者很喜欢与她交谈。莫言获奖后，笔者问她是否知道中国作家莫言，她睁大眼睛说："怎么会不知道呢？我从十几年前就开始读莫言的小说，几乎读过他的所有翻译成法文的小说。我很喜欢莫言！"通过与Stephanie更进一步的交谈，笔者了解到安德鲁先生聘请的舞台设计顾问、法国Ducks Sceno公司创始人Michel Cova先生也是莫言的忠实读者，虽然并没有从十几年前就开始读莫言的作品，但读莫言小说的历史也有五六年的时间了。

世界真的很小！笔者也很喜欢莫言的小说，除了读过莫言的几本汉语原文小说外，还读过英文版的《丰乳肥臀》、《变》、《师傅越来越幽默》等作品，除了对莫言的喜欢外，对其作品的英文译者葛浩文（Howard Goldblatt）先生佩服之至。

和笔者谈起莫言时，安德鲁先生显得很是兴奋，滔滔不绝地毫无保留地把他对莫言的喜欢、他与莫言的见面和他对莫言作品的感受告诉了笔者。当笔者问他对莫言获得诺贝尔文学奖的看法时，他说莫言获奖当之无愧。

笔者还惊喜地发现，安德鲁先生聘请的室内设计顾问、法国建筑造型艺术家 Alan Bony 先生也是莫言小说的读者！说来有趣，他们虽然都各自读过莫言的作品，但是之前并没有相互交流过，因此彼此并不知道对方也是莫言的粉丝。只因为笔者与 Stephanie 的随意交谈和笔者的问题，把大家对莫言的喜爱挖掘了出来。因此，Stephanie 戏称笔者开发了一个安德鲁团队的“莫言俱乐部”。

2013 年 4 月，笔者与安德鲁团队的“莫言俱乐部”成员合影。
（自左向右：Alan Bony，Paul Andreu，Michel Cova，Stephanie，笔者）

## 结　语

笔者在与安德鲁先生和 Stephanie 的交谈中了解到，他们除了读过莫言的作品外，也读过老舍和余华等中国作家的作品。之所以读了很多莫言的小说，一方面是因为他的小说的确写得好，另一方面也得益于莫言的大部分作品都被翻译成了法文。从这一点上来讲，莫言是非常幸运的，得益于翻译家们的辛勤工作，他的作品才能拥有不同语言的读者；也得益于翻译家们的出色翻译，莫言才有了获得诺贝尔文学奖的可能。当然，前提条件是，莫言创作了高品质的文学作品，吸引和打动了不同语言中高水平的翻译家。祝贺莫言！也向这些翻译家们致敬！

# 下　篇

# 品析与比较：莫言作品的跨文化解读

# 跨越时空的对话

## ——莫言与肖洛霍夫可比性初探

◇李建刚　刘娜*

2012年10月11日，当年度的诺贝尔文学奖揭晓：中国作家莫言获此殊荣。莫言的获奖引起了国内外各界的关注。俄罗斯"大象网"(Slon.ru)的一篇文章把莫言与肖洛霍夫相提并论："诺贝尔文学奖授予中国作家协会副主席莫言，跟1965年此奖授予同样职位的苏联作家肖洛霍夫如出一辙……""莫言与肖洛霍夫不仅在文学机构里所任的高职位相似，肖洛霍夫还是莫言最喜爱的作家。"①无独有偶，中国社会科学院外国文学研究所研究员、中国俄罗斯文学研究会会长刘文飞先生也在某次讲座中提到，在俄罗斯五位获诺贝尔奖的作家当中，唯有肖洛霍夫与莫言有比较的价值：

> 与俄国获诺贝尔文学奖作家们相较，莫言此次获奖与肖洛霍夫的可比性最强。一方面，二者都处于官方作家和边缘作家之间。莫言是作协的副主席，肖洛霍夫是当时苏联官方作家的重要代表。但他们又不是完全的官方作家，他们在创作中都有某种突破，具有异见性特征。虽然斯大林非常欣赏肖洛霍夫，但他的创作和"社会主义现实主义"的风格并不完全吻合。比如他在《静静的顿河》中把白军写得很有人情味儿，并给予了红军一些负面色彩。这样的特征在莫言的作品中也可以看到。肖洛霍夫和莫言都处于"中心"与"边缘"之间。②

中俄两位专家都发现了莫言与肖洛霍夫身上某些相似和可比之处。仔细一琢磨，两位作家虽然生不同时，居不同地，并且分属于不同的文化圈，但他们在创作上却颇有

---

* 李建刚：山东大学外国语学院副院长，俄语系副教授，博士。刘娜：山东大学外国语学院俄罗斯系研究生。

① [俄]马·萨莫卢科夫：《诺贝尔文学奖——院士们创纪录的妥协》，http://slon.ru/world/nobel_po_literature_rekordnyy_progib－838620.xhtml.

② 刘文飞：《莫言和肖洛霍夫的可比性》，http://www.guancha.cn/culture/2012_10_26_106108.shtml.

几分相似：两人都来自乡野，都根植于故土，并把故土作为文学创作的摇篮与发源地；两人都曾经参过军，都有军旅生活的经历；甚至两人在创作主题、写作手法、人物塑造等方面都有相近或相似之处。

## 一、个人经历与文学创作的关系

作家的文学创作往往与他的个人经历有着密切的关系。在考察莫言与肖洛霍夫的个人经历时，我们惊奇地发现，二者之间有着许多巧合的相似。比如，他们都是因为个人的一些或多或少的不幸经历而萌发了创作动机，而写作成为实现他们人生愿望的唯一途径；他们都没有受到过系统的学校教育，但是从童年时代就酷爱阅读；他们的文学创作都深受地域文化的影响；他们的家庭遭际和爱情经历决定了他们的家庭观和爱情叙述，并不知不觉体现在他们的作品之中；他们都有军人的经历，而军人又成为其不可或缺的人物形象……

幼年和童年的记忆对作家来说是非常重要的。弗洛伊德曾指出：

> 你将不会忘记，强调作家对幼年生活的记忆——这种强调看来也许会使人迷惑……最终是由这样一种假设引出来：一篇作品就像一场白日梦一样，是幼年时曾做过的游戏的继续，也是它的替代物。①

莫言和肖洛霍夫都有过凄惨的童年，而这些不幸恰恰是他们走向文学道路的助推器。莫言小的时候，生活非常贫困，经常食不果腹。那个时候，他们村子里有一个大学生告诉莫言，他认识一个作家，写了一本书，赚取了成千上万的稿费，每天能吃三顿肥肉饺子。莫言回忆说，听了那位大学生的话，他从此知道了“只要当了作家，就可以每天吃三次饺子，而且是肥肉馅的。每天吃三次肥肉饺子，那是多么幸福的生活！天上的神仙也不过如此了。从那时起，我就下定决心，长大后一定要当一个作家”②。进入部队以后，莫言为了不再回到农村的贫苦的生活，更是奋发写作，并成功考入解放军艺术学院。

肖洛霍夫的童年经历同样也非常坎坷，因为父母没有正式结婚，所以他没有资格姓父亲的姓“肖洛霍夫”。同村人和小伙伴给他取了个绰号叫“野种”。肖洛霍夫受到很多屈辱，他也因此在心里埋下了一颗种子，长大之后一定要出人头地，向那些侮辱他的人证实自己的价值。在《静静的顿河》的开始部分我们看到，作家童年的屈辱经历和

① 伍蠡甫、胡经之编：《西方文艺理论名著选编》下卷，北京大学出版社 1987 年版，第 9 页。
② 莫言：《小说的气味》，春风文艺出版社 2003 年版，第 47 页。

回忆都融入作品中的人物身上。

巧合的是，由于“文化大革命”和国内战争的爆发，莫言和肖洛霍夫都只接受了小学教育便被迫辍学。青春期是形成自己知识体系和思维模式以及价值观的重要时期，在这段时期失去正统的学校教育，对大部分人来说都是一种灾难。两位作家恰恰得益于斯——正是这样，他们才避免了千篇一律的教育，形成了自己独特的意向系统，并且使自己的语言和思维保持了一种鲜活的质地。这两位作家都没有因为学校生涯的结束而放弃学习，他们利用一切机会读书，丰富自己的精神世界，也正是这种对知识的热爱和锲而不舍的精神，让他们在文学的道路上越走越远。

由于没有接受过系统的学校教育，阅读对他们来说便是最好的老师。莫言从小就爱好文学书籍，尽管条件艰苦，他还是想尽一切办法读书。莫言回忆说：

> 为了得到阅读这些书的权利，我经常去给有书的人家干活。我们邻村一个石匠家里有一套带插图的《封神演义》……为了阅读这套书，我给石匠家里拉磨磨面，磨一上午面，可以阅读这套书两个小时，而且必须是在他家的磨道里读。我读书时，石匠的女儿就站在我的身后监督我，时间一到，马上收走。如果我想继续阅读书籍，那就要继续拉磨……总之，在我的童年时代，我付出了巨大的代价，把我们周围那十几个村子里的书都读完了。[①]

进入小学之后，因为条件艰苦，莫言的班主任就在教室后面的一个角落里安放了自己的床，晚上就在那里住宿，莫言偶然得知老师的枕头下面有几本书，便每天下午主动留下值日，为的是有更多的时间读那几本书。

肖洛霍夫也很早就开始了文学阅读，他的父亲亚历山大·肖洛霍夫是个酷爱书籍的人，藏书非常丰富。家人后来回忆道：

> 米哈伊尔充分利用父亲的藏书，阅读了大量的俄国和外国的经典著作。他读书的兴趣十分广泛，从哲学著作到农业书籍，他都能读得津津有味……后来，未来的作家已经不满足于父亲的藏书，便常常到彼得叔叔家去借书；他的叔叔彼得·肖洛霍夫也是个酷爱读书的人，他的藏书比哥哥亚历山大的藏书更加丰富。据说，其藏书量，即使在莫斯科也可以算得上一个可观的图书室了。[②]

毫无疑问，正是他们对于阅读的热爱和不懈的追求才造就了文学界如此耀眼的明星。

---

① 莫言：《小说的气味》，第 36～37 页。

② 李毓榛：《肖洛霍夫的传奇人生》，北京大学出版社 2009 年版，第 33 页。

在两位作家的创作中都表现出一种近似畸形的父子关系或兄弟姐妹之间的关系。究其原因，我们发现，作家的家庭在很大程度上也影响了他们的创作。在莫言成长的过程中，不太和谐的家庭关系在他幼小的心理投下了阴影。莫言曾回忆说：

> 我父亲和我叔叔成家以后，有了很多孩子，为了满足祖父母三世、四世同堂的愿望，一直到了十三口人的时候还没有分家。家里孩子很多，同样都是孙子、孙女，在祖父母心中的地位是不一样的，这种大家庭的生活使我感到世态炎凉。[①]

虽然肖洛霍夫的父亲对肖洛霍夫照顾有加，但由于那段屈辱的经历，他对父亲始终有一种隔膜感。1965年，肖洛霍夫在瑞典访问时，有一个大学生问及他的身世时，他并没有公开承认其亲生父亲的身份，只是回答说："……后来父亲和母亲在教堂举行了婚礼，父亲收我做了义子……"[②]童年的肖洛霍夫亲眼目睹了自己的父母为了维护爱情而遭到其他家庭成员和亲戚的鄙视和讽刺，这种人情冷漠同样给他留下了不可磨灭的印象。

两位作家的爱情故事和对女性的看法也投射到了他们的创作之中。莫言小时候曾经喜欢过邻村一个石匠家的女儿，他回忆说：

> 我十五岁时，石匠的女儿已经长成了一个很漂亮的大姑娘……我对她十分着迷……当我看到她担着水桶、让大辫子在背后飞舞着从河堤上飘然而下时，我的心里百感交集。我感到她是地球上最美丽的女人。[③]

事实上，莫言的作品中很多女性形象都有这个石匠女儿的影子。比如《白棉花》中的方碧玉就是这样漂亮、纯情而又高不可攀。在挑水的过程中表白的情景，也一次次在莫言的小说中上演。在短篇小说《牛》中，饲养员的女儿杜五花挑水的路上，"我"拦住了她，"她挑着水桶昂首挺胸地从我面前过，我拉着牛横断了胡同，挡住了她的去路。她瞪着眼睛说：'闪开！'我瞪着她的眼睛说：'我给生产队里遛牛，你搞资本主义，凭什么要我给你让路？'"在《蛙》中，"我"向妻子王仁美求爱之处，也是在井边，他这样写道："王仁美挑着水桶走了。她大步流星，扁担颤悠悠，两只水桶上下跳动，好像要飞起来似的。"在《白棉花》中，莫言对女人的挑水动作也进行了神话般的赞美："这家伙挑着两桶水大步流星，扁担颤颤悠悠，水桶悠然晃动，宛若小鹰展翅，也可能我太迷恋这方碧玉了，所以她的一切我都陶醉。"

肖洛霍夫的爱情故事同样也一次次在他的作品中重演。少年时代的他在哥萨克

---

① 莫言：《小说的气味》，第160页。

② 李毓榛：《肖洛霍夫的传奇人生》，第30页。

③ 莫言：《小说的气味》，第38页。

年轻人的聚会上爱上了一个姑娘，名叫卡佳，是卡尔金镇执行委员会主席丘卡林的女儿。出于门当户对的考虑，丘卡林坚决反对他们之间来往，并且威胁女儿说，如果不同肖洛霍夫断绝关系，就杀死她。卡佳既不敢违抗父命，又不能放下这段感情，于是他们从公开的相爱变成秘密的地下活动。最后肖洛霍夫想出一个办法，他让卡佳抛弃一切同他私奔到库班去。当然，卡佳因为不敢违抗父命，没有跟他私奔，但是少年肖洛霍夫为爱情而私奔的念头，后来直接成为了《静静的顿河》中格里高利和阿克西妮亚爱情波折中的生动情节。①

除此之外，莫言和肖洛霍夫都有军人的经历。而战争和部队生活，同时又是这二者的作品中不可或缺的构成元素。莫言和肖洛霍夫都从民间文学中汲取了大量的元素，丰富了自己的文学创作。

## 二、莫言与肖洛霍夫创作特色比较

正是由于莫言和肖洛霍夫在个人经历上的相似之处，而且肖洛霍夫又是莫言喜爱的作家之一，莫言的写作或多或少地受其影响，所以他们的小说在写作手法、创作特色、创作主题和人物形象上也有很多可比之处。下面，我们将从两位作家的创作手法、创作特色、创作主题以及女性形象塑造等方面加以考察，探讨两人之间的相同或相近之处。

（一）关于写作手法

毫无疑问，莫言那一代人所受的俄罗斯文学特别是苏联文学的影响是显而易见的，谈及自己的创作与俄罗斯文学的关系时，莫言毫不讳言这个问题。2010 年春节前夕，叶果夫曾对莫言做过一次专访。在那次专访中，莫言谈到了俄罗斯文学对其文学创作的影响：

> 我最早接触的外国文学就是俄罗斯文学。我在童年时便读过我哥哥小学课本里普希金的童话诗《渔夫和金鱼的故事》。后来我还读过高尔基的《童年》、《我的大学》，当然，就像那个年代所有的年轻人一样，我还读过《钢铁是怎样炼成的》。我最喜欢的俄罗斯作家是肖洛霍夫，他的《静静的顿河》对我的创作产生过重大影响。②

---

① 李毓榛：《肖洛霍夫的传奇人生》，第 44 页。

② [俄]伊・叶果夫：《“东半球”杂志对莫言的专访》，http://polusharie.com/index.php? topic＝50304.msg934362＃msg934362.

莫言在自己的文章和各类的访谈中频繁提到肖洛霍夫和《静静的顿河》。在《莫言王尧对话录》中，当谈到战争文学时，莫言不无感慨：

苏联的卫国战争只打了四年，可反映卫国战争的文学却层出不穷……（而中国）有28年的新民主主义革命历史，但是真正地反映战争的文学，像《战争与和平》、《静静的顿河》这样的经典著作一部也没有。①

在谈到文学创作与历史真实性的关系时，莫言也是频频引用《静静的顿河》的例子。再看王尧编著的《在汉语中出生入死》中莫言访谈部分，莫言提到：

我接触到的一些老作家，他们也时常提起《战争与和平》是好作品，对《静静的顿河》也佩服得五体投地，但他们自己不敢这样写，也不允许别人这样写。②

甚至在小说的叙述中，莫言也对《静静的顿河》念念不忘。在《生死疲劳》中，莫言写道：

我不知道该如何描写蓝解放在那一时刻的心情，因为许多伟大的小说家，在处理此种情节时，已经为我们树立了无法逾越的高标。譬如被无数大学文学教授和作家们所称道的苏联作家肖洛霍夫的小说《静静的顿河》中，阿克西妮娅中流弹死后，他的情人葛利高里的心情和感觉的描写："有一种莫名其妙的力量朝着他的胸膛推了一下，他往后退着，脸朝下跌倒了"，"他好像从一场噩梦中醒了过来，抬起脑袋，看见自己头顶上是一片黑色的天空和一轮耀眼的黑色太阳。"

肖洛霍夫让葛利高里不知不觉中跌倒在地，我怎么办？我难道也让蓝解放跌倒在地吗？肖洛霍夫让葛利高里内心一片空白，我怎么办？我难道也让蓝解放内心一片空白吗？肖洛霍夫让葛利高里抬头看到一轮耀眼的黑色太阳，我怎么办？我难道也让蓝解放看到一轮耀眼的黑色太阳吗？即便我不让蓝解放跌倒在地，而是让他大头朝下，倒立在地上；即便我不让蓝解放内心一片空白，而是让他思绪万端、千感交集、一分钟内想遍了天下事；即便我不让蓝解放看到一轮耀眼的黑色太阳，而是让他看到一轮耀眼或是不耀眼的、白色的灰色的红色的蓝色的太阳，那就算是我的独创吗？不，那依然是对经典的笨拙的摹仿。③

读到这里，我们明白，其实莫言自知深受俄罗斯文学的熏染，他有时会自觉不自觉地会陷入其中，但他始终保持一份清醒与理智，不至于受其影响太深。2012年赴瑞典参加诺贝尔奖颁奖盛典期间，莫言在瑞典科学院作了一场题为《讲故事的人》的报告，其中有这样一段话：

① 王尧、林建法：《莫言王尧对话录》，苏州大学出版社2003年版，第119页。
② 王尧编著：《在汉语中出生入死》，春风文艺出版社2005年版，第78页。
③ 莫言：《莫言全集》，内蒙古人民出版社2012年版，第309页。

在创建我的文学领地“高密东北乡”的过程中，美国的威廉·福克纳和哥伦比亚的加西亚·马尔克斯给了我重要启发。我对他们的阅读并不认真，但他们开天辟地的豪迈精神激励了我，使我明白了一个作家必须要有一块属于自己的地方。一个人在日常生活中应该谦卑退让，但在文学创作中，必须颐指气使，独断专行。我追随在这两位大师身后两年，即意识到，必须尽快地逃离他们，我在一篇文章中写道：他们是两座灼热的火炉，而我是冰块，如果离他们太近，会被他们蒸发掉。根据我的体会，一个作家之所以会受到某一位作家的影响，其根本是因为影响者和被影响者灵魂深处的相似之处。正所谓“心有灵犀一点通”。①

莫言在这里提到了马尔克斯与福克纳两人对自己的影响，并深深感受到此影响之深，他想尽力摆脱这种影响，对肖洛霍夫也一样。

我们随便选取两位作家作品中的几段文字，看看他们在描写和语言色彩上的相似之处：

1.机关枪不住气地在哥萨克的头顶上打过，子弹的尖叫声像扇面一样四散开去。

——肖洛霍夫《静静的顿河》

八挺歪把子机枪，射出的子弹，交叉出一个破碎的扇面，又交叉成一个破碎的扇面，时而在路东，时而在路西……

——莫言《红高粱》

2.“我很想念他……我趴在地上，亲他的脚印……”

——肖洛霍夫《静静的顿河》

我会跪在地上亲吻你的脚印……

——莫言《蛙》

3.母狗要是不愿意，公狗是不会爬上去的。

——肖洛霍夫《静静的顿河》

不过，一般情况下，母狗不撅屁股，公狗是不会跳上去的。

——莫言《红蝗》

4.“你看，我是这样的人……你就像对一只小母狗吹了一下口哨，我就跟着你跑啦。

——肖洛霍夫《静静的顿河》

“……我知道，跟了你的女人，都不会有好下场，可我就管不住自己，你在前头

① 莫言：《讲故事的人》，http://www.chinanews.com/cul/2012/12—08/4392599.shtml.

一摇尾巴，我就像母狗一样，跟着你跑了……”

——莫言《丰乳肥臀》

这样的例子俯拾皆是。我们不能简单说是莫言模仿了肖洛霍夫，正如莫言在《讲故事的人》中所说，正是他们两人之间灵魂深处的“心有灵犀一点通”，才塑造了这些相似之处。

（二）地域性乡土特色

美国作家威尔逊曾经说过，“小说的生命来自于地域，世界上的许多作家，就是在家乡的那块邮票般大小的地方，构建了他们永恒的艺术世界”①。莫言和肖洛霍夫都是立足于自己故乡那“邮票般大小”的土地，开垦自己的文学创作花园。

据统计，迄今为止，莫言的大部分作品（11部长篇小说中的7部，80余篇短篇小说的近一半）都是关于“高密东北乡”的。莫言以高密东北乡为背景创作的故乡神话都是“以传说、记忆乃至幻想的方式返回历史，在一个有限的空间构筑无限的时间领域，构筑象征性的精神家园”②。在谈到创作与故乡的关系的时候，莫言无不感慨：

> 到了1984年冬天，在一篇题为《白狗秋千架》的小说里，我第一次在小说中写出了“高密东北乡”这五个字，第一次有意识地对故乡认同。……这时我强烈地感觉到，二十年农村生活中，所有的黑暗和苦难，从文学的意义上说，都是上帝对我的恩赐。虽然我身在异乡，但我的精神已回到故乡；我的肉身生活在北京，我的灵魂生活在对于故乡的记忆里。③

故乡是莫言创作的原动力，故乡的风景成为莫言作品中的风景，故乡的民间传说故事和现实中的人物和事件，以及作家本人的亲身经历都为莫言的创作提供了源源不断的素材。比如，在《枯河》中的河流、《透明的红萝卜》中的桥洞、《红高粱家族》中的高粱地和《球状闪电》中的荒草甸子，这些源自故乡的事物也构成了莫言作品中的美丽风景线。1938年，曹克明和族兄曹正直“率其活跃在高密西北乡的地方游击队，联合高密东北乡的冷关荣部”发动孙家口伏击战，歼灭敌人39名，其中就有在平型关大战中逃脱的“敌板垣师团中将指挥官中冈弥高”④。这些人物和事件构成了《红高粱》人物与情节的主干。

从日本人的劳工营里逃出、后在日本北海道的山洞中过了十三年野人生活、最终

---

① 何云波：《二十世纪文学泰斗——肖洛霍夫》，四川人民出版社2003年版，第7页。

② 李迎丰：《福克纳与莫言：故乡神话的构建于阐释》，《解放军外国语学院学报》2002年第1期。

③ 孔范今、施战军：《莫言研究资料》，山东文艺出版社2006年版，第25页。

④ 莫言研究会：《莫言与高密》，中国青年出版社2011年版，第8页。

回归故乡的高密人刘连仁，成为《红高粱家族》中的“我爷爷”和《丰乳肥臀》中的鸟儿韩的原型。而高密县历史上颇有政绩、深得民心的县令曹梦九则原名原姓、原官原职出现在了《红高粱家族》里。

肖洛霍夫也是以顿河河畔为中心进行一系列文学创作的。他生在那里，长在那里，顿河的水滋养了他，顿河的乳汁在他的血液中流淌，这给了肖洛霍夫一生都受用不尽的精神财富。肖洛霍夫把自己的笔触对准了顿河沿岸的父老乡亲，他为这片丰沃的土地唱歌，为那些淳朴的乡人感动，他的小说情节几乎都以这里为故事的发生地，里面的主人公也几乎全是顿河流域的哥萨克人。顿河地区有句俗话：无论你走到多么远的地方才下马，你要记得你上马的那片土地，你要记住给你的马备鞍和为你准备行装的那双手。这句俗话可以同时适用于莫言和肖洛霍夫。在肖洛霍夫的作品中，处处闪耀着顿河河畔的美景，传颂着顿河哥萨克的传奇，显映着作家乡亲的面孔。《静静的顿河》中顿河、小山、土地的风景正是肖洛霍夫一家住过多年的维约申斯卡亚的缩影，而鞑靼村中的“磨坊”也可以在现实生活中找到原型；在肖洛霍夫的作品中描述的哥萨克的日常生活也反映了作家童年的生活；作品中的阿克西妮亚、伊莉妮奇娜等女性形象表现出肖洛霍夫的母亲的某些特质；《静静的顿河》第三部中谢尔多勃斯克团的叛变这一重要情节是发生在肖洛霍夫家乡的真实事件；而第三部第六卷第三十九章中哥萨克老人提到的马尔金正是顿河地区家喻户晓的“抓人和抄家政委”，被肖洛霍夫原名原姓地搬到了作品当中。

（三）浓缩亲情与爱情的创作主题

在创作主题方面，莫言和肖洛霍夫都曾描写过扭曲的家庭关系。在他们的笔下，很多父母和子女之间并没有什么温情，有的只是对立和隔膜，而兄弟姐妹之间也常常只有自私和仇恨。

在莫言的《天堂蒜薹之歌》中，金菊和邻居高马在劳动中产生了感情，但是父亲和哥哥却要拿她换亲，她几次被父亲毒打得昏死过去：“四叔像头老狮子一样跳起来，抡起烟袋，对着金菊的头一顿乱凿。金菊双手抱着头，哀嚎着，滚到一边去……”①“爹跳到院子里，拿起一条使牛的鞭子来，抽打着她，鞭梢打在皮肉上，她感到灼热……”②金菊的哥哥方老大、方老二对妹妹辱骂、拘禁、毒打更是家常便饭，而这两个兄弟之间又钩心斗角，分家时分文必争，连一件棉袄也要割成两半各取一份。

在肖洛霍夫那里，家庭关系特别是父子关系，成为反映敌对阵营的缩影。《胎记》描写了匪帮头子阿塔曼领着自己的匪帮袭击和平村庄，他的儿子尼科尔卡，18岁的共青团员，领着队伍连续三天在草原上追击这支匪帮。父子对阵中，不明真相的父

① 莫言：《天堂蒜薹之歌》，北岳文艺出版社2001年版，第51页。

② 莫言：《天堂蒜薹之歌》，第136页。

亲用马刀把儿子砍死，最后开枪自杀。《看瓜田的人》描写的同样是这种父子之间残酷的尖锐冲突，大儿子费多尔不顾父亲的威胁投奔了红军，小儿子米佳和母亲同情受折磨的红军俘虏，给红军俘虏送面包。父亲得知后把母亲活活打死，米佳逃了出来，做了看瓜田的人。后来，米佳为了救受了伤的哥哥，砍死了前来搜寻哥哥的父亲，兄弟俩一同投奔了红军。《旋涡》则描写了一个白军军官米哈伊尔亲自下命令杀死被俘的红军父亲和哥哥。《粮食委员》、《有家庭的人》、《希巴洛克的种》等作品的主题也都属此类。在这些作品中，一家人亲情被残酷的现实击得粉碎，个人命运在历史洪流中的渺小显露无遗，这种残酷的两难抉择和血淋淋的扭曲亲情给读者强烈的震撼。

爱情永远是文学作品歌颂的主题，但是莫言和肖洛霍夫所歌颂的，大都不是传统价值观所认可的爱情，而是所谓的“畸恋”——“婚外情”。复杂的人际关系和原始的野性冲动激荡着两位作家的主人公们。《红高粱》中戴凤莲与余占鳌的爱情故事充斥着“背叛”：戴凤莲在出嫁当天与轿夫余占鳌眉来眼去，之后两人在高粱地野合；等到余占鳌杀死单家父子，两人顺理成章结合以后，却各自又都“红杏出墙”。这样的爱情纠葛在中国传统文化中是不被接受，甚至是被人唾弃的。又比如《丰乳肥臀》中的上官来弟杀死丈夫孙不言而与鸟儿韩结合；《筑路》中杨六九与白荞麦合谋杀死白荞麦的植物人丈夫，开始他们的新生活等等，都属于此类。

在《静静的顿河》中，葛利高里有妻有子，但他不爱自己的妻子，而是与有夫之妇阿克西妮亚保持着一段刻骨铭心的爱情纠葛。小说描写两人在向日葵地里幽会偷欢，在深夜的草垛里亲密接触，这都是原始的野性冲动使然。

（四）女性形象的塑造

在世界文学长河中，那些形象各异、角色不同、性格鲜明的女性人物形象以自己独特的风姿构建了一长串令人目不暇接、美不胜收的艺术长廊。作家大都通过塑造女性形象来反映社会变革，透视世态人情，表达社会理想。莫言和肖洛霍夫同样也热切关注妇女的命运，他们各自塑造了一系列动人的女性形象：像上官鲁氏、“我奶奶”、方碧玉、阿克西妮亚、达利亚、娜塔莉亚、卢什卡等，她们都形象饱满，性格鲜明。

在莫言和肖洛霍夫笔下，女性形象大致可以分为两类：一类是不拘泥于传统道德的藩篱，高举个性解放旗帜的女性形象。她们大都生活在一个重男轻女的“男权社会”，但却敢爱敢恨，为爱情和个人幸福勇敢地与传统道德与法则作斗争。另一类女性形象是宽厚仁慈的母爱化身。两位作家笔下的母亲经历了种种苦难，但是母爱却在苦难中得以升华。他们讴歌的是时间和磨难都无法驯服的母亲，是无私、坚韧、苦涩的伟大女性，更是人类衍生不息、大爱无疆的母爱。

第一类女性形象以莫言的《红高粱家族》中女主人公“我奶奶”和肖洛霍夫的作品《静静的顿河》中的女主人公阿克西妮亚为代表。莫言笔下的“我奶奶”是一个充满生

命活力和个性解放意识的敢作敢当的女子。父亲为了一头骡子，逼她嫁给财主家患有麻风病的独子，她感觉好像被推到了火坑。孰料，“我奶奶”却在绝望的边缘绝处逢生，她在出嫁途中认识了轿夫余占鳌，他们两心相悦，于是在三天后回门的途中在高粱地野合。这种无拘无束的野性激起最原始的爱欲，传统道德观念荡然无存，他们的故事表现出一种生机勃勃的民间激情。一个有血有肉、敢爱敢恨的女性形象跃然纸上，“我奶奶”这种追求个性解放、寻求个人幸福的狂野举动，正是最直接的人性关照和狂放自由的表达。

《静静的顿河》中的女主人公阿克西妮亚同样是有夫之妇，她对葛利高里炽热的爱情也完全违背了宗教与道德戒律，但她敢于冲破一切道德枷锁，敢作敢为，泼辣无畏。阿克西妮亚追求爱情时火热奔放、无所顾忌，不屈服于任何舆论压力。“我奶奶”和阿克西妮亚对自由爱情的追求其实是对现实命运的抗争，这种抗争表现了她们灵魂的全部力量。这一点使得我们无法去责备她们，反而沉醉于她们勇敢而又充满苦难的爱恋之中。当然，这种原始野性的光辉残酷地吞噬了理想的现实。这两位女主人公生命的终结几乎完全一样，都是在战争中被子弹击中身亡，这绝非巧合。

另一类女性形象基于作家对母亲的热爱与依恋。莫言和肖洛霍夫的母亲对他们的文学创作产生了深远的影响，他们在作品中毫不吝啬对母爱的歌颂、对母亲的眷恋与热爱。莫言曾经说过：

人世间的称谓没有比“母亲”更神圣的了，人世间的感情没有比母爱更无私的了，人世间的文学作品没有比为母亲歌唱更动人的了。[①] 1995 年春天，莫言完成了长篇小说《丰乳肥臀》，他在扉页上特别题写了这样一句话：“谨以此书献给母亲的在天之灵。”他说：“我憋足了劲要在这部书里为母亲歌唱，更狂妄地想为天下的母亲歌唱。”[②]

在肖洛霍夫大大小小的作品中，塑造了许多伟大的母亲形象。母爱总是牵动着作家内心最深处的情感。在回忆自己母亲的时候，肖洛霍夫曾经无不感慨：“我永远也不能忘却地主波波夫一家加诸我母亲的凌辱。母亲的一生太艰难了，太艰难了。”[③]

我们从《顿河故事》中的《两个丈夫的女人》和《静静的顿河》中阿克西妮亚的身上，依稀看到肖洛霍夫母亲的身影。

莫言和肖洛霍夫笔下的母亲形象超越了一切世俗的评价标准，不管对于家人还是“敌人”，她们总是怀着一颗高尚的心来对待。在短篇小说《儿子的敌人》中，莫言描述了国共战争期间的一个小故事：20 世纪 40 年代，母亲孙寡妇的儿子孙大林在战场牺

① 孔范今、施战军：《莫言研究资料》，第 31 页。

② 孔范今、施战军：《莫言研究资料》，第 34 页。

③ 刘亚丁：《顿河激流——解读肖洛霍夫》，四川教育出版社 2001 年版，第 7 页。

牲了，小儿子孙小林又参加了邻村的一场战斗，焦灼不安的母亲在战火声中紧张地盼望儿子能平安回来。这时，村长带人把包裹着的儿子尸体送来了，母亲伤心欲绝，等打开包裹之后却发现，这根本不是她儿子，而是敌方的一个年轻战士。善良的母亲把他认作儿子留了下来，并像对待亲生儿子一样妥善地为敌方的士兵处理着后事。

无独有偶，在《静静的顿河》中，葛利高里的母亲伊莉妮奇娜也是这样一位母亲形象。哥萨克红军米哈伊尔·科舍沃伊杀死了自己的大儿子彼得罗，又想娶自己的女儿杜妮亚，她为此对其恨之入骨。有一次，科舍沃伊来杜妮亚家里帮她家干活，她发现科舍沃伊由于害病变得非常瘦弱，“锁子骨突出，脸蜡黄，微驼着背，脖子细得像个孩子”：

> 在伊莉妮奇娜的心里忽然对这个她恨之入骨的人产生了一种不期而来的怜惜之情——一种刺心的母亲的怜惜之情，这种感情可令最坚强的女人心软。她已经不能控制这种新的感情，把倒了满满一盘的牛奶推给米什卡（科舍沃伊），说：“看在上帝面上，你多吃点吧！看你瘦成什么样子啦，叫人看着都不舒服……还要当新郎官呢！”[①]

孙美玲教授评论道：“在对‘杀人凶手’的无限仇恨和对被疾病折磨得痛苦不堪的人的母亲的怜悯之间的搏斗中，母亲的因素获得了胜利。”[②]

上述两位母亲以自己的仁慈和宽宏大量为“母亲”这个伟大的字眼作了最好的诠释。

此外，在家族历史传承、生与死、战争等主题上以及在文本构架、叙事等角度，肖洛霍夫和莫言也有很多可比之处，限于篇幅在此不一一赘述。

## 三、莫言与肖洛霍夫比较研究前瞻

自2012年10月，莫言获诺贝尔文学奖的消息甫一传来，立即引起轰动。伴随着国人一个多世纪的“诺奖梦”的实现，“莫言热”已经成为一个社会话题。许多轰动的热潮大都属于非理性的“跟风”。其实，“莫言热”应该出现在学术界。在我国文学研究界，包括外国文学与比较文学研究界，莫言的诺贝尔文学奖必将对莫言研究产生极大的推动力。相信在未来，关于莫言的研究也会成为一个新的方向和领域——“莫言学”。

未来的“莫言学”会在文学与语言学、文学与翻译学、文学与文化学等交叉研究中有很大的发展空间；同样在比较文学领域，各国别文学中与莫言相似作家的比较研究，甚至是两部或几部作品的对比分析研究，会成为该领域“莫言学”发展的方向。

---

① ［俄］肖洛霍夫：《静静的顿河》（四），金人译，人民文学出版社2004年版，第1530页。

② 孙美玲：《肖洛霍夫研究》，外语与教学研究出版社1982年版，第206页。

作为两位诺贝尔奖得主，他们本身又有如此多的相同或相似点，莫言与肖洛霍夫具有很强的可比性，他们二者的比较研究同样会有巨大的开发空间。在相同或相似的基础上，我们下一步要做的，是要找出他们异同现象背后所隐含的民族文化精神实质。未来的莫言与肖洛霍夫比较研究会在创作与文本对比研究的基础上，转向更深层的跨学科研究，比如文化学与文学的交叉、社会学与文学的交叉等。纯文本的比较分析和传统的人物性格特征、叙事结构、语言特色等方面的比较研究在一段时间仍将是该课题的主流。

# 从借鉴走向创造

## ——管窥莫言创作的成功之路

◇罗　洁[*]

2012年10月11日，斯德哥尔摩时间下午一点，瑞典文学院宣布将2012年诺贝尔文学奖授予中国作家莫言。瑞典皇家科学院诺贝尔奖评审委员会的颁奖词是："莫言将魔幻现实主义与民间故事、历史与社会视角融合在一起，作品构建了一个堪比福克纳和马尔克斯的复杂世界，同时又在中国传统文学和口述传统中寻找到一个出发点。"由此，莫言成为诺贝尔文学奖一百多年历史上首位获奖的中国本土作家。

诺奖一经发布，霎时引起了乐于跟风的国人的热烈追捧。莫言的作品，与福克纳的《喧哗与骚动》，马尔克斯的《百年孤独》、《霍乱时期的爱情》一道，被郑重地并排摆到了书店的显著位置。莫言的作品，被迅速节选入中学和大学教材。阅读莫言，成为中小学生的假期作业。国人的阅读热情被瞬间点燃，莫言作品迅速脱销，各种版本的莫言精选集自选集珍藏版纷纷出炉……莫言的获奖，化解了中国文学乃至整个中国社会编织了半个多世纪的"诺贝尔情结"，也使网络时代的我们暂时关掉了电脑，捧起了散发着墨香的久违的纸质文本。

然而，对于诺贝尔文学奖，莫言始终保持着冷静客观的态度。他认为自己的获奖是"世无英雄，竖子成名"。在莫言看来，诺贝尔文学奖反映的只是一种文学团体评判的标准，换了其他的评委，获奖的就未必是他了；诺奖只是一种对作家文学创作的认同，也许并不具有广泛的认同中国当代文学的意义。他的作品，只不过"是虚幻跟民间艺术的结合，社会现实和历史的结合。"[①]盛誉之下的淡定与从容，显示了莫言作为小说家的"心如巨石，风吹不动"的大家气象。

---

* 罗洁：山东大学外国语学院大学外语部讲师。

① 朱强：《2012年诺贝尔奖·莫言说》，《南方周末》2012年10月18日。

## 一、魔幻现实主义和魔幻热中的莫言

在电脑上键入"魔幻现实主义"这几个字，我们看到的定义是：魔幻现实主义文学是20世纪50年代前后在拉丁美洲兴盛起来的一种文学流派。它的主要特点是通过离奇怪诞的情节、人物、意境及种种超自然现象反映社会生活。"魔幻现实主义"是文学创作中的一种倾向，主要表现在小说领域。它所要表现的，不是魔幻，而是现实。"魔幻"只是手法，反映"现实"才是目的。正如阿根廷著名文学评论家安徒生·因贝特指出的："魔幻现实主义中，作者的根本目的是借助魔幻表现现实，而不是把魔幻当成现实来表现。"

魔幻现实主义是在欧洲文学，尤其是西方现代主义文学众多流派的共同影响下产生的。魔幻现实主义被应用于拉美文学评论，始于哥伦比亚作家加夫列尔·加西亚·马尔克斯于1967年出版的长篇小说《百年孤独》。在这部小说中，作者描画了小镇马孔多以及居住在镇上的布恩迪亚一家一百年间的兴衰，内容涉及了社会和家庭生活的方方面面，是一部再现了拉丁美洲社会历史图景的鸿篇巨制。小说中充满了离奇怪诞的情节和人物，带有浓烈的神话色彩和象征意味。一经出版，小说的奇特风格，立刻引起评论界的强烈兴趣，被认为是现代小说创作中新流派的代表，并借用美术绘画中与之手法近似的流派名词，称之为"魔幻现实主义"。1982年10月21日，因其"作品将幻想与现实结合在一起，反映了一个大陆的矛盾和生活"，马尔克斯荣膺诺贝尔文学奖。

之后，一些从事外国文学研究的中国学者，选译发表了马尔克斯作品及相关评介，让开放之初的中国读者见识了马尔克斯的魔幻魅力，从而掀起了一股"马尔克斯热"。由于同属第三世界的中国与哥伦比亚有着极为相似的历史文化语境和现实文化境遇极其相似，马尔克斯对20世纪后期中国文学产生了强烈刺激与深刻影响。[①] 由此引发的拉美文学旋风席卷着中国文坛，"震撼和激励了处于文化身份、文学变革双重焦虑之中而又雄心勃勃的中国作家，他们似乎从马尔克斯的成功中看到了中国文学走向世界的希望"[②]。马尔克斯在中国取得了巨大的"成功"，引得中国作家们纷纷效仿。"向拉美魔幻现实主义看齐、'致敬'，这是三十年来中国新时期文学魔幻写作留给读者的印象。"

同样是在20世纪80年代，早于马尔克斯的另一位大师级的人物也被郑重地译介

① 参见谭桂林：《现代中外文学比较教程》第十四章，湖南师范大学出版社2009年版。

② 曾利君：《新时期文学魔幻写作的两大本土化策略》，《文学评论》2010年第2期。

到中国。他就是与欧洲文学试验者乔伊斯、伍尔芙、普鲁斯特等人遥相呼应，被誉为20世纪30年代唯一一位真正意义上的美国现代主义作家，著有《喧哗与骚动》的美国作家威廉·福克纳。1949年，因为“对当代美国小说作出了强有力的和艺术上无与伦比的贡献”，福克纳荣获诺贝尔文学奖。福克纳是美国“南方文学”派的创始人，是西方最有影响的现代派小说家之一，也是20世纪最伟大的作家之一。他深受弗洛伊德的影响，在创作中大量运用意识流、多视角叙述以及象征隐喻等富有新意的文学手法，对拉美地区的作家产生了深刻的影响。1982年，马尔克斯在诺贝尔领奖台上致辞时，就将福克纳尊为自己的“导师”。于是，马尔克斯和自己的导师福克纳一起，成为中国作家魔幻现实主义实验场中的临摹对象。

莫言，无疑是中国作家中成功借鉴魔幻手法的突出代表。

1981年，莫言的第一个短篇小说《春夜雨霏霏》刊登在河北省保定市的《莲池》杂志上，由此开始了他的创作生涯。莫言的早期创作，包括从1981年至1984年间发表的十几个短篇小说作品，多是以清新柔美、充满诗意的笔调表现美好的感情。爱情、亲情，抑或是友情，无论哪种感情，莫言都表现得相当真实细腻，令人心驰神往。此时，作为拉美文学寻根运动产物的魔幻现实主义冲击波刚刚波及中国文学界。令人眼花缭乱的魔幻现实主义文学作品，启悟了包括莫言在内的一大批中国作家。1984年10月，李文俊先生翻译的中文版《喧哗与骚动》(威廉·福克纳著)由上海译文出版社出版。同年12月，尚在解放军艺术学院文学系就读的莫言见到了这本书，“认识了这个叼着烟斗的美国老头”[①]。读完译者李文俊先生长达两万字的前言，看到“福克纳不断地写他家乡那块邮票般大小的地方，终于创造出一块自己的天地”，[②]莫言受到了巨大的鼓舞，他“跳起来，在房子里转圈，跃跃欲试，恨不得立即也去创造一块属于自己的新天地”[③]。特别在该书第四页的最末两行：“我已经一点也不觉得铁门冷了，不过我还能闻到耀眼的冷的气味。”[④]莫言发现，在大师福克纳笔下，“冷”不但有了“气味”而且还很“耀眼”，这种感觉多么奇妙啊！此时，书里写了些什么已经不再重要了。把书合上，莫言恍惚间好像听到了福克纳老头拍着他的肩膀说：“行了，小伙子，不用再读了！”[⑤]如梦初醒般的，莫言“开窍”了：“原来小说可以这样地胡说八道……于是我就把他的书扔到了一边，拿起笔来写自己的小说了。”[⑥]2012年12月，获颁诺贝尔文学奖致

① 莫言：《说说福克纳这个老头儿》，《当代作家评论》1992年第5期。
② 莫言：《说说福克纳这个老头儿》，《当代作家评论》1992年第5期。
③ 莫言：《说说福克纳这个老头儿》，《当代作家评论》1992年第5期。
④ [美]威廉·福克纳：《喧哗与骚动》，李文俊译，上海译文出版社1984年版，第4页。
⑤ 莫言：《美国演讲两篇：福克纳大叔，你好吗?》，《小说界》2000年第5期。
⑥ 莫言：《美国演讲两篇：福克纳大叔，你好吗?》，《小说界》2000年第5期。

辞时，莫言对于自己当年的这段经历做了如下注解："尽管我没有很好地去读他们的书，但只读过几页，我就明白了他们干了什么，也明白了他是怎样干的，随即我也就明白了我该干什么和我该怎样干。"[①]

该干些什么呢？接下来的1985年，莫言推出了《透明的红萝卜》、《球状闪电》和《金发婴儿》等5部中篇和10多个短篇小说，这些作品"在思想上和艺术手法上无疑都受到了外国文学的极大影响"[②]。而外国文学作品中对他影响最大的两部著作当属马尔克斯的《百年孤独》和福克纳的《喧哗与骚动》。

然而，由于历史政治原因造成的不恰当的文本误读，在很大程度上影响了中国的魔幻追随者们对马尔克斯的深层次把握。最初的狂热过后，新时期魔幻现实主义热潮中对马尔克斯简单盲目的机械模仿，很快招致尖锐的批评。批评家朱大可就曾经对中国文学过度"马尔克斯化"的症状提出批评，他说："当马尔克斯在中国先锋小说家身上集体'灵魂附体'，当一种具有冒犯性的语法变成标准语法，其中的文学能量也就耗散殆尽了。"[③]文学批评的压力与作家自身感受到的"影响的焦虑"，促使中国学者和作家开始冷静地回顾与反思。魔幻现实主义作家马尔克斯本人也曾真诚地告诫中国作家："千万不要模仿我。只有超越我，才不会走进'死胡同'。"因此，"如何才能既学到拉美魔幻现实主义，又能以有别于拉美的方式来表达魔幻，成为当时倾心于拉美文学同时又试图有所创新的中国作家共同思考的问题"[④]。

1986年，莫言发表名为《两座灼热的高炉——加西亚·马尔克斯和福克纳》的文章，表明了自己的态度："他们是两座灼热的火炉，而我是冰块，如果离他们太近，会被他们蒸发掉。"[⑤]他意识到不能跟在人家后面亦步亦趋，一定要写自己的东西，写发自自己内心的东西，跟自己生命息息相关的东西。对莫言来讲，"该干的事情其实很简单，那就是用自己的方式，讲自己的故事"[⑥]。

---

① 莫言：《诺贝尔文学奖演讲词》，http://www.nobelprize.org/nobel_prizes/literature/laureates/2012/yan-lecture_en.html.

② 莫言：《两座灼热的高炉——加西亚·马尔克斯和福克纳》，《世界文学》1986年第3期。

③ 朱大可：《马尔克斯的噩梦》，《中国图书评论》2007年第7期。

④ 曾利君：《新时期文学魔幻写作的两大本土化策略》，《文学评论》2010年第2期。

⑤ 莫言：《两座灼热的高炉——加西亚·马尔克斯和福克纳》，《世界文学》1986年第3期。

⑥ 莫言：《诺贝尔文学奖演讲词》，http://www.uobelprize.org/hobel_prizes/literodure/laureates/2012/yan-lecture,html,2012年12月7日。

## 二、逃离“高炉”,“用自己的方式,讲自己的故事”

莫言在阅读中受了福克纳、马尔克斯这“两座高炉”的温热之后,神清目爽,决定逃离他们,“用自己的方式,讲自己的故事”。这显然是明智之举。那么,他是怎样逃离福克纳和马尔克斯,让“虚幻”跟“民间艺术”、“社会现实和历史”相“结合”的呢?我们且从如下几方面作些粗略比较。

(一)关于故事舞台的搭设

一个作家必须要有一块属于自己的地方。[①]

出生在美国南方没落庄园主家庭的福克纳,他的包括20部长篇小说和70个短篇小说在内的绝大部分作品都营造在一个微缩世界里。这个世界就是他所虚构的位于密西西比州北部的“邮票般大小的”约克纳帕塔法镇。在约克纳帕塔法镇,我们看到了弱智的昆丁在奔跑,听到了白痴的毫无逻辑的胡言乱语,见到了奇怪的乱伦,嗅到了艾米丽房间的霉味,瞥见了她床上的早就风干了的丈夫尸体。师承福克纳的马尔克斯,则精心构建了一个《百年孤独》中的哥伦比亚小镇马孔多。布恩迪亚家族的百年兴衰,曲折地诠释了拉丁美洲百年来的历史。在马孔多,我们看到了初民的开拓,民族的繁衍,家族的兴旺,殖民的统治;也见到了伟大的革命,无奈的没落。

莫言没有照搬他们的做法,而是以自己真实的故乡——“高密东北乡”,作为了自己写作的“新天地”。与“约克纳帕塔法镇”和“马孔多”那些有据可查的历史相比,“高密东北乡”更像是一个象征,是想象出来的历史。莫言笔下的东北乡并非现实生活中真实的高密县东北乡。但是,作者把并不都是发生在东北乡的人物和事件,放在东北乡来写,就比较容易找到感觉,而且写起来会更顺手,写出来也更有味道。1985年他发表的短篇小说《秋水》里,第一次出现了“高密东北乡”这个字眼。从此,“就如同一个四处游荡的农民有了一片土地”[②],自称“文学的流浪汉”的莫言,终于有了一个可以“安身立命的场所”[③],“高密东北乡”成为莫言的文学领地 。莫言高举起“高密东北乡”这面旗帜,用那里的“土地、气候、河流、树木、庄稼、花鸟虫鱼、痴男浪女、地痞流氓、刁

---

① 莫言:《诺贝尔文学奖演讲词》,http://www. uobelprize. org/hobel_prizes/literodure/laureates/2012/yan-lecture,html.

② 莫言:《诺贝尔文学奖演讲词》,http://www. uobelprize. org/hobel_prizes/literodure/laureates/2012/yan-lecture,html.

③ 莫言:《诺贝尔文学奖演讲词》,http://www. uobelprize. org/hobel_prizes/literodure/laureates/2012/yan-lecture,html.

民泼妇、英雄好汉……创建了一个极具特色的'文学的共和国'"[1]。他自己，则是这个共和国的"开国皇帝"。"这里的一切由我主宰"[2]。他笔下的高密东北乡已然超越了地域的限制，是莫言几十年来在文学创作道路上一直苦心构筑的文学故乡。如同绍兴之于鲁迅先生、湘西之于沈从文先生，高密东北乡的一景一物，赋予了莫言无穷的创作灵感。于是，莫言笔下的男女老少，在高密东北乡这个舞台上，上演了一出又一出惊心动魄的爱恨情仇，悲欢离合。

(二)关于民族或地域文化传统的呈现

"任何一个人都是他所处的时代及社会和文化传统的产物。"[3]同样，任何一部有价值的文学作品也必然是特定地域或民族文化的生动再现。

在密西西比州的牛津小镇度过童年的福克纳，生长在有着浓厚地域文化传统的社会里。宗教文化和价值观念在很大程度上决定了他看待世界的角度，对待生活的态度，以及对待人和人类命运的看法。正如福克纳本人所说："基督教是我的一部分背景。我就是那样长大的。我吸收了它，毫不知觉地吸收了它。它就在我的生活中，跟我信不信它，在多大程度上相信它毫无关系—— 它无时不在。"福克纳笔下的人物大多是个人主义者，他们往往试图用一己之力来改变现实，如《圣殿》中的律师贺拉斯·本波，或者借以实现个人理想，如《押沙龙，押沙龙！》中的萨特潘。而家族、血缘和复杂的人际关系则是福克纳小说的贯有题材。由于宗教信仰的缘故，福克纳在作品中大量使用《圣经》典故。据统计，福克纳作品中"直接或改头换面地引用了《圣经》达 379 次之多"[4]。在福克纳的小说中，只有生活在过去的人们才活出了勇气、尊严和荣誉感。小说中很多人物，如《喧哗与骚动》中的昆丁、《押沙龙，押沙龙！》中的洛莎小姐，他们都沉湎于过去而无法面对现在的生活，深受伤害而又无法自拔。

对于拉美魔幻现实主义作家来说，他们作品的神秘性毫无疑问也是源于本民族的文化特质。在马尔克斯的《百年孤独》中，"古老民族风俗的遗存、神话传说与原始信仰融合之下的原型复现，显然不仅仅作为一种环境因素起着烘托作用，也不是出于猎奇的心理去记述神灵鬼怪的轶事趣闻，而是作为一种文化形态被创作主体认知"。比如该小说中那个发动过三十二次武装起义、躲过了十四次暗杀、七十三次埋伏和一次行刑队的枪决的神一样的英雄奥雷良诺·布恩地亚上校，就可以被看作是古代印第安人祖先崇拜的产物。不仅如此，现代拉美社会多元文化的并存也是"魔幻"的来源之一。

---

① 莫言：《说说福克纳这个老头儿》，《当代作家评论》1992 年第 5 期。

② 莫言：《说说福克纳这个老头儿》，《当代作家评论》1992 年第 5 期。

③ 温伟：《继承和背离——论莫言与福克纳小说创作的文化策略》，《创作研究·当代文坛》2007 年第 1 期。

④ 肖明翰：《威廉·福克纳研究》，外语教学与研究出版社 1997 年版，第 118 页。

“当马尔克斯以民族的神话传说为蓝本叙述拉美的兴衰时，也就深刻地传达了拉美混合文化这样一个根本的民族特征。”

民族民间文化或者说地域文化对莫言作品的影响同样不可轻忽。莫言说过：“我的故乡和我的文学是密切相关的。”从小的耳濡目染，使民间文化民间艺术对作家的影响潜移默化。进行文学创作的时候，这些元素就不可避免地成为小说的组成部分，甚至决定作品的风格。莫言的故乡高密，地处齐鲁之邦，有着丰厚的地域文化传统。中国四大古典名著之一的《水浒传》和志怪小说《聊斋志异》就是这些传统的代表。《水浒传》里洋溢着“路见不平，拔刀相助”、“该出手时就出手”的豪侠作风；特别是淄川蒲家庄大柳树下以烟茶“换”故事的老人蒲松龄的《聊斋志异》中所描绘的神仙狐鬼精魅的奇幻世界，给了他难以磨灭的强烈震撼。此外，在莫言的出生地高密，人们茶余饭后谈论的也多是口耳相传的狐魅鬼怪、奇闻逸事。小时候在乡下听到、读到的这些神怪故事，大大拓展了莫言的想象力，丰富了莫言荒诞小说的素材。于是，我们读到了充满神秘色彩的亦真亦幻的鬼怪故事《铁孩》、《夜渔》、《怀抱鲜花的女人》、《生蹼的祖先》、《球状闪电》、《翱翔》等。

各自的地理文化传统，在人物的塑造中也有明显体现。比如马尔克斯在《百年孤独》中让布恩迪亚的祖先和最后一位家族成员长出猪尾巴。莫言也挥洒他那奇崛的想象力，在“食草家族”系列作品——《红蝗》、《生蹼的祖先们》、《马驹横穿沼泽》和《二姑随后就到》中，让食草家族的祖先们手指头和脚指头缝里都长上蹼膜。又如，《百年孤独》曾写到寄养在布恩迪亚家的一个叫雷贝卡的女孩，她总喜欢偷吃院子里的湿土和墙上的石灰，甚至可以几天不吃饭，仅靠吃土和石灰维持生命。莫言的《铁孩》里则写了两个奇怪的小孩，他们吃生着红锈的铁筋，啃破坦克炮塔上的锈螺丝，还吃铁锅和火车轮子，甚至还能分辨哪种铁好吃，哪种铁不好吃。魔幻现实主义作品中，除了患有“异食癖”的人物角色，还游荡着形形色色的鬼魂，甚至出现人鬼混杂的场景。《百年孤独》中，马尔克斯就打破生死界限，让不堪忍受寂寞的死去的梅尔加德斯和普鲁登西奥·阿吉廖尔等人，又回到活人的世界，与活人有了来往。莫言的《奇遇》也讲到活着的“我”与故去的“三大爷”的相见。莫言小说中这些夸张的情节描写源自中国的民间鬼神文化，同时又与福克纳、马尔克斯的创作手法接轨，从而为莫言的小说涂上了浓重的魔幻或“虚幻”色彩。

3. 关于对社会现实和历史问题的反映

文学作为社会生活的镜子，不可避免地要反映社会政治历史和百姓生活的现实；而触及社会现实的广度和深度，常常是衡量一部文学作品价值大小的主要标尺。正是在这里，显示了莫言作为中国当代小说家极为可贵的敏锐、勇气和良知。

福克纳在自己塑造的“约克纳帕塔法世系”小说中，反映了两百年间美国社会的变

化。马尔克斯用布恩迪亚的百年家族史来浓缩拉丁美洲百年历史。莫言的小说中，充溢其间的多是令人不敢直视的现实。在有着“独特意义和高度的敏感性”①、围绕着一个“沉重到难以言说的话题”②、酝酿十余年、笔耕四载、三易其稿、潜心创作的小说《蛙》里，作家以书信体的方式，以新中国近六十年波澜起伏的农村生育史为背景，通过乡村女医生“姑姑”的经历，形象描述了计划生育国策实施过程中复杂的人生体验，成功塑造了一个形象鲜明、感人至深的农村妇科医生形象，同时剖析了以讲述人“蝌蚪”为代表的部分知识分子卑微、纠结的精神世界。小说勇敢地触碰历史和现实，表达了对生命和人性的思考，展示了文学作品“人道主义”的情怀。《天堂蒜薹之歌》是莫言1988年创作的一部充分体现作家良知、反映弱势群体生存状况的作品。小说取材于现实生活中发生不久的真实事件。数千农民响应政府号召大量种植蒜薹，结果蒜薹滞销，当事官员却不闻不问，忧心如焚的农民自发聚集起来，酿成了震惊一时的“蒜薹事件”。这起事件促使莫言放下正在创作着的家族小说，仅用35天，就完成了义愤填膺的长篇力作。结构方式上，《天堂蒜薹之歌》采用民间艺人说唱与正文叙述相结合的互文方式，汹涌澎湃，力透纸背。据此，诺贝尔文学奖评委会主席彼得·英格伦建议，阅读莫言应当从1995年首次以英文出版的《天堂蒜薹之歌》开始。这部小说也被誉为中国乡村版的《第二十二条军规》、中国版的《愤怒的葡萄》。

想逃离又未能完全摆脱，受影响却又有明显的不同，这便是以上比较中留给我们的印象。

## 三、扎根本土，发扬传统，走向世界

既有扎实的生活根基，又能创造性地运用本民族的传统创作手法，这是所有享有世界声誉的文学家的共同特征。作为被世界文学界认可的中国作家莫言也不例外。与福克纳、马尔克斯相比较，作为生长在农村的地道的农民的儿子，莫言的小说中更多地闪现着自己的身影，特别是“饥饿和孤独”的身影，因而更多地带给读者真切的扑面而来的浓浓乡土气息和不可抗拒的感染力。他的主要作品如《红高粱家族》、《丰乳肥臀》、《檀香刑》、《四十一炮》等，都是以他所成长其间的农村生活为表现内容。莫言所写的大多是他所感知的乡村生活，其中有不少来自他童年的记忆甚至是他自身的经历与体验。他说：“二十年农村生活中，所有的黑暗和苦难，从文学的意义上说，都是上帝

---

① 管笑笑：《发展的悲剧和未完成的救赎——论莫言〈蛙〉》，《南方文坛》2011年第1期。

② 孟庆澍：《莫言〈蛙〉三题》，《艺术广角》2011年第1期。

对我的恩赐。……我的灵魂生活在对于故乡的记忆里。”[①]《枯河》中的河流、《透明的红萝卜》中的桥洞、《红高粱家族》中大片的高粱、《球状闪电》中的荒草甸子，这些故乡的景物都变成了莫言小说中的风景。他在故乡的亲身经历更成了他小说中的主要素材：“我十三岁时曾在一个桥梁工地上当过小工，给一个打铁的师傅拉风箱生火”[②]。于是，中篇小说《透明的红萝卜》中的“黑孩儿”，也当上了小工，拉起了风箱。故乡的传说与故事也成了他小说中的素材。《红高粱家族》系列小说展现的轰轰烈烈、英勇悲壮的故事就源自发生在家乡的一个真实事例。正是在自身经历和乡野故事的基础上，莫言“发挥自己的特长，利用自己掌握的具有个性的创作素材，施展自己独特的才能，写出具有原创性的作品”[③]。小说《檀香刑》就是他试图在小说这种原本是民间的俗语渐渐地成为庙堂里的雅言的今天，在对西方文学的借鉴压倒了对民间文学的继承的今天，有意识地做的一次“大踏步撤退”。

莫言的作品中，中国古典文学创作的艺术特色闪耀夺目，比如象征手法的使用。象征，是用特定的具体事物表现某种特殊意义的修辞方式，是中国古典文学的描写手段之一。中国文人自古以来就擅长用象征手法来表情达意。花草、动物、日月、江河、风云等事物作为蕴含特殊意义的意象，频频出现在我国古代诗词歌赋中。在作家的笔下，这些意象不仅承载着一定的历史文化及其思想意义，更具有神秘奇幻的色彩。对莫言来说，它们就是生活在高密东北乡的人们熟悉的草木鱼虫。《红高粱》中的红高粱，就被赋予了人所具有的感情。那茂密的高粱，有了声音、动作、表情，既能感应“我爷爷我奶奶”的爱憎，也能感应人世间的悲欢，有了真真切切的人的思想感情。可以说，“红高粱”已经不仅仅是一种植物，它更具有某种象征意义，象征了抗日战争期间我国北方农民“充满野性、生机勃勃的民族精神和生命意识”[④]。《透明的红萝卜》中的红萝卜也不同凡响，它晶莹透明，泛着金色的光芒，充满神秘的气息。“食草家族”第三梦《生蹼的祖先们》中的红树林则是一个如世外桃源般美丽但又不能擅入的神秘之地。除了植物意象，莫言作品中还出现了为数不少的动物。如小说《白狗秋千架》中的狗，《三匹马》、《玫瑰玫瑰香气扑鼻》和《马驹穿过沼泽》中的马，《生死疲劳》中的驴、牛、猪、狗、猴等。这些植物动物被作者赋予了超自然的灵性和神奇，传达的却是人的喜怒哀乐、真情实感。

色彩，作为一种意象，在莫言笔下，也被赋予了超乎寻常的意义。特别是红色，在

① 莫言：《我的故乡与我的小说》，《当代作家评论》1993 年第 2 期。

② 莫言：《我的故乡与我的小说》，《当代作家评论》1993 年第 2 期。

③ 莫言：《影响的焦虑》，《当代作家评论》2009 年第 1 期。

④ 参见董健、丁帆主编：《中国当代文学史新稿》第十八章第二节，人民文学出版社 2005 年版。

莫言作品中，频繁出现鲜艳夺目。这或许与中国人根深蒂固的嗜红情结有关。中国人自古就将红色尊为神圣，有的帝王被称作赤帝；而根据范文澜先生考证，由于华含有赤意，在崇尚赤字的周朝，“凡遵守周礼尚赤的人和族称为华人”。可见，红色原本就与中国人血脉相连。按照现代艺术社会学奠基人格罗塞的说法，“人类对红色的偏爱，表达了一种生命的张扬和追求”①。而在与红色有“血缘关系”的中国当代作家莫言的思维中，“红色有三层意义，即血、生命和暴力”②。《红高粱家族》中，那一望无际的红红的高粱，不仅仅是“我爷爷”和“我奶奶”生活、战斗的场景和地点，它更是一种象征、一种符号。它传达的是生生不息的生命的力量。事实上，莫言是想通过红高粱之“红”，赞美家乡人民面对外敌侵略时张扬的血性，赞美祖辈洋溢着的原始生命力和无所畏惧的精神，赞美“作为人最本真的欲望和追求”③。

所以，从《透明的红萝卜》开始，红色频繁出现在莫言小说的题目中，如《红高粱》、《红蝗》、《红耳朵》等。小说所描写的事物中更涂染着大量的红色，如《生蹼的祖先们》中的“红树林”、《马驹横穿沼泽》中的“红马驹”、《玫瑰玫瑰香气扑鼻》中的“红马”、《怀抱鲜花的女人》中那“鲜红的花朵”等等，好一派火红的世界，一片令人眼热心动的中国红！红色，作为莫言作品的代表颜色，作为富有特色的中国文化，它显示的是一种精神、一种百折不回的精神、一种生生不息的民族的生命活力。

莫言作品之所以能够获得诺奖评委的青睐，译者精准的翻译功不可没。但是主要的，还是莫言作品中充溢其间的作者对生命、人性和普世价值的人道主义情怀，以及由此彰显的大气磅礴的“国际范儿”。“越是民族的，就越是世界的。”正是因为莫言不仅师法魔幻导师福克纳与马尔克斯，也继承发扬了中国文化和文学创作的优良传统，并使二者统一起来，激发出强大的创造活力，才奉献出能够跨出国门，走向世界，又“有着鲜明的自我烙印的作品”④，从而将“世界的目光转移到了亚洲，转移到了中国，使一片神奇的、苦难的、光芒四射的大陆，作为一种文学的新形象，在世界文学的版图上浮现出来”⑤。

---

① ［德］格罗塞：《艺术的起源》，蔡慕晖译，商务印书馆1984年版，第47～78页。

② 周景雷：《红色冲动与历史还原——对莫言小说的一次局部考察》，《当代文坛》2003年第1期。

③ 《莫言的创作世界：福克纳和马尔克斯作品的融合》，2012年10月16日《福建日报》。

④ 邱华栋：《故乡、世界与大地的说书人——莫言论》，《文艺争鸣·当代百论》2011年第2期。

⑤ 邱华栋：《故乡、世界与大地的说书人——莫言论》，《文艺争鸣·当代百论》2011年第2期。

# 日本语境下的莫言文学解读

◇郭玲玲*

关于莫言文学的记忆始于电影《红高粱》,电影中的场面充满了强烈的冲击力和震撼力,除了故事情节,像血液流淌似的无尽头的红高粱,至今在脑海深刻留存,无法挥去。不过,在那个年代,年少的我们最能接受的是那些关于青春、关于爱情的文学作品,莫言的东西于那时的我们似乎感觉过于深刻和成熟,很难走进我们的尚显幼稚、叛逆的心灵。这种感觉和现在日本的大学生们是相同的,采访了日本国立大学人文学部等文科类的许多学生,包括中国语言文学专业的,都表示对莫言的作品只是听过说,读过的也没有太强烈的感觉。莫言文学的乡土性和历史性,对日本的年轻人来讲,还是有一定的距离,他们喜欢的还是村上的那些充满了日本灰色调的慵懒文学和那些具备日本传统美意识的小说作品。而能聊得起莫言文学的,年龄都在 40 岁上下,他们有了一定的人生阅历且对中国充满了兴趣。

记得大学时期有一位教授曾经建议我们,先去工作,经历人生,有兴趣再回来研究文学。现在的我再读莫言的作品,感觉似乎明白了好多东西。就像一个 40 多岁的日本朋友说的,自己也是在当妈妈后重读他的作品,才感觉到莫言笔下的那些人物所充满的能量,特别是关于女性的描写让自己对中国女性充满了敬佩。莫言作品的重要主题元素之一就是母亲——女性。而在日本,以女性为主题的小说不是很多,而且一般都不会获得较大的关注,所以有些日本读者不能理解莫言文学中为何女性尊重的主题频繁出现。虽然现在日本的女性地位有所改变,但是相对来讲还是处于弱势。强势的女性在日本是非常孤独的,所以日本女性有意识地一直在隐藏自己的锋芒,就像村上作品中的女性,甘愿奉献或是退出,这些也让日本读者们容易接受和解读的。

认识一位日本的教授,研究村上春树已有多年,在去年诺贝尔奖揭晓之前,曾多次激动地在课堂上大论村上,无非就是些表明自己研究的动机纯正、非随波逐流之辈的

* 郭玲玲:山口大学东亚研究科博士生。山东农业大学日语系讲师、日语系副主任。

东西。这次村上落选后，他有些失落。有一次，偶然提到关于莫言的话题，他怀疑我是故意提起，有些讽刺他的意思，情绪一下子有些失控，让我大吃一惊，赶忙岔开。

这个有趣的小段子也让我对莫言的文学在日本的影响产生了兴趣，到底日本读者如何评价莫言、如何解读莫言的文学作品呢？现实当中的热与冷，在文学研究和网络中又是如何表现的呢？下面就自己所查找到的资料进行一番梳理，以供国内莫言文学爱好者们参考。

## 一、莫言文学的日本登陆

根据莫言的小说《红高粱家族》改编的电影《红高粱》，于 1988 年获柏林电影节金熊奖后，被翻译到日本。1989 年 4 月，小说的前两章先由井口晃翻译到日本，被收录在《现代中国文学选集》(6)中，1990 年 10 月，第三章到第五章被翻译成日文，收录在卷 12 里，由德间书店出版。这是最早的版本，不过已经绝版了。现在普遍发行的是岩波现代文库在 2003 年出版的，由井口晃翻译、张竞解说。

电影的魅力加上第一部译作在日本的出现和流行，让已进入经济高度增长后期的日本，开始重新关注改革开放后的中国。20 世纪 90 年代，莫言的短篇小说《白狗秋千架》、《秋水》、《金发婴儿》以及长篇小说《酒国》、《丰乳肥臀》等相继被翻译到日本；进入新世纪后，《檀香刑》的翻译出版、再版，《白狗秋千架》等短篇的再版，长篇《四十一炮》、《生死疲劳》、《蛙》等接连被翻译成日文出版。

而根据莫言作品改编的电影，除了《红高粱》之外，张艺谋导演的《幸福时光》(原作《师傅愈来愈幽默》)、霍建起导演的《暖》(原作《白狗秋千架》)在日本也是很受欢迎和好评的。

从 1987 年开始，莫言作品逐渐在中国文坛出现并引发讨论开始，日本的中国研究学者们也开始关注。像 1987 年 9 月号的《中国研究季刊》就刊登了一篇日本国立三重大学教授的论文，在中国现代文学中，莫言是张洁、阿城之后，代表中国现代文学新动向的作家，把他的《欢乐》中对绿色的描写，看作是中国当代作家对现代文学的一种抗争。其后的 90 年代，随着莫言作品的大量翻译出版，莫言文学研究也逐步显现出专业化。其中日本文体论学会会刊《文体论研究》刊发了山本明的关于莫言文体研究的论文，主要研究的是莫言文学中的语言特点，特别是最小单位的句子，它们如何打破了语法上的秩序约束，而这种打破的意义在哪儿，如何重新构筑了莫言作品的富于想象力和生命力以及传统寓言性格。这篇论文还特别指出，莫言的文学语言突破了当时政治色彩浓厚的报纸等媒体的束缚，用自己独特边缘文化所酝酿的独特乡村语句和独具青春生命力的跃动感，开始了自己寻根文学和探索文学创作的开始。①

此外，日本的主要文学杂志《新日本文学》和 *Subaru*② 等也用大版面来对莫言文学进行了解读、讨论，并对莫言本人进行了采访，解读他作品中的魔幻现实主义。

## 二、改变中国农民形象的莫言文学

### (一)中国现代文学的代表

1991 年《新日本文学》的夏季号做了一期幻想文学特集，把拉美、非洲和中国的幻想文学进行了逐一解读。其中关于莫言文学的座谈会——《莫言与现代中国的农民形象》占据了主要位置，讨论的主题也非常有深度，包括莫言及其文学、日本和中国的农民命运、中国农民所担负的新的道德伦理使命等。③

这次激励的讨论源自莫言短篇集《从中国的村庄来》[藤井省三等译，1991 年 4 月由 JICC 出版局出版《发现与冒险的中国文学》(2)，收录了《秋水》、《老枪・宝刀》、《白狗秋千架》等 6 部短篇]的翻译出版。译作一经推出，其中关于中国农村的描写，颠覆了日本国内对于当时社会主义中国形象的固有认知，特别是社会主义新中国农民形象的描写，激起了日本国内从普通民众到研究中国文学、经济、政治等学者们的广泛讨论。

翻译到日本的现代中国文学家们的文学作品，给日本读者展示了“文化大革命”后的中国文学新面貌。尤其是莫言，他的作品无论是在题材还是创作手法上都有很大的创新，突破了体制的束缚，充满了力量。特别是年轻的评论家张志忠为同样年轻的作家莫言写了一部文学评论专著《莫言论》，这样的待遇在中国现代作家中是属于破格的，当然关注的同时也引来了很大的争议。但是这样的关注度在日本作家和研究者看来，莫言已经具备现代中国文学的旗手的资质了。

### (二)莫言文学中的农民形象

20 世纪 90 年代的日本，对刚刚翻译过来的莫言文学作品，最为关注的是其中关于中国农村和中国农民的描写。90 年代的日本社会已经是经济高度发达，这与同时代的中国形成了强烈对比。而两国之间交流的冷清也让日本对中国印象尤其是中国农村印象仍处于“文化大革命”时代，那时的中国混乱、疯狂，中国的农民处于饥饿贫穷

① [日]山本明:《小说的句子——莫言的文体》,《文体论研究》(41),日本文体论学会 1995 年版,第 1～12 页。

② [日]藤井省三:《采访莫言——压抑下的魔幻现实》,集英社 1996 年版,第 134～140 页。

③ [日]加加美光行等:《莫言和现代中国的农民形象》,《新日本文学》(46～47),新日本文学会 1991 年版,第 153～167 页。

之中，思想落后，受体制的管束严厉。但莫言作品中所描写的生产承包责任制和农民的自我意识觉醒让日本国内惊叹，中国的农民已经可以自力更生，可以自己支配自己的命运。相比之下，日本从1960年开始，实施农业基本法，日本600万农户每家均分到1公顷的农地，但零散农户依旧不变，所以日本的农民基本没有变化，土地的分配让日本战后流入城市的劳动力又重新回归。然而中国的生产承包责任制则加强了农民个体意识，而且农村劳动的繁重让青年一代走向了城市。中国现代社会中，觉醒的农民形象与流入城市的农村劳动力等社会状态是当时日本最为关注的焦点之一。

（三）莫言文学与日本农民文学

表现这些社会现象的莫言和日本的农民文学代表作家伊藤永之介[①]也有非常大的相似性。伊藤一直在描写日本秋田县的贫民状况，他战前的作品多以动物命名，使用通俗的讲述体，没有单独的对话文。另外，伊藤的小说《怀念的山河》与莫言的《金发婴儿》所表达的理念相类似。农民，某种意义上是自然的一部分，他们的生活、思想与自然也是融合在一起的。所以把主人公——农民放在自然描写中，让他们的语言会话也和大自然的说明部分融汇在一起，这种表达方式非常自然，非常适合描写农民的心里。伊藤的这部作品当时被誉为是日本战后小说的最高杰作，作品讲述的是日本战后农村问题。作品中，父亲早逝，母亲把六个儿子拉扯大，相继送上战场。战争结束后，六个儿子陆续回归农村，面对热闹起来的原本就窄小的田地，母亲却表示出了异于常人的担忧："大家都回来了，地里热闹了，可是这么巴掌大的地儿，怎么会有将来呢。"结果最先回来的小儿子恋上了大嫂，最后在母亲面前杀死了大哥。伊藤所表现的农村悲剧性，实际上是日本农民的命运写实，战争结束了，而没有变化的日本农民仍旧在狭窄的农地里继续着世世代代不变的生活，上演着无法解脱的命运悲剧。

此外，莫言的农民文学与日本农民小说质的区别是他所独具的那种对生命的感觉、那种与生俱来的农民情怀。他笔下的农村都几乎是写实的，而且他在有意识地刻画那些留守农村、身体患有残疾的人们的命运。这种描写在日本农民文学中是不可能发生的，而且农民出身的作家几乎没有描写自己作为农民出身的命运、没有描写劳动的场面。农民的劳动是孕育生命的劳动，农民文学就是通过描写这种劳动来赞美生命的文学。日本发达的农业机械化拯救了这种劳动，但同时也扼杀了充满生命力的农民文学。而莫言则是通过描写自己的农民情怀，来写实社会，批判体制，这一点非常让日本学者们感动，且能引起文学上的共鸣。

---

① 伊藤永之介(1903～1959)，日本小说家，生于日本秋田县秋田市。1924年起在杂志《文艺战线》上发表评论，开始文学活动，后来转向文学创作，以无产阶级文学新人受到关注。1932年开始，作品多以日本农村为题材。1936年，作品《枭》被提名日本芥川文学奖，他是日本农民文学的代表作家。

日本农民近代以来虽然也经历了很多社会变故，但是中国农民所经受的那些体验是他们无法想象和比拟的。新中国的成立之初到1989年的天安门事件，中国农民一直是在迫不得已地自我否定，尽管如此，农民出身的莫言仍然抓住了其中最珍贵也是最精髓的东西。他的那些人物形象几乎都是不灭的，不管是残疾人还是一般民众，他们身上都有那种顽强的生存欲望和旺盛的生命力，这些东西只有经历过的人才能写出来，这些也是日本评论家们认为日本农民文学应该探求思索的东西。

（四）莫言文学的世界性

莫言文学中的农民形象，也是继鲁迅文学之后，关于中国农村话题再一次在日本引起了热议。鲁迅应该是中国近代作家中在日本知名度最高的一位，除了他的日本留学经历之外，作品中对社会现象犀利的刻画与抨击也是受到关注的原因之一。《阿Q正传》、《狂人日记》等作品中的中国农民，都是没有自我意识、没有觉醒的形象，他们都是嘴里喊着革命革命，却是根本不知道革命本身的意义所在。这些人物形象让日本直到20世纪80年代初期，都一直认为中国农民就是如此，是没有自我意识的群体。而莫言文学树立的现代中国农民形象，尤其是以《红高粱家族》和《秋水》等长短篇系列为代表的作品，给当代日本以极大的冲击。其中农民的自我意识觉醒和理性回归，用张志忠的话说就是“自由农民”，这与鲁迅作品几乎完全相悖。虽然莫言笔下的农民很大部分是他主观认同的某种觉醒后的形象，并不完全是对历史的写实，但是因为莫言本身曾经是个农民，而且他身上没有鲁迅式的原罪意识，所以具有直接描写真实的自我和自己主观想法的天然优势。他强烈的生命感觉，完完全全地表现在作品中，读他的作品，能够非常强烈地感受到他对大地、对自然的热爱，尽管有时是一种憎恶。这种富有生命力的描写和真切的情感意识，是只有在和严酷自然的接触中才能产生的东西。正是因为和自然的关系亲密而紧张，农民生来具有的那种对生命的强烈感觉才会更对立地突出出来。星星、宇宙等仰望苍穹的行为，自然而然就有了母亲嘴里传承下来的故事。

莫言说过自己受到鲁迅和赵树理的影响，在日本研究者的眼中，他身上具备这两者的特点。20世纪80年代的中国文学，正在找寻四十年来她所丢失的世界性，莫言的作品让中国人在肯定、关注他的同时，也让世界开始瞩目中国文学。而他的文学主题更是具有世界共通性，那就是在社会发生大变革时的真空状态下，人类生命的强烈爆发。这种不稳定的时代和环境，对民众来讲是不幸的，但是“国家不幸诗家幸”，莫言抓住了这样一个不得不自我否定的时代，用一种更独特丰富的魔幻现实主义表现形式，以一个农民的视角讲述着他自己眼中的历史。

## 三、莫言文学在日本的解读

莫言曾经说过，母亲，少年时代和故乡是自己写作的三要素。作品几乎都是围绕这三个主题来展开的，在日本对莫言文学的解读也不例外，当然，日本有自己特殊的历史文化元素，所以对莫言文学的关注，或者说，日本读者最感兴趣的大约有以下几个方面。

（一）传奇式的战争描写

莫言文学作品多以战争描写作为背景来展开，特别是抗日战争，对我们中国人来说，这是一段永远无法抹去的沉痛记忆。关于抗日战争的描写在日本会不会有抵触感？日本读者能否接受？又是如何进行解读的呢？这个问题莫言在接受日文翻译者日本佛教大学吉田富夫教授采访时，就提到了作品中大量的抗日战争和对日本人的描写。他说，之所以有这么多的战争场面描写，是因为战争改变了人，战争让弱小的人突然之间就成了野兽，也可以说人变成野兽的过程就是战争。[①] 这个出发点让莫言文学作品中的抗日战争描写在日本读者眼中变得更加客观，同时对战争的认识和对中国人所抱有的那种痛恨有了更深刻的理解。2000 年，日本著名文学杂志 *Subaru* 在解读莫言文学中写道："关于日本兵的描写，也突破了以往的穷凶极恶、非人道代名词的形象，作为日本人读中国文学作品，第一次有了一种如释重负的感觉。"[②]此外网络上也有很多相似的读后感。像原本以为《红高粱》是抗日英雄之类的书，读后发现，那仅仅只是其中的一个背景，主要是写中国大地上的红高粱以及和红高粱一样生活在中国大地上的人，虽然把日本人刻画得那么丑陋，但是这并没有让人感受到作者的恶意。在战争中，不管日本人、西方人、中国人，都是丑陋的，有的只是敌人或是朋友，那是特殊的时代印记；那些抗日战争的场面描写实在太残酷，明白了中国人为什么对日本人有那么强烈且久远的痛恨记忆；《红高粱》中飘荡着土地与血的味道，让人感受到现实主义的冲击力。同时这部小说也反映了当时中国人眼中的日本，值得我们面对。日军的残酷让人痛恨，但是面对日军的暴力，用更激烈的暴力来应战的人们，他们的顽强和勇敢、壮烈更是让人敬佩；佩服作者笔下的不管是日军、国民党还是共产党，都以客观的角度进行了描述，直视把民众卷入暴力漩涡的历史。这些读后感更是印证了莫言文学中传奇的力量，"我的心里没有历史，只有传奇"。

---

① ［日］吉田富夫：《关于〈丰乳肥臀〉——采访中国作家莫言》，《月刊百科》(444)，平凡社出版 1999 年版，第 6 页。

② ［日］茅野裕城子：《莫言》，集英社 2000 年版，第 186 页。

（二）中国女性的力量

莫言笔下的中国女性，她们身上拥有着让人着迷的性感魅力以及伟大的、能够包容一切的母爱，这是日本读者难以理解但是充满敬佩的形象之一。因为她们身上的那种坚强在日本较为少见，像《红高粱家族》中的我奶奶戴凤莲，原本是个未经世事的纯洁少女，但是经历结婚、公公、丈夫被杀之后，马上变了个人，大骂亲生父亲、认县太爷为干爹、一个人扛起了酒坊的里里外外，其中的变化因由莫言作品中并没有清楚写明，故事一下子前进了一大步。日本读者的感受是："让人费解，一个世事未谙的小女孩，怎么一下子就能那么世故圆滑？"《檀香刑》中的眉娘，为了救父，为了情人，为了让这些自己爱的人不要相互残杀而四处奔走，可以卖色，可以用身体顶枪，可以率领众乞丐乞讨，可以忍受被情敌泼粪羞辱，她身上所充满的力量是从何而来的？《丰乳肥臀》中的母亲上官鲁氏，为了家族的命运延续，甘愿充当生育机器，而且在她的眼里，日军、国民党、共产党、美国兵、穷人、宗教者等，所有这些社会群体，都是母爱包容的对象，都是她的孩子，都要活下去。这种女性身上所具有的力量，在日本文学中几乎是看不到的。日本从 1898 年的明治维新开始，一直就在宣扬男女平等，但是直到现在，男性地位依然是高高在上的，女性本身也对自己的社会地位不抱什么希望，所以他们不理解中国尽管经济还不发达，但是男女平等的程度已远远超过他们。莫言文学中的中国女性形象和她们身上的力量，在日本读者心中留下了谜一样的魅力和深刻印象。

不过，莫言作品中的男主人公也有让日本读者认同的形象，其中认同感最强烈的是《檀香刑》中的知县——钱丁，他是莫言文学作品中出场的为数不多的知识分子，这与日本小说中的主人公多为知识分子相吻合，从二叶亭四迷的《浮云》开始，近代日本小说一直在追问知识分子的自我存在问题，而且与内心世界极其强大的其他人物相比，钱丁的软弱恰恰表现了人性的真实。网络上的评论认为，他把人的弱点展现无遗，是典型的知识分子形象，从开始出场到最后，他给人的印象改变最大，是塑造得最成功的人物形象。

另外一个关注的因素就是莫言文学的少年性格。《红高粱家族》、《丰乳肥臀》、《四十一炮》这三部作品的讲述者都是小孩子，这在日本文学中比较少见。所以，从少年的视角而出发的莫言文学，其特点就被解读为"孩子眼中的成人世界，这个世界更接近真实"[①]。

① 藤田玲：《关于莫言作品中的女性形象——以〈红高粱〉、〈半乳肥臀〉、〈四十一炮〉中的母亲形象为中心》，http://www.l.u-tokyo.ac.jp/chubun/090718fujita.html.

# 结 语

文学的江湖也是风起云涌，莫言的获奖并没有终结日本文学的任何东西，但是他所带来的中国文学热无遗在当下仍是风头正盛。莫言的文章表现力、故事虚构性、内容丰富性等被大多数的日本读者所认可并给予高度评价，尤其是莫言独特的表现手法，像作品中的历史是由出场的形形色色人物，如共产党、国民党、宗教者、日本兵……他们各自讲述自己眼中的历史，这些讲述的叠加没有让人产生繁琐，反而充实了历史，较为全面地还原了历史。虽然莫言作品中仍旧抹不去拉美文学影响的痕迹，但是他巧妙的融合手法和远离政治的独特文学观，已经让日本读者惊叹，并惋惜日本作家实力的薄弱。莫言作品在日本的大量翻译发行，不仅是中国文学力量的展示，更是中国式价值观的标榜与彰显。那种超越时代、超越国境的人文关怀与生命感觉，让日本的读者深深陶醉其中，慨叹不已。这种力量，尽管无形无影，却是如影随形，让人读后充满能量。

# 论莫言与乔伊斯的人性关怀和民族关怀

## ——以《丰乳肥臀》和《尤利西斯》的女主人公为例

◇申富英*

第三世界或发展中国家都有一段受异族压迫和欺辱的历史，这些国家人民的群体记忆中都有一种历史创伤，所以这些国家的作家的文学创作都在某种程度上是一种民族寓言。[①] 这些民族寓言大多都是在以书写家庭关系、两性关系等人性问题的显性文本之下隐含着一种书写民族历史、现状和未来的隐性文本。

虽然莫言进行文学创作的时期是改革开放后相对繁荣的时期，但作为有着深厚的历史意识和民族意识的作家，莫言总是在其作品中给予民族记忆和人性关怀以浓彩重墨，书写中国近现代历史上民族命运转折时期中国人民在历史大潮冲击面前所彰显出的爱国情怀和人性关怀。他作品中的民族关怀和人性关怀与爱尔兰现代主义作家詹姆斯·乔伊斯作品中的非常相似。乔伊斯作为20世纪上半叶爱尔兰最著名的作家之一，面对身处英国殖民主义统治的爱尔兰，他在其作品中表达了深厚的民族关怀和人性关怀。但出于对殖民主义文化审查制度的逃避以及爱尔兰身处现代性和被殖民性夹缝中尴尬境地的考虑，乔伊斯在其作品中采用了人性叙事和民族叙事双重叙事的策略。因此，莫言与乔伊斯在人性关怀和民族关怀的融合方面有共通性。这种共通性均在他们代表作的女主人公身上得以很好体现。下面就以《丰乳肥臀》中的上官鲁氏和《尤利西斯》中的莫莉形象中蕴含的民族关怀和人性关怀来说明两位文学大师的共同伟大之处。

---

* 申富英：山东大学外国语学院副院长，英语系教授，博士生导师。

① Jameson, Frederic, "Third World Literature in the Era of Multinational Capitalism," *Social Text* 15 (1986), pp. 65-88.

## 一、人性关怀

上官鲁氏和莫莉身上所展示的人性关怀首先体现在她们的性关系上。二者均有多个情人，从表面上说均在其社会文化中属于荡妇类型的女人，但二者的“放荡”恰恰展示了其人性的一面。如果说上官鲁氏与第一个有生育力的男人于大巴掌的性关系是出于报复其丈夫的目的和对姑母的顺从，那么其后她与其他情人（四个强奸者除外）的性关系则纯粹出于人性求生和繁育后代的需求。她的丈夫上官寿喜没有生育能力，但由于传宗接代和男尊女卑等封建思想的毒害，上官一家时时以各种借口惩罚、折磨上官鲁氏。为了传宗接代，更为了使自己活得像个人，上官鲁氏与数个有生育能力的男人建立了性关系，并最终与神父马洛亚产生了爱情，享受到了情爱与性爱的和谐带来的幸福。可以说，她与多个情人的性关系既是对中国男尊女卑、从一而终封建思想的反抗，更是对人性生活的大胆追求。

尽管莫莉在与布鲁姆婚前有过罗曼史，但与布鲁姆婚后曾经有过一段相互忠诚、幸福美满的夫妻生活。后来布鲁姆因丧子之痛而丧失性功能，不能使莫莉享受到性爱，致使她与鲍伊兰等人产生了婚外性关系。虽然她具有各式各样的情人，但她的情人可大致分为两类：婚前的和婚后的。她在婚前与马尔维（Mulvey）和嘎迪纳（Gardner）等人产生了恋情，也发生了性关系，但那是一个年轻姑娘的正常需求，是人性的表现，在西方文化语境中本无可厚非。她在婚后与多个男人发生性关系，但那大多是在布鲁姆失去性能力之后，而且无论她在布鲁姆失去性能力之前还是之后与他人发生的性关系中，她都是把所有的男人当作布鲁姆的性替代品。就连性能力超强、令她迷恋不已的鲍伊兰也不过是莫莉的玩偶，只不过是布鲁姆的替代品而已。[①] 在婚后的岁月里，布鲁姆始终是莫莉精神上唯一的爱人。

上官鲁氏表现出大地母亲一般宽阔博大的胸怀，展现出人性容纳之美，具有“丰厚的地母美德”[②]。上官鲁氏孩子的父亲有自己的姑父于大巴掌，有化装成赊小鸭的土匪密探，有屠户高大膘子，有江湖郎中，有天齐庙的智通和尚，还有四个强暴她的败兵，更有她深爱的瑞典籍传教士马洛亚，不管是她深爱的情人的孩子，还是她痛恨的人的后代，她基本都做到一视同仁；如果说她偏爱她与马洛亚神父生的儿子，那是她的男尊

---

① Joyce, James, *Ulysses*: *Annotated Students Edition* (with an introduction & notes by Declan Kiberd), London: Penguin Books, 1992, p. 1187.

② 崔宗超：《20 世纪 90 年代母亲形象的主题书写——以〈你是一条河〉和〈丰乳肥臀〉为例》，《郑州大学学报》（哲学与社会科学版）2010 年第 6 期。

女卑思想在作怪，而不是因为儿子是她至爱的人的后代，因为与儿子一起出生的盲女儿并未享受到她的偏爱；尽管她的女婿中有的是抗日别动大队司令及还乡团团长（司马库），有的是黑驴鸟枪队队长、伪渤海警备司令、“皇协军”旅长（沙月亮），有的是沦为日本劳工的弹弓高手（鸟儿韩），有的是抗日爆炸大队政委、独纵十六团政委、高东县县长、农场场长（鲁立人），有的是抗日爆炸大队队员、抗美援朝功臣（孙不言），但在上官鲁氏眼中他们的后代都是人，对待这些孩子她基本上一视同仁，并在极度困难的岁月里含辛茹苦地将他们养育成人。无论对待哪一派，她均是从人性的角度去爱、去恨，将生命视为世界上最为宝贵的东西，表现出了朴素但彻底的人本主义情愫。

莫莉也同样表现出大地母亲一般宽阔博大的胸怀，展现出人性容纳之美。莫莉被众多批评家认为是大地母亲的化身。其主要原因就是她身上表现出的大地母亲一般容纳百川的特质。尽管她所接触的男性各种各样，但他们在她眼中最本质的价值是作为人的价值，而且她对身处困境之人表现出极大的同情心。对待伤兵，她从窗口中伸出手扔下金钱去援助；对待无家可归的斯蒂芬，她赞成布鲁姆收留他，而且还打算让斯蒂芬常住家中，教她意大利语。对待伤兵只露手臂不露脸可以解释为她助人而不愿留名；对待斯蒂芬她愿留其常住而又打算让他有所事事可以解释为她助人而不愿让受助之人尴尬。而且，她天性喜爱和平，认为打打杀杀乃是男性喜好争斗的恶习，而女性则天生是维护和平的高手，并想象若是女人掌管天下，混乱的世界则会改天换地，呈现天下太平的景象。[①]

莫莉尽管与数个男性发生性关系，但除了婚前与恋人发生的性关系外，婚后与他人的性关系都是因布鲁姆的性无能而起，而且她把这些婚后的情人全部当成了布鲁姆的性替代品。也就是说，她婚前的性行为是西方文化中正常的恋爱关系中的一部分，她婚后的婚外恋也是对丈夫性无能的一种代偿，是正常人性的一部分。正如在最后一章她自己所言：谁要是对这种婚外情大加指责的话，谁就不是个人。而且，她一直在精神上忠诚于布鲁姆，认为他是个好人，是合格的精神伴侣，对他总是怀有恋爱般的情怀，不时回想着与他恋爱时温馨的记忆，并决定再努力一次，唤醒布鲁姆的性能力，与他恢复灵与肉的双重和谐关系。从这个意义上而言，莫莉无论是对世界，还是对丈夫或外人都应当是包容的、体谅的和人性化的。

## 二、民族关怀

作为具有民族忧患意识的伟大作家，莫言和乔伊斯均在其代表作中表达了对民族

① 参见[英]詹姆斯·乔伊斯：《尤利西斯》，萧乾等译，译林出版社 1996 年版，第 822 页。

问题和民族命运的强烈关注，均在其代表的女主人公身上赋予了民族寓言特质，展示了他们对其民族命运的深切关注。

《丰乳肥臀》表达了作者对中华民族自20世纪初至改革开放时期民族多变命运的思考，并赋予女主人公上官鲁氏超越各重大历史时期各派别斗争之上的优秀特质。以抗日战争时期为例，中华大地上活跃着各种政治与军事势力，他们你方唱罢我登场，其中比较有影响的就有以鲁立人、纪琼枝为代表的共产党领导的抗日队伍，以司马库为代表的还乡团，以沙月亮为代表的皇协军，以鸟儿韩为代表的劳苦大众，以司马亭为代表的地方地主势力。他们相互间矛盾重重，又相互间存在着某些联系。在这种复杂局面中，上官鲁氏作为一个目不识丁的农村下层妇女，完全没有能力辨别政治上的是是非非，但她身上却体现出了中华民族最宝贵的东西——善良与包容。她不问政治上的谁是谁非，而是以博大的母爱情怀，包容着本民族的各种势力，忍饥挨饿，甚至牺牲自己的女儿(默许四姐卖身为妓女)去换取食物养大了本民族不同派别的后代。他们中既有与自己有血缘关系的(外)孙子(女)，也有与自己毫无血缘关系的外姓人(司马粮)。她用母性强大的忍耐力和海一般的博大胸怀，吃尽人间至苦，受尽天下最累，将一个个本来会饿死冻死的孩子养大成人。因此读者不难看出，莫言通过塑造上官鲁氏这一人物形象成功地“拆除了小说中的各种力量的对立关系，并以此表明了他(莫言)自己对历史发展动力的阐述”[①]。

上官鲁氏本人就是中华民族多灾多难但能够顽强生存繁衍的寓言式人物。从社会历史上讲，她不仅经历了抗日战争、解放战争等建国前的灾难，还饱尝了建国后的人民公社、“文化大革命”等时期的动荡与不安；从个人历史而言，她经历过被强暴、难产、丧女、饥馑、痛失爱人等痛苦，但没有哪一种灾难能击垮她的精神，更没有哪种苦难能使她放弃生命和对人性的基本信仰。她正如中国大母神一样，愈挫愈坚，在苦难与灾难中繁衍生息，既是生命的繁育者，更是生命的保护者。她可以说是多灾多难但永远屹立世界的中华民族的象征。

《尤利西斯》中的莫莉是爱尔兰民族未来走向文化杂糅的形象寓言。

首先，她与多个情人之间的关系是爱尔兰与异族文化关系的寓言。虽然有许多批评家在过去将莫莉评价为“荡妇”一类的人物，但乔伊斯在其日记中明确宣称：莫莉乃是布鲁姆和斯蒂芬通向永恒护照的密码。[②] 目前许多批评家已认同了布鲁姆和斯蒂芬分别代表着爱尔兰(及犹太)历史传统文化和民族未来文化，那么莫莉身上的文化蕴含应当不言而喻，米歇尔·斯坦聂尔(Michael Stannier)就认为：作为当代的帕涅罗珮

① 金衡山：《影响和汇合——〈丰乳肥臀〉的解构主义解读》，《国外文学》1997年第1期。

② Ellmann, Richard, *James Joyce*, New York: Oxford University Press, 1982, p.278.

(Penelope)的莫莉，她本人“乃至她房子的窗户——都被打造成了文化的工艺品”[1]，而且这种文化解读的视角对于任何试图解读莫莉形象的批评都是“至关重要的”[2]。因此，从乔伊斯对莫莉的文化定位以及莫莉与丈夫布鲁姆及其精神儿子的关系推断[3]，莫莉应当是爱尔兰未来文化杂糅的形象寓言。她与纯洁多情的马尔维的关系应当寓示爱尔兰与英国文化精华部分的杂糅关系，她与富于侵略特质的英国军人嘎迪纳的关系应当是未来爱尔兰文化与富于侵略性的英国文化交恶的寓言；她与阳痿的布鲁姆以及性能力超强但只是充当性玩具的鲍伊兰之间的三角关系乃是爱尔兰文化既要从异族文化中汲取活力但仍要保护、坚守民族文化的寓言。[4] 因此，莫莉在乔伊斯笔下不是荡妇形象，而是爱尔兰民族走向文化杂糅的寓言。

其次，莫莉对待众多情人的态度也是乔伊斯对爱尔兰文化杂糅过程中需要注意的问题的寓言。在莫莉的心中，她似乎不在意她情人的肤色、年龄、贫富、宗教、民族等，似乎不分美丑胖瘦，一律照单全收，但作为布鲁姆与斯蒂芬通向永恒护照的密码，她的这一特点不能从其性取向上去解释，而应从文化寓言上去阐释。她对情人的一视同仁的态度乃是爱尔兰未来文化杂糅中对异族文化的态度，即不分肤色、民族与贫富等，一视同仁、平等相待的文化相对主义态度。莫莉与布鲁姆的关系则是未来爱尔兰杂糅文化与爱尔兰历史传统文化关系的寓言。布鲁姆自从儿子夭折后一直性无能，已经十多年没有与莫莉过夫妻生活了。作为一个健康的中年妇女，莫莉自然有性的需求，她选择在固守婚姻的前提下与情人私通也在情理之中，正如她自己在《尤利西斯》最后一章中所认为的那样，如果谁在不考虑布鲁姆性无能的情况下就指责她的话，那这个人就毫无人性。同样道理，正如意寓着爱尔兰民族传统文化的布鲁姆那样，爱尔兰传统文化已失去了活力，变成了性无能，如果单纯抱着传统的爱尔兰民族文化故步自封，爱尔兰民族文化将毫无发展前途。爱尔兰民族文化必须抛弃故步自封的逻辑，走土洋结合的路子，在不放弃民族文化的前提下，与异族文化杂糅。莫莉虽然与多个情人私通，但布鲁姆依旧是她心中真正的爱人，她从未产生离开布鲁姆的想法，而且在《尤利西斯》结尾处她下定决心唤起布鲁姆的性活力，这恰是爱尔兰民族文化未来的写照：对民族文化传统应不弃不离，异族文化只能是民族文化的有益补充，决不能喧宾夺主，或鸠占鹊巢，代替民族文化。

---

① Stanier, Michael, "'Penelope' and 'Sirens' in Ulysses," in R. Emig (ed.), *Ulysses*, New York: Palgrave Macmillan, 2004, p. 92.

② Stanier, Michael, "'Penelope' and 'Sirens' in Ulysses," in R. Emig (ed.), *Ulysses*, New York: Palgrave Macmillan, 2004, p. 92.

③ Gilbert, Stuart, *James Joyce's Ulysses*, New York: Vintage, 1952, p. 103.

④ 参见申富英：《民族、文化与性别》，中国社会科学出版社 2007 版，第 163 页。

再次，莫莉这一人物本身就是爱尔兰未来文化杂糅应当采取的态度的寓言。乔伊斯对莫莉这一人物的设计是“顺从、不固守自我、放松、不对抗”①，而且莫莉这一人物的最显著特征也的确是“顺从，不对抗”。她最讨厌男性事事对抗的哲学，认为女性的不对抗特性是世界和平的有益条件，因为女性从不打打杀杀，从不嗜酒，从不赌博，“不论做啥都懂得到时候就该收场”。在选择情人方面，她也是本着不对抗、不固守自我的态度。她的情人中有黑人，也有白人；有老头，也有小伙子；有高官，也有平民；有富翁，也有一贫如洗者。作为一个女人，她的这种态度的确令人无法理解，但作为民族文化的寓言，这的确意义非凡，它意寓着在文化杂糅中人们应持的态度：顺从自然，不固守自我，不对抗；也就是说，在文化杂糅过程中，人们应该把民族文化与诸种异族文化放在同一个平台上，尽量避免企图把某种文化视为“低级”、“劣等”、“怪异”等，而把另一种文化视为“高级”、“优等”、“典范”等，在处理民族文化关系时，既要兼顾各种文化间的平等关系，又要兼顾它们之间的差异，坚持多元文化并存的原则。②

## 三、民族关怀和人性关怀的融合

莫言和乔伊斯在书写民族关怀和人性关怀时，由于其创作时期的历史环境和社会环境不同，分别采取了不同的书写方式，即其民族关怀和人性关怀主题融合的方式是不同的。具体而言，莫言由于创作于民族独立之后，没有了规避殖民主义文化审查制度的焦虑，所以他采取了将民族关怀和人性关怀同时书写在显性文本之中的手法；而乔伊斯的《尤利西斯》创作于民族独立之前，当时正是民族即将独立、殖民统治日益变本加厉的所谓“黎明前的黑暗”的特殊时期，殖民主义文化审查制度管制异常严苛，所以乔伊斯采取了将民族关怀和人性关怀书写于隐性文本和显性文本之中，采用了民族书写和人性书写双重叙事机制。因此，上官鲁氏和莫莉在显性文本中就呈现出不同的风貌：前者作为母亲、母神的神圣色彩更为浓烈，是被讴歌的对象；后者作为荡妇的贬抑色彩更为浓烈，其身上所体现的包容、人性的特质被刻意掩盖于贬抑色彩中。

《丰乳肥臀》中的民族关怀主题与人性关怀主题均与作者创作的大文化背景没有大的冲突，所以二者均和谐地存在于显性文本之中。上官鲁氏在显性文本中既是现实生活中多苦多难但舐犊情深的母亲，也是千千万万中国母亲母爱、母性以及女性品格的化身，还是历经历史苦难但永远屹立不倒的中华民族的象征。这部作品民族主题和人性主题的结合方式更多的是采用象征式的，其喻体和喻意对应很明确，也很固定。

① Ellmann, Richard, *James Joyce*, New York: Oxford University Press, 1982, p. 721.

② 参见申富英：《民族、文化与性别》，第 177～184 页。

这种特点也可由莫言自己对《丰乳肥臀》的设计来印证："丰乳象征母亲，肥臀象征大地，小说《丰乳肥臀》很大成分在表现母亲、大地和生育、繁衍这个深厚的主题。"[①]也就是说，莫言的《丰乳肥臀》将"母亲和大地用一种象征的物化形态连接起来"[②]，这应是作者写给母亲和大地的书，是一首献给千万个饱经风霜、任劳任怨的母亲们的赞歌，也是一部献给生养华夏子孙、给予万物生机的祖国大地母亲的史诗。

另外，《丰乳肥臀》以个人家族历史象征民族宏大历史，以个人特质来象征民族特质，尽管书写方式采取的是多视角切入历史时空，但家族历史与民族历史、个人品德与民族品德的对应基本是线性的，无须以寓言的方式去诠释。正如《〈丰乳肥臀〉的叙述方式与结构艺术》一文所论："多重视角切入历史的时空轨迹如一个匠心独具的摄影师，变幻着不同的角度，探讨全方位的不同效果，他的叙说以高密东北乡的小环境为背景，映射了半个多世纪来中国历史的大环境，环绕着一位伟大母亲的屈辱和博爱的故事，叙述了一个家庭兴兴衰衰生生死死的历史，折射了在不同历史阶段平常百姓的灾难和荣耀。家庭、社会、现实、历史作者从不同视角切入。"[③]也就是说，在显性文本中，上官鲁氏生养的众多女儿构成的庞大家族与20世纪中国的各种社会政治势力和民间组织以及官方权力话语的确发生了形形色色、千丝万缕的联系，并身不由己地被裹挟卷入20世纪中国的政治历史舞台，而且这些形态各异的力量之间的角逐、争夺和厮杀既是在自己的家庭展开的，也的确在显性文本中是在中国的政治历史舞台上上演的。尽管作者使用变幻不同的角度切入历史，但高密东北乡的小环境与中华大地的大环境、母亲的屈辱和博爱与中华民族的屈辱与博爱、家庭的兴衰生死与民族的兴亡在显性文本中基本可以对应，家庭与社会、现实与历史也能在显性文本中有机地结合。

《尤利西斯》中的民族关怀主题与作者创作的殖民文化背景具有很多冲突，所以乔伊斯只好将民族关怀主题掩藏在显性文本之下。为了将民族关怀主题掩藏得大衣无缝，乔伊斯只得采取寓言手法。寓言的寓体与寓意不是一对一的对等关系，而是多种对应关系。寓言的手法将乔伊斯的民族关怀掩藏得如此之深，以至于早期的部分乔伊斯研究者，甚至是当代某些乔伊斯研究者，似乎对《尤利西斯》的民族和人性双重叙事机制毫无觉察，对莫莉身上所体现的文化杂糅特质并无认识。休·凯恩纳（Hugh Kenner）、艾德文·斯坦恩伯格（Edwin Steinberg）和达西·奥布雷恩（Darcy O'Brien）等都把莫莉看作荡妇。凯恩纳把莫莉称作"撒旦似的情妇"[④]，斯坦恩伯格认为莫莉是

① 孙红岩、齐蕊：《"丰乳"、"肥臀"的悲剧——莫言〈丰乳肥臀〉浅析》，《现代语文》（学术综合版）2009年第6期。

② 莫言：《〈丰乳肥臀〉解》，1995年11月22日《光明日报》第7版。

③ 王岩：《〈丰乳肥臀〉的叙述方式与结构艺术》，《蒲峪学刊》（哲学社科科学版）1997年第4期。

④ Kenner, Hugh, *Dublin's Joyce*, New York: Columbia University Press, 1987, p. 262.

“我们社会正常女性”的反面典型[①]，而奥布雷恩则把莫莉指责为“三十先令买一个的婊子”[②]。

但把莫莉当作是荡妇形象的观点存在许多问题。首先，乔伊斯的本意并不是让莫莉在《尤利西斯》中仅仅充当一个荡妇，而是要使莫莉在《尤利西斯》最后一章中成为杂糅文化的寓体，因为他在其信件中明确指出，莫莉是“布鲁姆通向永恒的护照的必不可少的密码”[③]。布鲁姆是爱尔兰青年艺术家斯蒂芬“精神上的父亲”[④]，如果斯蒂芬要找到走出爱尔兰文化困境的出路，他必须找到他的精神之父布鲁姆；而布鲁姆如果要通向永恒，成为斯蒂芬的精神之父，他必须回归莫莉身边，找到他通向永恒护照的密码。所以，这个以荡妇形象出现的女主人公在民族书写的隐性文本中就是掌握爱尔兰民族历史文化化身的布鲁姆通向永恒的秘诀的寓言式人物。

如果我们认同于詹姆逊(Jameson)关于“《尤利西斯》乃是爱尔兰民族寓言”的论断[⑤]，那么莫莉身上的民族文化寓言特性便不难证明。即便是老一代的乔伊斯研究者中也有相当一部分认同于乔伊斯对莫莉的设计，把莫莉看作是“一个巨大的地球”[⑥]，是地母该亚，是布鲁姆和斯蒂芬像彗星一样定期造访的家园。[⑦] 但在什么意义上莫莉是布鲁姆和斯蒂芬回归的家园，这个问题一直到后殖民主义批评兴起之后才逐渐有些眉目。米歇尔·斯坦聂尔(Michael Stannier)认为，作为当代的帕涅罗珮的莫莉，她本人“乃至她房子的窗户——都被打造成了文化的工艺品”[⑧]，这种文化解读的视角为解读莫莉形象迈出了关键性的一步，但他并未详细研究莫莉身上文化蕴涵的表达机制。后殖民主义者，特别是鲁姆巴(Loomba)在研究后殖民书写策略的成果中间接地揭示了莫莉身上的杂糅文化蕴涵的表达机制。鲁姆巴指出，以性别、性别关系乃至家庭关系来意寓或象征民族文化与殖民文化之间的关系，是(后)殖民主义书写和殖民文学通用的一种手法，“从殖民时期开始一直到结束(而且到结束以后)，女性的身体一直象征

---

① Steinberg, Edwin, “A Book with a Molly in it,” *James Joyce Review*, 2(1958), p. 159.

② O'Brien, Darcy, *The Conscience of James Joyce*, Princeton: Princeton University press, 1968, p. 211.

③ Ellmann, Richard, *James Joyce*, New York: Oxford University Press, 1982, p. 278.

④ Gilbert, Stuart, *James Joyce's Ulysses*, New York: Vintage, 1952, p. 103.

⑤ Jameson, Frederic, “Third World Literature in the Era of Multinational Capitalism,” *Social Text* 15 (1986), p. 68.

⑥ Gilbert, Stuart, *Letters of James Joyce* (Vol. I), New York: Viking Press, 1963, p. 180.

⑦ Gilbert, Stuart, *James Joyce's Ulysses*, New York: Vintage, 1952, pp. 382-383.

⑧ Stanier, Michael, “‘Penelope’ and ‘Sirens’ in Ulysses,” in R. Emig(ed.), *Ulysses*, New York: Palgrave Macmillan, 2004, p. 92.

着被征服的国土”[①]；而且女性“在实际上或象征意义上繁殖一个民族”[②]；女性在其中一直起重要作用的家庭关系也被用来意寓民族关系，“民族的领导者或权力符号就起到了父母的作用，民族同胞们则成了兄弟姐妹”[③]；“女性、性别关系，还有性行为的方式都用来象征文化本质和文化差别”[④]。因此，在《尤利西斯》这部“民族寓言”中，作为两个主人公通向永恒的关键的女主人公莫莉，她的荡妇特质只是显性文本中的一个寓体，作者只是借助这个寓体曲折地寓示要走向文化杂糅未来的爱尔兰文化，借助她与她丈夫、她与她的情人之间的复杂关系迂回地寓示爱尔兰未来民族文化与爱尔兰传统文化之间、爱尔兰民族文化与异族文化之间的关系。

总之，莫言和乔伊斯都在其代表作中展示了伟大作家的伟大之处，即对人性的深刻思考和对民族命运的深切关注。莫言作为一位有悠久历史的中华民族的一员，他的人性思考主要涉及人的求生本能、繁衍本能和护犊本能，赞美的是海纳百川式的博大母爱；他的民族关怀是与人性关怀一一对应的，赞美的是多灾多难的中华民族自主自立、生生不息、顽强生存、珍视生命的精神；他的民族与人性关怀能够和谐统一地书写在显性文本中，主要得益于作者创作于民族独立之后。乔伊斯作为深受殖民之害的爱尔兰民族的一员，他的人性关怀主要体现在他对包容、接纳、平等以及人性正常需求等的呼吁；他的民族关怀主要体现在他对文化对抗、文化包容和文化杂糅等问题的寓言式表达上；他的民族关怀和人性关怀不是线性对应关系，而是民族关怀被他巧妙地运用寓言书写在人性关怀的显性文本之下，其主要目的是逃避当时的殖民文化审查制度。

---

① Loomba, Ania, *Colonialism/Postcolonialism*, London & New York: Routledge, 1998, p. 152.
② Loomba, Ania, *Colonialism/Postcolonialism*, London & New York: Routledge, 1998, p. 216.
③ Loomba, Ania, *Colonialism/Postcolonialism*, London & New York: Routledge, 1998, p. 216.
④ Loomba, Ania, *Colonialism/Postcolonialism*, London & New York: Routledge, 1998, p. 218.

# 大作家笔下的小传统
## ——赛珍珠和莫言比较研究

◇王　鹏*

2012年，莫言凭借他在他的文学领地“高密东北乡”上出色的耕耘荣获了诺贝尔文学奖。至此，中国作家终于在这一奖项上完成了零的突破。莫言也成为第一位获得诺贝尔文学奖的中国籍作家。这让同为莫言山东老乡的我倍感振奋，同时我也不由得想到了曾在我的母校——南京大学任教的另外一位作家赛珍珠(Pearl S. Buck)，正是借她之手，以中国农民为题材的文学作品早在1938年就已获此项殊荣。同为描述中国农民的作家，他们的作品都展现了中国农民的日常生活和民风民俗。然而，他们一位是土生土长的中国人，另一位则是从三个月大就来到中国，在中国生活了将近四十年之久的美国人。因此，他们对中国人的日常生活和民风民俗应该有不同的了解和把握，这些日常生活和民风民俗对他们的创作也一定有着不一样的意义。本文就试图分析一下这些问题。

### 一、小传统的概念

在某种程度上，莫言和赛珍珠的作品都可以看作是地域文学。莫言构建了他的“高密东北乡”，赛珍珠则向她的同胞描绘了主要以安徽、江苏一带为核心的“中国大地”的生活图景。要使一个地方有别于其他地域，就一定要构建出这个地方一些相对稳定的、更不易发生变化的特征，比如人情风俗、四时节庆、民间信仰与宗教、民间文学艺术等，这些都可以归为小传统。

---

* 王鹏：山东大学外国语学院大学外语部副教授，博士。

大传统(great tradition)和小传统(little tradition)的概念是由美国人类学家罗伯特·雷德菲尔德(Robert Redfield)1956年首次在他的《农民社会与文化》(*Peasant Society and Culture*)一书中提出的，主要用来说明人类社会中传统的两个不同的文化层次。一种是由国家与住在城镇的士绅与市民们所掌握、书写的文化传统，称之为大传统。另一种则存在于乡村之中，乡民借由口传等方式流传的大众文化传统，即小传统。台湾学者李亦园把这两个概念运用到了对中国文化的研究上。他在《人类的视野》一书中介绍："所谓大传统是指一个社会里上层的士绅、知识分子所代表的文化，这多半是经由思想家、宗教家反省深思所产生的精英文化(refined culture)，而相对的，小传统则是指一般社会大众，特别是乡民或素民所代表的生活文化。这两个不同层次的传统虽各有不同，但却是共同存在而相互影响、相为互动的。"[①]黄万华教授也指出："大传统较易接受新的变革观念，体现出与'现代'的紧密联系……而生存于民间的小传统虽然受到大传统的制约，但有其独立性，尤其是它更多地通过日常地、感性的生活形态密切联系着'过去'，即使在发生剧烈的社会变动，大传统受到巨大冲击时，它仍能保持某种稳定，因而有着更顽强更恒久的传承力量。"[②]

由于小传统的一些固有特点，使得游子也更加容易从中寻找到自己的归属、文化认同和根基。各地小传统的不同展示着地域文化的不同，作家对小传统的描述，也给自己划定了特定的地域疆界。小传统的写作影响着作家的文风和内容，呈现出地域差异性。比如沈从文优美诗意的沅水流域，阿来神秘、灵动、弥漫着宗教气息的四川藏区，贾平凹朴拙大气的陕西平原等。作家借用小传统给他的人物设置了典型的生活环境，这一生活环境也制约着他笔下的人物，使其呈现出与别的作家笔下不同的特点。

## 二、赛珍珠笔下的中国小传统

赛珍珠是1938年诺贝尔文学奖得主。她出生于一个美国传教士家庭，三个月大时，就跟随父母来到了中国，并一直在中国居住了将近四十年。她的作品给西方人展示了一个与他们的想象不同的中国。美国学者哈罗德·伊萨克斯(Harold R. Isaacs)认为她"为整整一代美国人'创造'了一个中国"[③]。作为美国来华传教士的女儿，赛珍珠大部分时间都生活在属于她父母的"狭小的、白人的、清洁的、长老会的美国人的世

① 李亦园：《人类的视野》，上海文艺出版社1996年版，第143页。

② 黄万华：《传统在海外》，山东文艺出版社2006年版，第68页。

③ Isaacs, Harold R, *Scratches on Our Minds: American Images of China and India*, New York: The John Day Company, 1958, p. 155.

界”[①]。由于小传统更紧密地联系着民族文化传统的传承，是“抵御同化、维系传统的最强固的防线”[②]。因此，白人传教士也固守着自己的小传统，正因为他们的固守，使得中美文化的差异更为突出，也使得有机会进入另一个“广大的、温馨的、欢乐的、不太干净的中国人的世界”[③]的赛珍珠对这些和她们的白人文化有所不同的中国的小传统格外敏感和关注。

对小传统的描述对于赛珍珠来说很重要的一个作用就是突出了她作品的真实感和正确性。在谈到她创作《大地》的原因时，她说：“我不喜欢那些把中国人写得奇异而荒诞的著作，而我的最大愿望就是要使这个民族在我的书中如同他们自己原来一样的真实正确地出现。”[④]要真实地刻画出一个民族，不可避免会谈到这个民族的风俗节气、宗教信仰等。对小传统的描述越详细、深入，就越能显示出他对于当地文化的了解和认识。当中国学者江亢虎著文质疑赛珍珠对中国文化的了解，并列举了她文中的不少细节比如泡茶、分喜蛋、吃月饼、殡葬仪式等方面，来指责赛珍珠描写中国的不实时，赛珍珠回答说：“因此，我特意选择自己所最熟知的民俗进行描写，目的是为了对至少一个地域来说不失其真实性。不仅如此，我还将自己的描写读给这个地域的中国朋友听，以求印证。”[⑤]从中，我们可以看出赛珍珠对待中国民俗描写的真实性和正确性的认真态度。以如何泡茶为例，姜亢虎认为就连乡下人都会感到诧异的，因为中国人总是用开水冲泡茶叶的。赛珍珠说：“在被用作《大地》背景的那个地区，茶叶是很稀罕的，很少几片茶叶浮在开水面上的情景，我看到过几百次。”[⑥]学者刘龙在经过调查之后，证实赛珍珠的描述是完全真实的。[⑦]

小传统的描述也起到了解释人物行为的作用。一方人民创造出一方小传统，而这些小传统也会影响到当地人们的行为方式和心理活动。如同陈勤建教授谈论民俗时所说，民俗等小传统决不是游离于人类之外的：“不是镶嵌于人生的简单饰物，而是沉淀于人物内在心理结构，又显现于人物外在行为方式的永恒伴侣。……它在人类社会中，更多的犹如某种特殊的基因，融化在民族、地区、宗法、职业等种种的社会群体和个人的生命中、血液里，成为某种精神的、心理的积淀和思维定式，有意无意支配着他们

---

① Pearl Buck, *My Several Worlds: A Personal Record*, New York: John Day, 1954, p. 10.

② 黄万华：《传统在海外》，第 96 页。

③ Pearl Buck, *My Several Worlds: A Personal Record*, New York: John Day, 1954, p. 10.

④ 转引自伯雨：《勃克夫人》，《读书顾问季刊》1934 年第 1 卷第 2 期。

⑤ Pearl Buck, *Mrs Buck Replies to Her Chinese Critic*, New York Times Book Review, January 15, 1993.

⑥ Pearl Buck, *Mrs Buck Replies to Her Chinese Critic*, New York Times Book Review, January 15, 1993.

⑦ 参见刘龙：《大地中的茶俗描写》，《河南师范大学学报》1994 年第 21 卷第 2 期。

的意识活动和行为方式。"[①]中国女人的裹脚传统在西方作家描述中国的作品中，尤其是在女性的作品中不时出现。它一方面反映了中国男权社会对女性的压迫，另一方面也的确是中国女性有别于其他国家女性的显著特征。在《大地》中，当王龙第一次见到阿兰，就对她没有缠过脚感到失望。王龙发财之后，更是觉得阿兰浑身上下都不好看，"但最不好看的还是她那双穿着松松宽宽布鞋的大脚；他不高兴地冲着那双脚看看，这使她又把脚往凳子下面缩进去一些。她低声地说道：'我娘没给我裹脚，因为我很小就被卖了。不过女儿的脚我会裹的——小女儿的脚我一定会裹的。'"[②]而他买下的"花房"姑娘荷花的那一双小脚，在他看来，却"是世界上再美不过的东西了"[③]。当他的二女儿开始裹脚时，他纳闷怎么从来没听到过她的哭声，她回答说："是的，娘说我不能大声哭，因为你心肠好，容不得别人难过，要是被你听到了，你会让娘随我去。那样我的丈夫就不会喜欢我，甚至像你不喜欢我娘那样。"[④]赛珍珠通过王龙的眼睛和她二女儿的话语讲述了中国女性忍痛裹脚的主要原因，讲述了这一习俗对中国男女审美观和心理的影响。

同时，小传统在赛珍珠的笔下也起到了很好的阐释人物形象的作用。在《东风西风》里，赛珍珠这样描写了莺儿给吴太太梳头的场景："这梳子是檀香木做的，吴太太是要让这香气散到头发上。莺儿从梳子上扯下几根长发，凝神绕于指尖，再放进一只小小的蓝瓷罐里，她把这些头发攒起来，是预备着有朝一日主子上了年纪再用的，到那时候，没准连她的髻子都得塞进一绺假发才能显得浓密些呢。"[⑤]一方面，檀香木的梳子和梳头的佣人显示了吴太太的身份；另一方面，莺儿攒头发的行为也暗示了吴太太的年龄，同时也揭示了莺儿的性格以及她对吴太太的忠心和爱戴。刘龙在证实了赛珍珠对泡茶风俗的描写的准确性之后，也分析了泡茶这一行为对塑造王龙这一形象的影响。他认为这一行为"准确地反映了主人公王龙的社会地位、心态，表现了饮茶在经营、娱乐、交际中的作用"[⑥]。赛珍珠笔下对中国风俗人情的描述比比皆是，不胜枚举，刻画出了一个从日常生活、屋内摆设、房屋建筑到宗教信仰等都有别于西方社会的国家。正因为有了这些描述，她笔下的中国和中国农民才显得如此真实、丰富和厚重，她的作品才被誉为是对中国农民"史诗般"的描述。

---

① 陈勤建：《文艺民俗学导论》，上海文艺出版社 1991 年版，第 272 页。

② 赛珍珠：《大地》，王逢振等译，漓江出版社 1998 年版，第 135 页。

③ 赛珍珠：《大地》，第 159 页。

④ 赛珍珠：《大地》，第 199 页。

⑤ 赛珍珠：《庭院里的女人》，黄昱宁译，上海译文出版社 2003 年版，第 4 页。

⑥ 刘龙：《大地中的茶俗描写》，《河南师范大学学报》1994 年第 21 卷第 2 期。

## 三、莫言笔下的中国小传统

毋庸置疑，在莫言的笔下，小传统同样起着建立作品的真实感、折射和阐释人物的心理与性格的作用。愚昧、迷信、充满野性的乡间男女、血一样的红高粱、响彻田间的凄凉婉转的茂腔、炕头上活灵活现的剪纸、各种集市、婚丧嫁娶等仪式把高密东北乡的生活活生生地带到了读者眼前。《檀香刑》里孙眉娘为了爱情去求助于狐仙，既展现了她的愚昧，也展现了她对于爱情和自由的渴望和追求。同时，她求助狐仙的行为在某种程度上也是受到了家乡小传统的影响和支配。莫言的多部小说中也都描写了裹脚风俗。《红高粱家族》中“奶奶”不到6岁开始裹脚，勒断脚骨，八个脚趾折断之后，终于裹出一双三寸金莲。正是这双小脚让单廷秀和余占鳌看中：“余占鳌就是因为握了一下我奶奶的脚，而唤醒了他心中伟大的创造新生活的灵感，从而彻底改变了他的一生，也彻底改变了我奶奶的一生。”①而《檀香刑》里美貌如花的孙眉娘也因为两只大脚，直到20岁才嫁给了县城东关的屠户赵小甲。婆婆厌恶透了她的大脚，竟然异想天开地要儿子用剔骨的利刃把儿媳的大脚修理修理。当师爷注意到她的大脚时，她在心里呼喊着：“天啊，地啊，娘啊，爹啊，俺这辈子就毁在了这两只大脚上。如果当初俺的婆婆真能用杀猪刀子把俺的大脚修小，俺就应该忍着痛让她修；如果能让俺的脚变小需要捉俺十年阳寿，俺愿意少活二十年！”②她和县长夫人比脚时，夫人那令人惊羡的小脚更是让无视伦理法规、不受道德约束、倔强、充满野性的她尴尬羞愧：“夫人似乎是无意地将长裙往上撩了撩，显出了那两只尖尖的金莲。身后的人群里，顿时响起了一片赞叹之声。夫人的脚实在是太美了，大脚的眉娘顿时感到无地自容。……夫人的脚，如法宝，把孙家眉娘降服了。眉娘感到，仿佛有两道嘲弄的目光穿过粉色的轻纱，射到自己的脸上。不，是穿过了面纱和裙子，投射到自己的大脚上。眉娘仿佛看到，夫人翘着嘴角，脸上挂着骄傲的微笑。眉娘知道自己败了，彻底地败了。自己生了一张娘娘的脸，但长了一双丫鬟的脚。”③

然而，与赛珍珠不同的是，赛珍珠非常在意她笔下中国小传统的真实性，是以现实主义的手法尽可能如实地去记录它们。而莫言却主要服务于他对人物、对乡土的描写，把写实和想象融合在了一起。《会唱歌的墙》和《丰乳肥臀》里都描绘了“雪集”。尤其是《丰乳肥臀》中用了一章浓墨重彩地描绘出这个亦真亦幻的高密东北乡最奇妙的

---

① 莫言：《红高粱家族》，人民文学出版社2007年版，第40页。

② 莫言：《檀香刑》，当代世界出版社2004年版，第110页。

③ 莫言：《檀香刑》，第113～114页。

集市："它是雪上的集市、雪中的交易、雪的祭奠和庆典。这是一个必须将千言万语压在心头，一开口说话便要招灾致祸的仪式。在雪集上，你只能用眼看，用鼻子嗅，用手触摸，用心思体会揣摩，但是你不能说话。"①而被选为雪公子有着恋乳癖的上官金童经过坐坛受祭和巡视之后，在最后一个程序摸乳祝福中享受到了一次乳房盛宴。无言的集市或许在历史上有其真实性，但是摸乳祝福在中国这个男女授受不亲、严格强调伦理道德的国家，尤其是在20世纪三四十年代的齐鲁大地，应该是不可能的，是莫言虚构出来的。但正是借助虚构出的雪集，莫言描述出了同样的母爱和不同的母亲，使他笔下的母亲具有了更宽泛的意义，并借由上官金童之手完成了对象征着母亲、源泉和孕育的力量的乳房的顶礼膜拜，在莫言的笔下，真实让位给了对人物和人性的刻画。

莫言对小传统的运用不仅反映在作品的内容上，而且反映在作品的形式上。长篇小说《檀香刑》可以说是莫言一次华丽的转身，是小传统的一次狂欢。小传统在莫言的这部作品中被运用得出神入化、游刃有余，不仅融入了作品的内容，而且也融入了作品的形式当中，从而使其成为莫言作品与众不同的一个非常重要的因素。在这部作品中，民间巫术、传说随处可见，方言、谚语和歇后语也比比皆是。对清明节孙眉娘的秋千表演和叫花子节的描述，对斗须、比脚的刻画，孙丙号召乡亲们起来反抗在家乡大地上修建铁路的德国人时喝的符水，赵甲行刑前的祭祖仪式等等无不给人一种真实感。而这部作品中最精彩的要算对"茂腔"这一民间艺术形式的运用。

莫言在谈论这部著作时说："《檀香刑》是与民间戏曲的混合。"②他认为他的高密东北乡的主要色调是血一样的高粱红，主旋律则是响彻田间的茂腔。在接受采访时，他曾经说："对于故乡，当然首提红高粱，但茂腔的影响也是深入到骨髓里的，是熟悉的乡音。"③茂腔有两百多年的历史，是流行于潍坊、青岛、日照等地的地方戏曲，最初为民间哼唱的小调。在《茂腔与戏迷》一文中，莫言这样描述了茂腔，表达了他对茂腔的深厚感情："茂腔是一个不登大雅之堂的小剧种，流传的范围局限在我的故乡高密一带。它唱腔简单，无论是男腔女腔，听起来都是哭悲悲的调子。公道地说，茂腔实在是不好听。但就是这样一个不好听的剧种，曾经让我们高密人废寝忘食，魂绕梦牵，个中的道理，比较难以说清。比如说我，离开故乡快三十年了，在京都繁华之地，各种堂皇的大戏，已经把我的耳朵养贵了，但有一次回故乡，一出火车站，就听到一家小饭店里

---

① 莫言：《丰乳肥臀》，作家出版社1995版，第316页。

② 莫言：《讲故事的人》（在瑞典学院的演讲），http://wenku.baidu.com/view/be934b7df46527d3240ce08d.html.

③ 倪自放、乔显佳：《茂腔，高密东北乡的主旋律》，http://www.people.com.cn/24hour/n/2012/1018/c25408-19300006.html.

传出了茂腔那缓慢凄切的调子，我的心中顿时百感交集，眼泪盈满了眼眶……”[①]茂腔伴随着莫言的成长，给他提供了早期的文化教育：“我辍学比较早，生产队里就叫我放牛，经常在一个人寂寞的时候，唱两句茂腔。在上世纪五六十年代，县茂腔剧团经常到乡下巡回演出。在场院里搭一个土台子，四乡老百姓都来了，那是一个隆重的节日。春节前后，农闲的时候，每个村里头都有自己的业余剧团，也会排演一些茂腔戏上演，几乎人人都会唱三句两句的。我想茂腔是伴随着我们这一代人成长起来的，我们的道德教育、人生价值观、历史知识，都是从茂腔戏里学到的。”[②]莫言在《檀香刑》后记中，曾表白自己此书“写的是声音”，除了火车的声音，“第二种声音是流传于高密一带的地方小戏猫腔（茂腔）。这个小戏唱腔悲凉，尤其是旦角的唱腔，简直就是受压迫妇女的泣血哭诉。高密东北乡无论是大人还是孩子，都能够哼唱猫腔，那婉转悲切的旋律，几乎可以说是通过遗传而不是学习让高密东北乡的一辈辈人掌握的”[③]。《檀香刑》全文始终贯穿着猫腔小调，每个主要人物都用猫腔唱词表达着自己最真实的情感。比如孙丙——一位猫腔艺人也可以看作是它的代言人，猫腔伴随着他人生的每个重要时刻：怒杀调戏他妻子的德国人之后，目睹妻子和乡亲被德国人屠戮时，号召乡亲们起来反抗在家乡大地上修建铁路的德国人时，甚至在身遭檀香刑时，都能听到他或焦灼无奈或痛苦愤懑或悲凉高亢的猫腔。而由“哭丧大师”创造[④]的猫腔本身那凄苦、哀婉的特征似乎也预示着孙丙最后凄惨的命运。在形式上，《檀香刑》凤头、豹尾每一章开头都以猫腔作为引子，告知本章的核心内容，并且不同的章节对应着不同的曲调。“赵甲狂言”中使用了走马调，“小甲傻话”中使用了娃娃调，“眉娘诉说”中使用了长调，“钱丁恨声”用的是醉调。每一种曲调都符合人物身份，彰显出人物的性格和特征。同时猫腔这种艺术形式的多声部特征也迎合了作者行文的复调的叙事方式。不同的人物粉墨登场从不同的角度讲述着同一件事情。由此，莫言不仅给我们提供了一场视觉盛宴，而且给我们提供了一场听觉盛宴。

另外，莫言在书写他自小浸润其中的高密东北乡的小传统时，也开始了自己的寻根之旅，安抚着自己的思乡之情，进行着对传统的回归。莫言曾经说过：“我必须承认，在创建我的文学领地‘高密东北乡’的过程中，美国的威廉·福克纳和哥伦比亚的加西亚·马尔克斯给了我重要启发。我对他们的阅读并不认真，但他们开天辟地的豪迈精

---

① 莫言：《茂腔与戏迷》，http://www.book118.com/xxs/sort0920/41016.html.

② 倪自放、乔显佳：《茂腔，高密东北乡的主旋律》，http://www.people.com.cn/24houl/h/2012/1018/C25408-19300006.html.

③ 莫言：《檀香刑》，第378页。

④ 文中，作者借由孙丙讲述了猫腔的起源：雍正年间，由一位常年与一只黑猫相依为命的名叫常茂财的人开创，他后来成为有名的哭丧大师。

神激励了我，使我明白了一个作家必须要有一块属于自己的地方。"[①]属于莫言的地方应该在哪儿呢？不幸的童年让莫言对他自幼生活的那片高密东北乡并没有太多的好感，他一直在做着离乡的努力。从21岁进京参军，他就基本上离开了那片土地。但是正如他所说："当我重新踏上故乡的土地时，我的心却是那样激动；当我看到满身尘土、眼睛红肿的母亲挪动着小脚艰难地从打麦场上迎着我走过来时，一股滚热的液体哽住了我的喉咙，我的脸上挂满了泪珠。那时候，我就隐隐约约地感觉到了故乡对一个人的制约。对于生你养你、埋葬着你祖先灵骨的那块地，你可以爱它，也可以恨它，但你无法摆脱它。"[②]从他的"高密东北乡"中，我们读出了他对乡间民俗的热爱，对他父老乡亲的深厚感情，以及对朴拙、野性的民风的推崇。同时，威廉·福克纳和加西亚·马尔克斯等西方人对莫言的影响犹如一把双刃剑，一方面启发他开辟出了属于自己的文学领地——高密东北乡，另一方面，也让莫言的作品中流露了出太多模仿的痕迹。莫言深知这一点，深知他受西方语言和西方作家的影响太深。所以他想摆脱："我追随在这两位大师身后两年，即意识到，必须尽快地逃离他们，我在一篇文章中写道：他们是两座灼热的火炉，而我是冰块，如果离他们太近，会被他们蒸发掉。根据我的体会，一个作家之所以会受到某一位作家的影响，其根本是因为影响者和被影响者灵魂深处的相似之处。正所谓'心有灵犀一点通'。所以，尽管我没有很好地去读他们的书，但只读过几页，我就明白了他们干了什么，也明白了他们是怎样干的，随即我也就明白了我该干什么和我该怎样干。我该干的事情其实很简单，那就是用自己的方式，讲自己的故事。我的方式，就是我所熟知的集市说书人的方式，就是我的爷爷奶奶、村里的老人们讲故事的方式。"[③]赛珍珠在《我的几个世界》中评价周树人时指出："只要把自己的情感与自己的人民结合起来，就能摆脱简单模仿。"[④]莫言摆脱的方式正是和他成长其中的高密人民结合了起来。因此，在经历了怨乡、弃乡、离乡、思乡之后，莫言最终还是选择了"返乡"，返回了他的"血地"，构筑了属于他的文学领地——高密东北乡，也找到了安顿自己心灵的栖息地，从而真正完成了自己的定位、归属与认同："就像渔民的女儿是蒲扇脚、牧民的儿子是镰柄腿一样，我这个二十岁才离开高密东北乡的土包子，无论如何乔装打扮，也成不了文雅公子，我的小说无论装点了什么样的花环，也只能是地

---

① 莫言：《讲故事的人》（在瑞典学院的演讲），http://wenku.baidu.com/view/be934b7df46527d3240ce08d.html.

② 莫言：《我的故乡与我的小说》，《当代作家评论》1993年第2期。

③ 莫言：《讲故事的人》（在瑞典学院演讲），http://wenku.baidu.com/view/be934b7df46527d3240ce08d.html.

④ Pearl Buck, *My Several Worlds: A Personal Record*, New York: John Day, 1954, p.163.

瓜小说。其实，就在我做着远离故乡努力的同时，我却在一步步地、不自觉地向故乡靠拢。”[①]在《秋水》这篇小说里第一次出现了“高密东北乡”一词。莫言说：“从此，就如同一个四处游荡的农民有了一片土地，我这样一个文学的流浪汉，终于有了一个可以安身立命的场所。”[②]在《檀香刑》中对小传统的运用可以说是达到了极致，成为他寻根之旅一个异常璀璨的时刻。莫言更加自觉地突出了乡音：“1996 年秋天，我开始写《檀香刑》。围绕着有关火车和铁路的神奇传说，写了大概五万字，放了一段时间回头看，明显地带着魔幻现实主义的味道，于是推倒重来，许多精彩的细节，因为很容易有魔幻气，也就舍弃不用。最后决定把铁路和火车的声音减弱，突出了猫腔的声音，尽管这样会使作品的丰富性减弱，但为了保持比较多的民间气息，为了比较纯粹的中国风格，我毫不犹豫做出了牺牲。”[③]然而，莫言无论是对高密东北乡的回归，还是对中国文化传统的回归，都不是一成不变的回归，而是融合了许多“异”因素的回归。他曾积极地向西方的现代派小说学习，也曾经玩弄过形形色色的叙事花样，但他最终回归了传统：“当然，这种回归，不是一成不变的回归，《檀香刑》和之后的小说，是继承了中国古典小说传统又借鉴了西方小说技术的混合文本。小说领域的所谓创新，基本上都是这种混合的产物。不仅仅是本国文学传统与外国小说技巧的混合，也是小说与其他的艺术门类的混合，就像《檀香刑》是与民间戏曲的混合，就像我早期的一些小说从美术、音乐、甚至杂技中汲取了营养一样。”[④]至此他的语言和故事都有了自己鲜明的风格：“到了写《檀香刑》时，我的追求已经十分自觉。我想我首先要用一种跟自己过去的语言、跟流行的翻译腔调不一样的语言。这时候我想到了猫腔的戏文。所谓‘撤退’，其实就是向民间回归。所谓‘撤退得还不够’就是说小说中的语言还是有很多洋派的东西，没有像赵树理的小说语言那样纯粹。在今后的写作中，我也许再往后退几步，使用真正土得掉渣但很有生命的语言，我相信我能掌握。”[⑤]

从上述分析可以看出民俗、民风等民间小传统已经深入到莫言的骨髓，承载着他精神原乡的源头，他时刻浸润其中。莫言对它的运用也灵活自如、出神入化、游刃有余。在白描、改编、想象的基础上建立了他自己亦真亦幻的文学领地——高密东北乡。而这些小传统在赛珍珠笔下却是为了突出与她母国的异，为了表明她对中国这个异质

---

① 莫言：《超越故乡莫言散文》，浙江文艺出版社 2000 年版，第 211 页。

② 莫言：《讲故事的人》（在瑞典学院演讲），http://wenku.baidu.com/view/be934b7df46527d3240ce08d.html.

③ 莫言：《檀香刑》，第 418 页。

④ 莫言：《讲故事的人》（在瑞典学院的演讲），http://wenku.baidu.com/view/be934b7df46527d3240ce08d.html.

⑤ 张惠敏：《用耳朵阅读——与莫言的对话》，《深圳周刊》2001 年 8 月 4 日。

文化的了解，为了表达对中国的美的热爱，为了反驳国内对中国模式化的论述，为了给她本国人民描述出一个真实的中国画面。毕竟，赛珍珠大部分时间还是生活在白人的社区，她无法像莫言一样和她描述的小传统融为一体，在驾驭方面有时也似乎显得力不从心："在写作的时候，我是尽力使我自己的头脑变为一个中国人的头脑。不过我实际上并未怎样亲历其境地体验过中国人的生活，但我总是尽力地这样做的。"[①]基本上她对中国民俗的运用还只是处于白描阶段。因此，或许我们就不难理解当年鲁迅对姚克写下的那段很长时间内几乎决定了赛珍珠在中国的命运的话："先生要做小说，我极赞成，中国的事情，总是中国人做来，才可以见真相，即如布克夫人，上海曾大欢迎，她亦自谓中国如祖国，然而看她的作品，毕竟是一位生长中国的美国女教士的立场而已，所以她之称许《寄庐》，也无足怪，因为她所觉得，还不过一点浮面的情形。只有我们做起来，方能留下一个真相。"[②]

赛珍珠和莫言出生的时代不同，描述的地方也不同。莫言主要是描述齐鲁大地上的"高密东北乡"，而赛珍珠的足迹更多的是在镇江、南京、上海等地。他们对中国小传统的驾驭能力也有所不同。但是他们却都通过对特定地域的描述，揭示了人类的某些共性。黄万华教授曾经指出："在生活习俗等表层层面民族性会有许多隔阂，然而在传统的深处地带各民族却是相通的，这一深处地带就是人性心识。"[③]赛珍珠描述的是中国农民对土地的依赖和热爱，却也表达了刚刚转向工业社会的西方诸国人民对农耕社会深深的眷恋和思念之情。赛珍珠的授奖词中指出："赛珍珠女士，你通过自己质地精良的文学著作，使西方世界对于人类的一个伟大而重要的组成部分——中国人民有了更多的理解和重视。你用你的作品，使我们懂得如何在这人口众多的群体中看到个人，并向我们展示了家庭的兴衰变化，以及土地在建构家庭中的基础作用。由此，你赋予了我们西方人一种中国精神，使我们意识到那些弥足珍贵的思想感情。正是这样的思想感情，才把我们大家作为人类在这地球上连接在一起。"[④]而莫言虽然以高密东北乡作为描述的对象，以作家的身份表达了对生养自己的这片"血地"的文化反思，却也希望以高密东北乡为基点，对人性进行反思。他说他的高密东北乡"是一个被延伸的概念，是中国社会的一个缩影"——"我将广阔中国大地上发生的很多故事都融汇到东北乡中……是我走向世界的一个重要原因。"[⑤]他在获奖感言中也说："我希望把小小

① 转引自伯雨：《勃克夫人》，《读书顾问季刊》1934 年第 1 卷第 2 期。

② 鲁迅：《鲁迅全集》第 12 卷，人民文学出版社 1981 年版，第 272 页。

③ 黄万华：《传统在海外》，第 79 页。

④ 转引自刘海平：《赛珍珠和她的中国情结》，漓江出版社 1998 年版，第 1 页。

⑤ 荀超：《言如其人，高粱红，棉花白，蛙声一片……》，http://www.wccdaily.com.cn/shtml/hxdsb/20121012/29514.shtml.

的‘高密东北乡’写成中国乃至世界的缩影。”[①]在莫言的授奖词中，也强调了他对于整个人类的贡献：“他有技巧地揭露了人类最阴暗的一面，在不经意间给象征赋予了形象。”[②]他们作品中的“普世性”正是这两位作家获得诺贝尔文学奖的主要原因之一。

赛珍珠和莫言的获奖都曾引起了很大的争议，有些人对他们的作品爱不释手，有些人却对他们的文风毫不欣赏。他们的“身上落满了花朵，也被掷上了石块、泼上了污水”[③]。然而，喜爱与否，他们对中华文化的对外传播作出的巨大贡献和对揭示人性的共同点所做的不懈努力，却都是有目共睹、无可否认，值得每一位中国人向他们致敬。

谨以此文向他们致以我深深的敬意！

---

① 莫言：《讲故事的人》（在瑞典学院演讲），http://wenku.baidu.com/view/be934b7df46527d3240ce08d.html.

② 瓦斯特伯格：《莫言诺奖授奖词：他有技巧地揭露了人类最阴暗面》，http://www.360doc.com/content/12/1212/17/396282－253631276.shtml.

③ 莫言：《讲故事的人》（在瑞典学院的演讲），http:wenku.baidu.com/view/be93467d3240ce08d.html.

# 《丰乳肥臀》创作中的“俄罗斯文学”意蕴*

◇张中锋**

提起莫言的创作深受外国文学的影响来，很容易联想到西方现代派作家福克纳和马尔克斯，但我们也应看到，莫言的创作除了受上述两位美洲作家的创作影响之外，还深受俄罗斯文学的浸润。由于我国特殊的历史及政治原因，莫言和大多数中国当代作家一样，在创作的初期首先接受的不是西欧、美洲文学，而是俄罗斯文学的影响。莫言经常谈到陀思妥耶夫斯基的伟大，以及对托尔斯泰和肖洛霍夫等作家所表示的敬仰。① 莫言谈到创作，发过这样的议论：“我接触到的一些老作家，他们也时常提起《战争与和平》是好作品，对《静静的顿河》也佩服得五体投地，但他们自己不敢这样写，也不允许别人这样写。”②

其潜台词显然是说明他敢于用《战争与和平》与《静静的顿河》的写作方式来写作的。莫言坦诚地肯定了自己在创作中对俄罗斯文学经典的借鉴。莫言正是在对外国文学特别是俄罗斯文学的借鉴中，如盐融入水般地化成自己作品的血肉，创作出独具民族特色的文学杰作。

俄罗斯文学对莫言创作的影响是多方面的，难以一一尽述。这种影响在他的扛鼎之作《丰乳肥臀》中则体现得比较明显，也比较典型。这主要体现在俄罗斯文学的三部经典名著上，即陀思妥耶夫斯基的《白痴》、列夫·托尔斯泰的《战争与和平》和肖洛霍夫的《静静的顿河》上。具体说来《丰乳肥臀》主人公上官金童与《白痴》中的梅什金公爵在病态人格上近似；《丰乳肥臀》与《战争与和平》中所体现出来的大地崇拜和生命崇拜等情结相仿；《丰乳肥臀》在表现战争残酷性、人性恶以及历史的非理性上与《静静的

* 该文为2012年教育部人文社科基金一般项目“审丑的生成与转换机制研究——以外国文学中的审丑现象为例(项目批号：12YJA751083)”的阶段性成果。

** 张中锋：济南大学文学院教授，博士。

① 莫言：《恐惧与希冀：演讲创作集》，第94页。

② 王尧编著：《在汉语中出生入死》，春风文艺出版社2005年版，第78页。

顿河》存有一致性。正因《丰乳肥臀》中承载着上述俄罗斯文学经典的意蕴，才使得该作取得了巨大的成功。

## 一、《丰乳肥臀》中的上官金童与《白痴》中梅什金在病态人格上近似

《丰乳肥臀》是莫言自己感到非常满意的作品，特别是其中对主人公上官金童的塑造，莫言曾自豪地说："上官金童是中国文学中从来没有过的一个典型，这是让我感到骄傲的。"①应该说莫言所言不谬。就中国文学来看，这位怪怪的病快快的上官金童的形象，塑造得有如此深厚的历史内涵、丰厚的文化内蕴，且极具象征意义是非常难得的，在中国文坛确实绝无仅有。但是如果检视一下世界文坛却让我们发现无独有偶，一百多年前在我们北方邻国的文学中便有一个和上官金童近似的形象，这便是陀思妥耶夫斯基的长篇小说《白痴》中的主人公梅什金公爵。上官金童和梅什金公爵这两个人的性格和外表也都很相像，都单纯得像个小孩儿，都非常腼腆懦弱，都善良仁慈，都不谙世事，都有心理疾病，都存在着性障碍，甚至连两个人的长相也都十分接近，都身材高挑消瘦，都皮肤白皙，都金发碧眼，尽管上官金童是个中国人。更有意思的是梅什金公爵长得有点像基督，并真有用爱来拯救世界的想法，而上官金童则是母亲与一位西洋传教士的后代，身上似乎也有神性，也时常萌发皈依基督教信仰的冲动。

梅什金公爵是《白痴》中贯彻始终的主人公，也是串接起各种情节珠子的"红线"。这个人物最大的特点就是不谙世事，是个长不大的孩子，以至于被人称之为"白痴"，正像作品中一个叫什奈德尔的人转述了梅什金对自己的评价："他对我说，他完全相信，我自己完全是一个孩子、一个十足的孩子，只是身材和面孔像成年人，至于在发育、心灵、性格，也许在智慧方面，我都不是成年人，即使活到六十岁，我也将是这样。"②

梅什金公爵聪明睿智当然不是傻瓜。只是因为患有癫痫病，他在瑞士医治多年，病稍有起色就回国了。瑞士那世外桃源般的自然环境造就了梅什金公爵的单纯、善良、忠厚、仁爱等美好天性，这一切都与俄国内商业社会格格不入。梅什金出国期间国内资本主义迅猛发展，物质主义、拜金主义风气日甚，道德水准下降，社会风气败坏，人性堕落。在这个充满铜臭和等级观念的尔虞我诈的虚伪社会里，容不得一点真诚、坦率和单纯，因此，毫无社交经验的梅什金公爵便常常被人们看作是不正常的人，是个"白痴"，也就成了很自然的事了。也正是由于主人公梅什金公爵和"彼得堡"社会的对立、不协调，才构成了作品中一系列戏剧性的矛盾冲突。

---

① 莫言：《恐惧与希冀：演讲创作集》，海天出版社2007年版，第94页。

② [俄]陀思妥耶夫斯基：《白痴》，南江译，人民文学出版社1989年版，第87页。

梅什金公爵从瑞士治病归来，刚一走下国际列车进入彼得堡，真有点明珠暗投的意味。梅什金公爵自从踏入远方家族叶潘尼将军家门之后，马上便陷入一桩肮脏的婚姻买卖中，即托茨基为了摆脱名为养女实为情妇的纳斯塔霞，迎娶到叶潘尼将军的女儿阿格拉娅，从而得到大家名媛和许多陪嫁之目的，便拿出七万五千卢布，作为纳斯塔霞的陪嫁，而把她嫁出去。一场为了金钱而追求爱情和为了情欲而不惜金钱的肮脏活动就这样展开了。这其中贵族子弟加尼亚是为了金钱，富商公子罗果仁是为了美色，性格刚烈的纳斯塔霞备受煎熬与折磨。已经获得百万家产的梅什金公爵向纳斯塔霞求爱，可是却遭到了纳斯塔霞的拒绝，她却飞蛾投火般地追随罗果仁，终至被罗果仁所杀。托茨基的无耻、叶潘尼的势利、加利亚的卑鄙、罗果仁的粗俗等，这些人性之恶，均超出了梅什金公爵孩童般单纯的想象。其实就连纳斯塔霞也不像梅什金想象的那样纯洁和美好，也具有复杂甚至病态的人性。她的性格时而娴静时而悲愤，时而理智时而疯狂，时而自卑时而傲慢，时而通达时而偏执，时而果断时而忧郁难决，徘徊于梅什金和罗果仁之间，终至酿成悲剧。所有这些都远远超出了梅什金公爵的理解力和承受力，当梅什金最终看到已经被罗果仁杀死的纳斯塔霞的尸体时，面对这种惨烈的结局，梅什金最后的结局只能是癫痫病复发，成了真正的白痴，重回瑞士治病去了。病态的人格遭遇到了病态的社会，完美的人性遭遇到邪恶的生存环境，梅什金的悲剧则是必然的。

正如梅什金公爵走进了一个追逐金钱的污浊社会一样，上官金童也似乎生不逢时，出生时正赶上日本鬼子进村，乱世就此开始。上官金童的逆生难产，似乎意味着他对出世的不情愿和对现实世界的恐惧；他的恋乳症使他心理上永远长不大，作品中描写了上官金童的狂热恋乳、乳房崇拜等情节。如描写上官金童服刑回来，患病百药不治，而一个女人独具的乳房却唤回了他的生命。作品中描写了上官金童在垂危之际吃奶的情状："他激动不安地躺下了，躺下后他就沉浸在那生机勃勃的味道里。这味道不是从外界袭来，而是从他的记忆深处，猛烈地生发出来。他闭上眼睛，便看到她那明显发了胖但依然不失润泽的脸。……他仰起脖子，像初生的、尚未睁开眼睛的狗崽子一样，用焦灼的嘴唇拱动着她的前胸。她毫不犹豫地撩起衬衫，让那只灌满了浆汁的、像金黄色的哈密瓜一样的乳房垂在了他的脸上。他的嘴在寻找乳头，乳头也在寻找他的嘴。当他颤栗着含住她、她颤栗着进入他的嘴巴时，两个人都像被开水烫了一样，发出了迷狂的呻吟。他感到有十几股细细的但却强劲有力的乳汁的细流射击着口腔，在咽喉处汇合成一股甜蜜的热流，灌注进他的连黏膜都呕出了的胃。……上官金童在独乳老金的哺育下，迅速地康复了。他像蛇一样，褪去了一层老皮，显出一层娇嫩的

皮肤。”①

可见上官金童的恋乳症有多深。因为现实社会的黑暗和残酷远远超出一个单纯孩童的逆料和承受能力。

上官金童所生活的高密东北乡自从他出世后就一直动荡不安，像一个被火烧烤的鏊子，颠来倒去，生活在这片土地的人们被颠覆着、炙烤着。早先是德国人，后来是日本人，再后来是国民党，再往后是国内战争，以及建国后的“三反五反”、“大跃进”、“大饥荒”、“文化大革命”，等到改革开放，好日子没过上几天就又陷入了商业大潮所伴随而来的物质主义、纵欲主义、拜金主义、享乐主义等奢靡的社会风气中。在这个过程中，上官金童家遭到了巨大的灾难，他的祖父、祖母、父亲、八个姐妹，以及还有许多的姐夫们都先后在各种历史阶段中死去，他的母亲虽历经磨难，几经死亡的威胁，好不容易熬到今天，却又在强制拆迁中死去。他的舅舅们以及其他的亲人也在商海中要么破产自杀，要么锒铛入狱，要么腐化堕落，他自己也一生坎坷不平，好几次都走到了死神的面前，他终生只能怀抱着母亲及其女人的乳房，在吸吮乳房中寻得心理安慰。母亲的去世使他失去了最后的精神慰藉。如果梅什金公爵的精神家园在瑞士、在大自然中，那么上官金童的精神寄托则是母亲的乳房，因此，在母亲去世后上官金童也陷入了绝境。虽然作品中没有说明上官金童的结局，但是从主人公做好为母亲殉葬而死的想法，也能估计到将出现的悲惨结局。

莫言和一百多年前的文学大师陀思妥耶夫斯基塑造出了相似的人物形象上官金童和梅什金，两位作家的共同点是不约而同地借助其笔下的人物形象，对现代商业社会进行了无情的批判(当然上官金童还有深邃的历史批判)，但是我们也应看到，这种批判无论是上官金童还是梅什金公爵，他们身上所体现的缺乏创造性的软弱无能(性无能)而导致的无所作为和无能为力现象，也让人增加了许多忧虑，即中国儒家文化和西方的基督教文化到了20世纪都遭遇到了同样的困境，如何走出这一困境？也是值得思考的人生课题。

## 二、《丰乳肥臀》在大地崇拜与生命崇拜上与《战争与和平》的相似性

评论家张清华在谈到莫言的创作时指出，《丰乳肥臀》有着浓厚的大地崇拜情结和生命崇拜意识：“在当代中国，哪一个作家能像莫言这样，对人类学的丰富要素有如此的敏感和贴近的理解？他的小说中洋溢着的生命意识、酒神精神，他的活跃在细节与‘神经末梢’上的本能与潜意识，他的狂放的反正统伦理的思想、崇高与悲剧的气质，他

① 莫言：《丰乳肥臀》，作家出版社2012年版，第480～481页。

的源自大地的根性与诗意的境界……”[①]确为剀切之论。

托尔斯泰和莫言都是农民作家，他们身上有着浓厚的农民意识，这种农民意识和文化表现得最为强烈的地方就是对土地的崇拜。土地不但为农民提供了得以生存的物质基础，也为农民提供了得以生存的价值观念和精神信仰。农业周而复始的季节性，以及农民生于土地归于土地的观念，构成了农民对土地的崇拜和大地生生不息的生命力的膜拜。

托尔斯泰的《战争与和平》表面上看是一部描写战争题材的作品，战争应该是该作描写的中心和重心，但实际上作者着眼点却是参与战争的人，探讨人的广阔的主体世界成为该作描写的重点。而作为人的主体性精神世界的基础，在托尔斯泰看来就是对乡村土地的崇拜，因此热爱土地不但是爱国主义的精神源泉，而且也是人性优劣的参考标准，同时还是人生于世的精神寄托。《战争与和平》之所以洋溢着青春气息和旺盛的生命力则恰恰表现在托尔斯泰塑造了一批具有乡村农民情结的人物形象。其实俄国之所以能够打败拿破仑，这不是作战技巧问题，也不是拿破仑的失误造成的，而是由于俄罗斯人依靠自己的土地，崇拜自己的土地所焕发出来的生命力造成的，是作为农村的俄罗斯战胜了作为都市的法兰西。《战争与和平》中一再批判彼得堡及其生活在那里的贵族阶层，不正是因为彼得堡是一座远远离开乡土的欧化城市吗？同时作品中那些被赞美的人物、那些领导或支持着俄国打败法国的，恰恰是一群与俄罗斯大地紧密相连的人，在这里，爱国和爱俄罗斯土地实际上成了一回事儿。

当然，在大地崇拜和生命崇拜这一点上最为典型地体现在《战争与和平》中所描写的罗斯托夫一家的狩猎场面。这一狩猎场面在作品的第四部，几近于整部作品的中心位置，是“戏眼”，这一点也许是为许多人所忽略的，但却又是作者的匠心独运之处。这可不是一般的狩猎，而是对土地崇拜的狂欢节。罗斯托夫一家带着家奴群仆，骑着骏马，呼唤着成群的猎狗，驰骋在广阔的田野上，而初冬的田野充满了生机。作品中写道：“已经是初冬的天气，早晨的严寒冻结了被秋雨浸湿的土地，秋播作物蓬蓬勃勃地站起来了，被牲口踩得发褐色的冬麦田垅，那淡黄的春播作物禾茬和红色的荞麦田垅，把茂密的秋播作物衬托得格外鲜绿。八月底，山巅和树林在冬麦的黑土田地和禾茬中间还是一些绿洲，这时在嫩绿的冬麦中间，已经变为金黄和鲜红之洲了。野兔的毛已经换了一半，小狐狸也开始出窝了，狼崽已经长得像狗一样大小。这是狩猎的最好季节。”[②]

这样的描写可以看出作者对土地的深厚感情，打猎也的确得到了收获，即按照尼

① 孔繁今、施占军主编：《莫言研究资料》，山东文艺出版社2006年版，第351页。

② [俄]列夫·托尔斯泰：《战争与和平》，刘辽逸译，人民文学出版社1989年版，第653～654页。

古拉所希冀的，捕获了一头老狼。老狼，恰恰象征着土地的奉献。这还不算，随后的娜塔莎在大叔家的美餐、听琴、跳舞等活动，则把这场狩猎推向了高潮，那种人与自然的天人合一的欢快情景，难以描述。在这里，土地为人们提供着物质和精神的双重快乐。在这样富饶而美丽的土地上，人们能不热爱自己的故土家乡吗？能不谴责那些离开土地而一味地追名逐利的上层贵族吗？能不勇敢地抗击那些敢于入侵他们的国家，剥夺他们土地的侵略者吗？

作为一个农民出身的作家莫言，高密东北乡最大的村庄大栏镇，也和托尔斯泰的雅斯纳雅·波良纳庄园一样，成为作家魂牵梦绕的地方。莫言喜欢《战争与和平》，并评价甚高，说它是"好小说，是真正的历史小说、真正的战争小说，真正地展示了历史画面的好小说。从人出发的小说，才能真实地反映历史，完全写实的东西反而不能再现历史"[①]。这样我们就不难看出莫言在《丰乳肥臀》中，追求像《战争与和平》一样的大气，这种大气恰恰来自对大地的崇拜和对生命的崇拜，这种崇拜情感使作品具有了宗教性，而当文学作品具有宗教性时，也就自然会产生恒久的艺术魅力，这正如宗白华所说的："文艺从它的左邻'宗教'获得深厚热情的灌溉，文学艺术和宗教携手了数千年，世界最伟大的建筑和音乐多是宗教的。第一流的文学作品也基于伟大的宗教热情。"[②]莫言似乎深谙此道，他在《丰乳肥臀》表达着对具有一百多年历经沧桑饱受蹂躏的高密东北乡这片厚土的热爱。这片土地养育了这片土地上的人，滋润出他们火一般激情四射的敢爱敢恨的禀赋，连瑞典传教士马洛亚在内也被这片土地同化了，成了一个外籍的高密东北乡人。看看自杀前的马洛亚眼中的高密东北乡，"他手把着窗台站起来，透过破碎的花玻璃，看到了他生活了几十年、处处都留下他的足迹的高密东北乡首府大栏镇的全部面貌：一排排排列整齐的草屋、灰白的宽敞胡同、一柱柱青烟般的绿树、环绕着村庄闪闪发光的河流、镜子般的湖泊、茂密的苇荡、镶嵌着圆池塘的荒草甸子、被野鸟视为乐园的红色沼泽、画卷般展开到天边去的坦荡田野、黄金颜色的卧牛岭、槐花盛开的大沙丘……"[③]

这样的美景，唤起来了马洛亚的悲壮殉情，与其说他是要对遭受士兵蹂躏的情人上官鲁氏殉情，不如说他是要对大地殉情。在这片土地上的长期生活，使文弱的马洛亚也变成了敢爱敢恨的烈性汉子。当然，《丰乳肥臀》的中心人物还是母亲上官鲁氏。在这片土地孕育出的上官鲁氏，则是大地承受力和顽强生命力的象征，丰乳肥臀的上官鲁氏，一生生育有八个女儿一个儿子，女儿个个如花似玉，找的女婿也个个风流，儿

① 莫言：《恐惧与希冀：演讲创作集》，第 94 页。

② 宗白华：《美学散步》，上海人民出版社 1981 年版，第 24 页。

③ 莫言：《丰乳肥臀》，第 78 页。

子则聪明智慧，并且母亲上官鲁氏一生历经坎坷，饥饿、战争、匪患等常常把她置于死亡的边缘，但她不但自己能够活下命来，还要把一家老小救活。书中特别描述了母亲如何应对饥饿的描写，感人至深。在那饥饿的年代，母亲为了给儿女带回粮食来吃，自己竟发明了一种特殊办法，即在给集体磨面的时候，偷偷地把豆子咽到肚子里，等回到家就急忙找个水盆，用筷子捅自己的喉咙吐出来，经过水洗后再煮熟喂孩子，由于长时间这样做，以至于母亲一看到水盆就起生理反应——呕吐不止，后来便落下胃痛的毛病。她的八女儿，正是不愿意看见母亲遭受这样的痛苦，才投河自杀。还有在国共的内战期间，母亲在逃难路上，饥寒交迫，历尽磨难，在极端困苦的情况下，母亲毅然作出了一个超乎常人的决定：不再逃难，而是再次返回处在双方交战中的高密东北乡，死也要死在自己的土地上。于是母亲一家冒着枪林弹雨，又回到曾经生养他们而如今已变得满目疮痍的家乡，可见对故乡土地的留恋与膜拜之情之深。上官鲁氏作为一个家庭妇女，没有多少政治观念，但是她却知道荣与辱、是与非，却知道人的生命高于一切。也正是由于这一点，在上官鲁氏的一生中，不知救活了多少人的性命，不管是谁的孩子，甚至是仇敌的孩子，只要扔给她，她就悉心抚养，这无形中让人想起了雨果在《九三年》中的话："在绝对正确的革命之上，还有绝对正确的人道主义。"[①]因此，母亲上官鲁氏的顽强、她的宽容、她的机智、她的善良，所有这些美好的品质，都是高密东北乡那片神奇土地孕育出来的。母亲精神就是孕育万物、坚忍不拔、承受一切、奉献一切的大地精神。如果说莫言认为在该作中塑造的上官金童是中国文学的一个独创，那么母亲上官鲁氏的形象在中国文坛上也应该是一位前无来者的形象，与上官金童相比，她更是一位纯粹中国式的母亲，一位集忍受与承担、慈爱与宽容、无私与奉献、达观与希冀、挫折与执着、屈辱与荣耀等为一体的母亲。对母亲的赞扬就是对大地的赞扬，对大地的崇拜就是对母亲的崇拜，大地、生命、母亲，构成了作品的灵魂，让人魂绕梦牵，让人欷歔感叹，让人捶胸顿足，让人潸然泪下。作为儿子的上官金童已经离不开他的母亲，离不开丰硕的乳房，因为母亲的乳房，"那是爱、那是诗、那是无限高远的天空和翻滚着金色麦浪的丰厚大地……"[②]作品结尾处上官金童来到母亲坟前所感受到的："四顾远望，上官金童心中怅然，不知何去何从。他看到张牙舞爪的大栏市正像个恶性肿瘤一样迅速扩张着，一栋栋霸道蛮横的建筑物疯狂地吞噬着村庄和耕地。母亲寄居过数十年的塔前草屋已在惊吓交加中自行倒塌，那座七层宝塔也摇摇欲坠。太阳出来，喧闹的市声像潮水般追逐着涌过来。沼泽地雾气濛濛，沼泽地西侧的槐树林里一片鸟声，槐花的香气彩云般往四处膨胀。他围着新堆起的、散发着泥土腥味的母亲的坟头麻木

① 雨果：《九三年》，郑永慧译，人民文学出版社 1978 年版，第 397 页。

② 莫言：《丰乳肥臀》，第 274 页。

地转了几圈，然后跪下，又虔诚地给母亲磕起头来。”[①]

可是，当拆迁者指出上官金童母亲的坟必须迁走时，上官金童不得不重新面对现实，失去土地的软弱使他变得无能为力，也许最好的办法是对母亲的殉情，就像想当年马洛亚的殉情一样。

当《战争与和平》中纯洁美丽的娜塔莎离开了农村来到彼得堡，离开了乡村的大地时，却禁不住花花公子阿那托利的诱惑，背弃了与未婚夫安德烈的婚约，差一点干出了使自己及家人身败名裂的事情，因为离开了土地便失去了精神源泉和力量源泉。当上官母子二人历经磨难步入商业社会时，这对曾遭受饥饿、战争，以及残酷的阶级斗争等惨烈场面都没有倒下的母子，却要在都市化商业化的大潮面前倒下了，甚至死无葬身之地。可是商业时代的到来不可避免，现代化的生活方式必然到来，而对大地的崇拜和生命崇拜也终将衰落，因此，如何解决好社会转型时期的精神寄托，这的确是莫言所面临的一个问题，就像一百多年前托尔斯泰的困惑一样。

## 三、战争的残酷性、人性的恶与历史的非理性的揭示

莫言的创作常常被看作是“残酷文学”，体现的是“暴力美学”，此言不虚，就《丰乳肥臀》而言，在这一点上体现得就比较明显。《丰乳肥臀》在揭示战争的残酷性、人性的恶，以及历史的非理性上，与肖洛霍夫的《静静的顿河》具有一致性。

肖洛霍夫的《静静的顿河》是继《战争与和平》之后，描写战争场面最好的俄国小说。在肖洛霍夫笔下，战争已经不再是正义与非正义、爱国与非爱国、进步与落后、革命与反革命等传统观念下的冲突，而是在作者看来战争就是战争，战争除了剥夺无数人的性命，使人妻离子散、家破人亡之外，没什么好赞美的。此外，战争还使人性恶得到了充分的释放，人变成了禽兽，甚至禽兽不如。

《静静的顿河》描写了哥萨克所参与的三次“战争”，即对德国的“一战”，对布尔什维克的“国内战争”，以及反对布尔什维克的余粮征集制度的暴动。肖洛霍夫详尽描写了战争的残酷，其中描写了一场对德战后哥萨克的伤亡场面。“在一片不大的林间空地上，哥萨克们看到了一长串尸体。……他右边的一具尸体脸朝下横在那里，后腰上的饰带已经脱落的军大衣像驼峰似的在脊背上鼓起来、健壮的腿，腿上穿着草绿色的裤子，脚上穿着后跟歪斜的细皮短靴子。他的头上没有帽子，天灵盖也没有了，是被炮弹片整齐地削掉的。……再远一点——横着一具简直还是孩子似的尸体，丰满的嘴唇和孩子般椭圆的脸；一排机枪子弹打穿了他的胸部，军大衣上打了四个窟窿，烧焦的棉

① 莫言:《丰乳肥臀》，第 647 页。

花从窟窿扎煞出来。‘这个……这个小家伙临死的时候呼叫的是谁呢？妈妈？’”这就是战争的残酷。由于战争中的长期厮杀，使敌对双方的理性都降至到最低点，人的生命被极端轻视，有些人甚至为了一件衣服、一双靴子，就把对方杀死。战场上滥杀俘虏的场面时常发生，作品中描写最为残酷的杀戮场面是红军和哥萨克自治者们之间的杀俘虏竞赛。先是红军军事委员会主席波乔尔科夫把本应由他转送押运的四十个哥萨克军官俘虏，擅自下令全部处死。作者写到，在波乔尔科夫首先用马刀把一个俘虏砍为两段之后，其他人也进入了砍杀行动，“顿时枪声大作。那个生着像女人一样的美丽的眼睛，戴红色军官长耳风帽的陆军中尉，抱头鼠窜。一颗子弹打得他像跳跃栅栏似地，高高地跳起来。他倒了下去——再也起不来了。两个哥萨克砍死了那个身材高大、威武的大尉。他抓住刀刃，血从被割破的手巴掌上流到袖子里；他像小孩子一样喊叫着——跪到地上，然后仰面倒下去，脑袋在血地上乱滚着；他的脸上只能看见两只血红的眼睛和不断呼号的黑洞洞的嘴。尽管马刀在他的脸上和黑洞洞的嘴上乱砍不止，可是他由于恐惧和疼痛，还是一直在尖声喊叫。”[①]没过多久，波乔尔科夫所带领的红军就遭到报复，被俘后连他本人总共 78 个士兵全被处死。作者写到了当时的场景：“可憎的屠杀场面、正在死去的人们的惨叫和呻吟声、等待枪毙的人们的吼叫声——所有这些无比凄惨的、震惊人心的场面把人们驱散了。”[②]

后来成了麦列霍夫家女婿和村军事委员会主席的科舍沃依，生性非常残忍，当伊万一枪把向他求饶的彼得罗打死之后，他竟残忍地用手去挤压彼得罗的心脏，以便使更多的血流出来，加速还在挣扎中的彼得罗的死亡。临自杀前的达丽亚嫉妒娜塔莉亚生活的美满，便故意透露出葛利高里与阿克西妮亚仍在幽会的秘密，从而造成娜塔莉亚对葛利高里的报复——强行流产，结果导致娜塔莉亚大出血而死。

受这种新型战争观念的影响，莫言在《丰乳肥臀》也写了不少战争的残酷与人性恶的问题。非常巧合的是莫言该作中也叙述了三次战争，即高密东北乡对德国人的战争、抗日战争和国共内战。《丰乳肥臀》中的“蛟龙河”也像《静静的顿河》中的“顿河”一样，见证着、演绎着近百年来发生在高密东北乡的风风雨雨，历史沧桑。作品开篇不久就描写了司马库领导的抗日游击队战败遭屠的场面。日本人的“一匹杏黄大马紧擦着他的身体跑过去，马上的日本人迅速地侧过身体，马刀直冲着他的脑袋劈下来，他的身体前扑，脑袋完整无缺，但右肩上一块肉被削掉，飞起来，落在了地上。他看到巴掌块的皮肉，像一只剥了皮的青蛙在地上跳跃。……骑杏黄大马的日本兵调转马头冲回来，对着一个拄着大刀立起来的大个子男人冲过去。那男人满脸惊恐，无力地举起大

① [前苏联]米哈伊尔·肖洛霍夫：《静静地顿河》，金人译，人民文学出版社 1956 年版，第 449～450 页。
② [前苏联]米哈伊尔·肖洛霍夫：《静静地顿河》，第 803 页。

刀，好像要戳向马头，但那马的前蹄跃起，一下子把他踏翻了。日本兵从马上探下身去，一刀把他的脑袋劈成两半，白色的脑浆子溅在了日本兵的裤子上。转眼的时间，十几个从灌木丛中逃出来的男人，便永远地安息了。日本人纵着马，余兴未消地践踏着他们的尸体。”①

这是抗日战争，之后的国内战争也异常惨烈，国共之间的拉锯式战争带来了敌对双方的互相残杀，上官鲁氏走进战后村庄的惨景：“我们进村的傍晚，夕阳如血。街上密匝匝地摆着残缺不全的尸首。有二十几具比较完整的尸首摆放在一块空地上，排列得十分整齐，好像有一根线穿着他们。……村子里一片死寂，我们一家，像行走在传说中的地狱里。”②

在战争中人性变得越来越恶，作品中写了还乡团活埋一家人的场景，暴露出人性的恶。进财一家人被推进沙坑里，“进财的女儿哭着说：‘娘呀，沙子迷眼……’进财的老婆便把大襟撩起来，蒙住了女孩的头。进财的儿子挣扎着往上爬，被大汉用铁锨铲下去了。那男孩呜呜地哭。进财的娘坐在沙坑里，沙土很快把她埋住了。……沙土埋进了进财老婆的脖子，沙土早埋了进财的女儿，进财的儿子露了个头颅，两只小手从沙土里伸出来，还在瞎扒拉。进财老婆的鼻子、耳朵里都窜出了黑血，那个嘴，像个黑窟窿，还在嗷嗷地叫，惨，惨，太惨了”③。

这一天时间，还乡团就总共活埋了 99 人。战争也造成一些正面人物的心理变态和性变态，哑巴孙不言本来是一位战争中立功的功勋战士，双腿被炸断成了残疾人，也同时成了性无能者。这位胸前挂满奖章的英雄，却像野兽一样，残忍地折磨自己的妻子上官来弟，而上官来弟在一次救鸟儿韩性命时杀死了他，那么上官来弟的结局则是执行枪决。还有马种场的场长马青萍，在战争中失去了一只胳膊，应该是位女英雄，但因残疾难以找到合适的男人，长期的性压抑导致性变态，在一次企图强奸上官金童未遂后，由于羞愧而开枪自杀。莫言在《丰乳肥臀》中更多地揭示了人性的阴暗面。

人的本性为什么是恶的，这首先是因为人身上的自然属性所引起的。自然属性也即人的动物性，它服从于自然法则，是一种时常和人相对立的恶的因素，这正如恩格斯所说的：“人来源于动物界这一事实已经决定人永远不能摆脱兽性，所以问题只能在于摆脱得多些或少些，在于兽性或人性的程度上的差异。”④

同时，在古代社会人是不敢正视自身上的恶的，只是到了近代由于生产力的迅猛

---

① 莫言：《丰乳肥臀》，第 37～38 页。

② 莫言：《丰乳肥臀》，第 290 页。

③ 莫言：《丰乳肥臀》，第 290 页。

④ 《马克思恩格斯全集》第 20 卷，人民出版社 1971 年版，第 110 页。

发展，人们征服自然的能力大大增强，这时人们才把自然看作是可以研究、索取的对象，自然也就必然成为恶的。19～20世纪非理性主义哲学的出现，则是对人性为恶现象在理论上的肯定。由此来看，莫言也像肖洛霍夫等大师一样，通过描写战争的残酷和人性的恶，来进一步探索人性。

既然人性是恶的，由人所构成的历史也给我们焕发不出光辉的前景，尽管我们总是从启蒙的角度对历史的发展抱有乐观的态度，但是现代历史观则指出了历史的非理性、盲目性，“在现代西方哲学看来，主体性的目的论或历史主义原则不过是一种哲学上的简约论，历史的发展根本不存在某种线性的、连续的因果链条，而只是一系列偶然事件的堆积。用某种永恒的、理想的人类目标来解释人类的过去和设想人类的未来，这其实不过是神话、意识形态和偏见的源泉，是一种乌托邦，这种总体性的、简约化的和封闭的方法不仅不能为人类指明一个美好的未来，反而给人类带来了虚妄和欺骗”①。

《静静的顿河》中并没有体现出贵族阶级、地主阶级必然要被布尔什维克所领导的苏维埃政权所代替这一规律，我们看到的只是发生在20世纪初，一次次地谁也说不清是为什么的战争，以及它为哥萨克人所带来的巨大灾难。这场灾难落实到一个具体的哥萨克家庭，就是毁灭了一家善良而无辜的人们、一个殷实祥和的家；落实到一个哥萨克群体，就是毁灭了一群世世代代自由自在地生活在某个特定地域的人们。历史既聋又哑还瞎，最终把正直的葛利高里引向精神的绝望，可见人与世界的关系，不过是一种荒诞的关系。

莫言深悟此道，在《丰乳肥臀》中给我展示的高密东北乡的历史不过是一个荒诞到匪夷所思的历史。作品所展现的百年史不过是上官鲁氏和自己的子女，以及其他高密父老乡亲的苦难史。先是20世纪二三十年代上官金童的祖辈们司马大牙和上官斗在高密东北乡抗击德国人均战死，这看上去似乎很悲壮，可是看他们对德国鬼子打仗所摆的“屎阵”和维护家乡所谓的风水而战等的愚昧行为，又觉得他们如此抗击德国人的行为有些滑稽。到了司马库火烧桥头阻击日本人进村的行为似乎显得更加轰轰烈烈，可是用高粱酒去烧鬼子不过是白白送死。日本鬼子投降了，历史演进到国共由合作走向了对抗，战争死了很多人。之后历史很快地进入建国后的“镇压反革命”、“三反五反”、“大跃进”、“大饥荒”，之后是“文革”的“十年浩劫”，在这期间上官鲁氏的八个女儿相继死去，女婿们也多走向悲惨的下场，鸟儿韩被日本人掳去做苦工逃到野山林里与野兽为伍十三年，曾经的抗日英雄司马库被共产党抓住枪毙时竟喊出了一句“女人是

① 张志伟、欧阳谦主编：《西方哲学智慧》，中国人民大学出版社2000年版，第91页。

好东西啊——”[①]

这句莫名其妙的话，他的死让人想起的仅仅是风流而非政治。改革开放后好日子没过几天社会就陷入了商业所带来的拜金主义风潮中，而这时上官鲁氏却走到了生命的终点。可见这是怎样的历史啊，庞大冷漠的历史在每个阶段都制造着苦难，吞噬着鲜活的生命，历史不仁以苍生为刍狗。在莫言笔下，历史不再是给人带来光明与希冀的历史，而是荒谬的盲目的非理性的历史。

综上所述，我们可以看出莫言《丰乳肥臀》的创作，受到俄罗斯文学经典名著的影响，《白痴》“启发”着莫言塑造出了上官金童这样一个具有畸形心理的知识分子。《战争与和平》“启发”着莫言永远匍匐在坚实的大地上，并借助上官鲁氏来赞美大地、赞美生命。《静静的顿河》则“启发”着莫言重新审视战争、审视人性、审视历史。莫言的《丰乳肥臀》由于体现着丰厚的俄罗斯文学经典的意蕴，达到了震撼人心的艺术效果。

---

① 莫言:《丰乳肥臀》,第369页。

# 莫言与马尔克斯小说苦难情节的写法共性解析

◇朱耀云*

莫言与加西亚·马尔克斯是世界文学史上密切关联的两座丰碑，其作品都曾被贴上魔幻主义色彩的标签，尽管文化背景不同，两者的作品从幻变的手法到现实的内核，都闪烁着密切的共性。

正如有人评论过，莫言与马尔克斯都是“魔幻为壳，现实为核”。魔幻色彩即便飘过，也不过是现实天空的片片云彩，两位作家对生活本身和人性心识的关注，才是他们写作的出发点和聚焦点。两位作家都有悲天悯人的伟大情怀，对世间众生的苦难感同身受，又似乎苦于无力扭转乾坤，于是将自己深沉绵柔的同情和思考，密密地缝入了小说中，在小说中将苦难境视为平常，于沉重处寻觅轻松。魔幻世界，那是苦难人的期待，还是作者代替他们进行的逃离？而坚毅平常的现实态度，才是他们的始发地，也是他们为世间遭受苦难的人们选择的道路。

为了探析两位作家对生活苦难的密切关注和对人类深沉的同情，本文择选现实笔调为主的两部中篇小说——莫言的《师傅越来越幽默》[①]与马尔克斯的《没有人给他写信的上校》[②]，对其苦难情节的写法共性进行解析，并探究其共性背后的渊源、动机和意义。

## 一、两部小说简介

莫言的《师傅越来越幽默》与马尔克斯的《没有人给他写信的上校》，都被称为作家

* 朱耀云：山东大学外国语学院大学外语部副教授，硕士生导师，博士在读。

① 莫言：《师傅越来越幽默》，上海文艺出版社 2010 年版，第 159～197 页。

② ［哥伦比亚］加西亚·马尔克斯：《加西亚·马尔克斯中短篇小说集》，边彦耀译，闵明校，上海译文出版社 1982 年版，第 131～204 页。

的代表作之一。虽然魔幻色彩都不多，两部小说却都享有盛名，都是有影响力的现实小说。

小说《师傅越来越幽默》(以下简称《师傅》)于 1999 年发表在《收获》杂志第二期，后由解放军文艺社等多家出版社出版。小说塑造了一位模范工人丁师傅的曲折遭遇。他劳动多年，却享受颇少，面临退休之际却工厂倒闭、遭遇下岗，下岗回家路上被人撞倒骨折，又花掉了几乎全部积蓄。在被迫重觅生路之际，他受城里公厕启发，用废弃公交车壳做“休闲小屋”供人野合，借此收费，眼看暴富，却遇到一对男女在小屋疑似自杀，丁师傅中计报案，并面临判刑重罚、生路重断的危险，幸好最后得知这对男女是诈死逃费，情节可谓一波三折。

2000 年 12 月，张艺谋根据该故事导演的电影《幸福时光》上映，由赵本山、董洁、李雪健等主演。2001 年，葛浩文 (Howard Goldblatt)将其译为英文。《纽约时报书评》这样评论：“莫言把日常生活中的灾难编织成一种有用的、令人振奋的、罕见的东西。”《华盛顿时报》则刊登文章说：“被视为中国的威廉·福克纳，有着加西亚·马尔克斯魔幻现实风格的莫言，对中国乡村的描写融合了奇幻与抒情诗情调，对政府的腐败不乏嘲讽，黑色幽默和超自然的描述灌注其间……对不熟悉这位中国作家的读者来说，这八个故事可作了解莫言作品的敲门砖……”

马尔克斯 1961 年发表了中篇小说《没有人给他写信的上校》(以下简称《上校》)，小说描述了一位退休的老上校多年如一日等待通知领取退休金的信件却从未如愿的故事。雪上加霜的是，他与老伴并无其他生活来源，且疾病缠身，家徒四壁，举债累累，已经断粮挨饿多日，无从再借钱或变卖。他们的生计希望只有两个：一是似乎永远不会来到的退休金；二是刚被暗害的儿子留下的斗鸡获胜赢钱。但斗鸡比赛三个月后才开始，熬到还剩 45 天时，夫妻俩山穷水尽、走投无路，上校坚持不卖掉斗鸡，那这期间靠什么吃饭呢？文章最后，上校以吃“屎”作为回答。

这篇小说也享有盛誉。1999 年墨西哥导演阿尔图洛·里普斯特因 (Arturo Ripstein)拍摄了同名电影，由墨西哥著名美女演员萨尔玛·海耶克等主演。作者自己历来认为《上校》是他平生的得意之笔，在艺术成就上超过了《百年孤独》。[①] 智利文学评论家路易斯·哈尔斯[②]也认为，上校这个人物是马尔克斯刻画得最成功的人物之一。

---

① 参见赵德明:《加西亚·马尔克斯与“爆炸文学”》,《加西亚·马尔克斯中短篇小说集》,前言第 5 页。

② 参见赵德明:《加西亚·马尔克斯与“爆炸文学”》,《加西亚·马尔克斯中短篇小说集》,前言第 5 页。

## 二、两部小说苦难情节的共性解析

虽然这两部作品反映的国家和时代不同、主人公个人经历和文化背景各异，其关于苦难的情节描写却具有不少共性特征。

概言之，首先，两人都描写了老年人的遭遇，《师傅》中丁师傅临近六十岁，而《上校》中上校已七十五岁。其次，两位主人公的家庭背景相似，都是家境窘迫，膝下无子，妻子都是家庭妇女并长期患病。此外，故事背景都是适逢社会变动，主人公遭遇都很坎坷曲折：莫言笔下，丁师傅遇上工厂破产，退休前下岗，随即生病又无处报销，顿时陷入窘境，他于是重新择业却因此担惊受怕、经历险情；马尔克斯笔下，上校遇上十多年动乱，等待数年退休救助金未果，儿子又突然被害，期待赢钱的斗鸡需要三个月后才比赛，家里想方设法却难以维持生计。另外，小说中又都分别刻画了反衬主人公的虚伪政客或者黑心富豪。

接下来，让我们更为深入地走进小说里，剖析他们对人物苦难更为深层、更为具体的写法共性。

(一)变幻的时局

两位作家都密切关注时代的变迁，并将故事置于时局变动的背景下，以借变数窘境彰显人性光芒。

莫言在《师傅》中用一段文字短平快地勾画出时代如风的变迁：

> 市农机修造厂的前身是资本家的隆昌铁工厂，当时的主要产品是菜刀和镰刀，公私合营后改名为红星铁工厂，五十年代生产过名噪一时的红星牌双轮双铧犁，六十年代生产过红星牌棉花播种机，七十年代更名为农机修造厂，生产过小麦脱粒机和玉米脱粒机，八十年代生产过喷灌机和小型收割机，九十年代从西德引进了一套先进设备，生产马口铁易拉罐，厂名也改为西拉斯农业机械集团，但人们还是习惯称呼它是农机修造厂。

当然文中最大的变迁是该故事发生时，这个厂子宣布倒闭，“工人们吵了一阵，便各奔了前程”，“工厂死了，没有工人的工厂简直就是墓地”。

如果说莫言描述的时代变迁是自然常态，工厂破产是自然变奏曲中的猛然变异，那么马尔克斯在《上校》里，则借小说中上校律师的谈话，勾画了程度更甚、长期动荡的乱世局面：“近十五年来，官员们已经更换了许多次。您想，有七届总统，每届总统至少更换了十次内阁，而每个部长又至少更换了一百次下属。”小说开头是上校要参加一场出殡，不到20岁的年轻人去世，竟成了一件大事，因为这是镇上人多年来看到的第一个自然死亡的人。

在这种波澜变幻的时代洪流中，主人公们宛如时代车轮上的一枚钉子，经历了跌宕起伏、曲折坎坷的人生经历，而他们的坚守，显得尤为不易。

（二）曲折的境遇

两位作家在刻画人物坎坷命运方面，也有异曲同工之妙，都是一波三折、曲折蜿蜒。

莫言的中篇小说《师傅》呈现的是：在市农机修造厂工作了四十三年的省级劳模丁师傅，在退休前一个月突然被抛入下岗队伍，不得不另觅生路，经历了“过山车”一样的曲折变化：

曲折一：马上要退休，突然听说有下岗危险。

曲折二：厂长曾表示会最大力度留下他这样的元老，最终他却位列下岗名单第一！

曲折三：下岗回家路上被男孩撞倒骨折，住院费加药费几乎耗尽了他家多年的积蓄。

曲折四：去工厂报销医疗费，却发现工厂大门紧闭，厂长无处可寻。

曲折五：去找曾经答应帮忙的马副市长落实报销事宜，却被门卫推倒在大门外。

曲折六：围观的人们群情激昂，但被保安驱散。

曲折七：政府办公室吴副主任许诺向马副市长汇报（却再无回音），让丁师傅拿走一百元先回家等着，感动得老丁没要钱，也没再去求助。

曲折八：走投无路之际，丁师傅受城里公厕启发，将报废的公共汽车壳改装成休闲小屋，放在湖边僻静处供男女幽会，没想到收入颇丰：干上六年就可以安度晚年了。

曲折九：但这种非法经营时刻可能被查封、处罚，他整日提心吊胆。

曲折十：半年后，一对男女在小屋诈死，丁师傅自首投案，希望能救活俩人。立案就意味着判刑或重罚，生路再次壅塞。

曲折十一：公安局的人及丁师傅师徒赶到后发现小屋里没人了！危机消失了。对此，丁师傅误读为鬼来过。徒弟委婉地埋怨道：“师傅，您越来越幽默了！”

马尔克斯的中篇小说《上校》里，上校等待革命救济金六十年、等待退休金二十年而无果的故事，也被描述得千回百转，令人牵肠挂肚、慨然扼腕：

曲折一：上校曾艰辛旅行六天，运送巨额军费入库，次日政府答应给革命者救济金，而上校几乎等了六十年也没等到这笔钱！

曲折二：上校满足退休条件后，每个周五都去邮船等待来信通知他领取退休金，但二十年来结果全是失望。

曲折三：意外的是九个月前，上校的儿子因为散发地下刊物，被打得遍体鳞伤死去了，夫妻俩感到成了失去孩子的孤父孤母。

曲折四:故事发生的十月份,上校家里已经断粮挨饿,唯一财路希望的就是儿子留下的斗鸡和上校获得退休补助金。而退休金邮件久等不来,斗鸡要等三个月后才能比赛。

曲折五:无奈之下,上校夫妻想更换律师来争取补助金。可原律师却告知上校,他参加革命的立功证据无从索回了。

曲折六:十一月,忍饥挨饿中,上校妻子病得垂危,上校也身体垮了。他突然想起七月份曾将一把菜豆挂在炉壁上,这样鸡又有吃的了。

曲折七:濒临绝境的夫妻俩都想卖家里的钟,可目标买主拒绝购买。

曲折八:上校提出把鸡送给大家饲养,公鸡得以苟活,夫妻俩也得以吃些鸡饲料。

曲折九:镇上的富人唐·萨瓦斯建议上校卖鸡赚九百比索,但老两口不愿卖儿子的爱鸡。

曲折十:上校妻子于是用结婚戒指做抵押找神父借钱,却被神父指责为“造孽”。

曲折十一:上校妻子继而又试图卖掉家里仅存的家具:钟和挂画。不料走了很多家,没人愿要!这样他们挨饿的事家喻户晓了,上校觉得颜面丢尽、痛苦不堪,决定卖鸡换钱!

曲折十二:上校去唐·萨瓦斯家卖鸡,等待良久却羞于开口。

曲折十三:下午上校鼓足勇气又去卖鸡,哪知唐·萨瓦斯改价为四百比索,而且只给上校六十比索先用着,说是别人可能愿意买,但需要到周四才知道。

曲折十四:旁听的医生告诫上校不要上当,因为唐·萨瓦斯心黑手辣,爱钱如命。上校又犹豫起来。

曲折十五:周日晚上校逛街时突遇杀死他儿子的警察。而自己带着传单,很可能也会被杀!上校装作镇静地拨开枪筒,侥幸逃脱。

曲折十六:终于熬到十二月,上校发现自家鸡被镇上小伙子带去斗鸡,并神勇无比!上校决定鸡不卖了!

曲折十七:这样就需要退给唐·萨瓦斯六十比索!即便穿过两次的新鞋能退货,也得再还十八比索!而家里山穷水尽、忍饥挨饿,何谈还钱!上校和妻子都失眠了……

曲折十八:次日,妻子面对不卖公鸡、无法生存的困境,几近崩溃。如果公鸡比赛输了,将来如何应对债务和生活?还有四十五天斗鸡才比赛,这期间又靠什么生活呢?上校解释:卖钟、卖画!但俩人早就知道没人愿买。

最后,对妻子纠结不已的问题:“这段时间我们吃什么?”,上校回答:“屎!”

总之,虽然篇幅各异(《上校》的篇幅比《师傅》的长几倍),马尔克斯与莫言,似乎以无限同情,透视生活在艰难底层的人,渲染他们难上加难的曲折境遇,让读者的心跟着

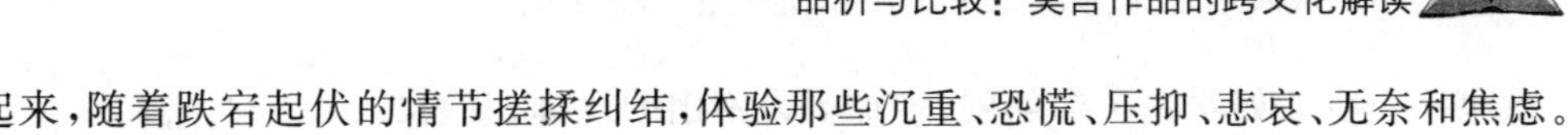


揪起来，随着跌宕起伏的情节搓揉纠结，体验那些沉重、恐慌、压抑、悲哀、无奈和焦虑。

（三）幽默话偏显窘迫情

莫言曾说过："实际上在非常痛苦的时候会产生一种幽默感"，"这种幽默是老百姓使自己活下去的一种方式，是解脱自己、减轻压力和安慰自己的一种方式"。①

然而，他的《师傅》被认为是时代越来越幽默了，导致师傅越来越不幽默了。文中的丁师傅笨嘴拙舌，虽然两次被徒弟评论为幽默，实则要么是发自本心的想法而非有意幽默，要么是徒弟推却或者埋怨的托词，这种黑色幽默，糅合了悖理、荒唐与无奈，令人同情大于轻松。马尔克斯笔下，上校似乎具备了幽默的天然能力，就像他秉承了苦难的天然命运一样，其幽默反映了他身处逆境而超脱豁达，效果也是令人笑不出来，反而增加了内在的张力，强化了生活的悖论，反衬了处境的艰难。两文读罢都令人感同身受，心里添堵。

《师傅》中，丁师傅第一次被徒弟说成幽默，是跟着徒弟去了趟收费厕所，他"反复搓着被干手器吹得格外润滑的糙手，感慨地说：'小胡，师傅跟着你撒了一泡高级尿'"。此处是丁师傅发自内心地觉得收费厕所高级，绝非有意幽默，吕小胡当然不觉得自己真的给师傅带来了什么荣光，所以他转而回答道："师傅，您这叫幽默！"接下来，赤贫的丁师傅觉得一元钱也是大人情，说："我欠你一元钱，明天还你。"徒弟毫不采纳这个方案，又不便直接说师傅迂腐，便委婉反对道："师傅，您越来越幽默！"丁师傅这种幽默，是被动的称号，其实是徒弟对他善意的揶揄回应。

第二次是小说最后部分，吕小胡请警察表弟帮忙处理丁师傅小屋里疑似自杀案件，结果发现小屋里其实没人！警察表弟异常恼怒，丁师傅辩解说绝没撒谎，吕小胡很尴尬，因为他本来就不愿求这个势利的表弟，现在面对无意中涮了表弟一把的事实，他很无奈，"不满地说：'师傅，您又幽了一默！'"而丁师傅也无从解释，将罪责推到鬼魂身上。徒弟"更加不满地说：'师傅，您越来越幽默了！'"徒弟明显不信鬼，也不相信丁师傅的话，又不好责怪师傅，结果幽默成了指责的借口。

《上校》中，上校保持了开玩笑的幽默风格。例如，他就千疮百孔的伞跟妻子开玩笑说："你瞧我们这把马戏团里小丑式的雨伞成了什么样子！现在只能用来数天上的星星了。"当他无论怎么梳，头发都很不熨帖时，他说："我大概像只鹦鹉吧。"看到妻子全身裹着五颜六色的小布块，他又说："你倒像一只啄木鸟。"当深陷绝境的夫妻俩都得了大病，病后妻子认出丈夫，异常惊讶，说"你瘦得皮包骨头了"，上校不忘幽默地回答："我正在精心保养，准备把自己卖掉，我已经被一家黑管厂订购了。"到了文章结尾处，上校用吃"屎"来回答妻子他们接下来的日子吃什么的问题，这种幽默同样有种添

① 邱晓雨：《莫言，痛苦时产生幽默感》，http://gb.cri.cn/27824/2010/11/24/5311s3067306.htm.

堵效果——令人如吃屎一样郁闷，增加了说不出的压抑、悲哀！

（四）平常话述沉重心

当两位作家直接描述小说主人公的逆境苦楚时，偏偏都选择了波澜不惊的平淡语气，结果反而越加重了人物压抑沉郁的心情！

例如，莫言用平平淡淡一句话，点出了丁师傅多年的艰辛：

> 过度体力劳动累弯了他的腰，虽然不到六十岁，但看上去足有七十还要挂零头儿。"
>
> 无独有偶。马尔克斯娓娓道来的几句话，却令人心惊肉跳：
>
> "从上次内战结束以来的五十六年中，上校除了等待外，没有做过别的事情"，"除了每个礼拜五盼望邮件外，就没有其他事情可做了"。而他等待了近六十年的革命救助金、等了十九年的退伍补助金，却也从来没等到："十月是能够等到的屈指可数的东西之一。

他用同样平淡的叙述勾勒出上校漫长等待的过程："十九年前，议会颁布了退伍法之后，他就着手提出享受退伍补助金的证据，前后一共花了八年的时间。接着，又用了六年的时间，才使自己的名字列入了登记表。这是上校收到的最后一封信。"

在遭遇命运的嘲弄，分别经历下岗和被政府遗忘后，两个主人公都成了失去生活来源的人。作家们又不约而同，采用极其简单平实的笔调，描述了富足的外部景象，从而烘托了主人公们一贫如洗却需养家糊口的巨大心理压力：

《师傅》中，老丁在大街上看到周围缓缓行驶的颜色各异的小轿车和在轿车的缝隙里钻来钻去的几辆摩托车，感到摩托车好像"无法无天的野兔子"，而自己就"像一个在地洞里生活了多年的老鼠一样畏缩"。而《上校》中，上校每周五都尾随邮差经过一条和港口平行的大街，"街道两旁的商店和货栈犹如一座迷宫，里面陈列着琳琅满目的商品"，他总感到"焦虑不安"、"紧张"。

另外，两位作家还都用不动声色的笔调描述了男主人在外边久逛的场景，貌似不经意地流露丁师傅和上校承受的心理压力。

《师傅》中，丁师傅逛了很多地方，以打探行情，寻找生财之道：大街、农贸市场、农机厂后的山包、山包下的墓地……而上校在混乱时局中除了等待公鸡比赛和发救助金，别无他路，因此他也多次逛街，以逃避如山的压力："他在那些偏僻的街巷里走着，直到精疲力竭才回到家里"；"继续在附近徘徊，直到远处雷电交加才回去找他的妻子"。他尤其常去的场所是裁缝铺："自从他的同志们死了或者被驱逐出镇子以后，那儿成了他唯一的避难所。"他内心深处，"想在那里（笔者注：裁缝铺）一直呆到下一个礼拜五，免得当天晚上两手空空地回家去见妻子"。

当直接描述主人公遭受打击的沉重心情时，莫言与马尔克斯的语言也近似白描：

丁师傅得知下岗消息后，“感到头晕，就蹲在了地上；蹲着很累，就坐在了地上”，后来站起来后，他还需要“将身体依靠在一棵树上”。要回家了，他“蹁腿上了大国防。只蹬了半圈他就感到腿酸得难以忍受，身子一歪就倒了。沉重的大国防将他的身体压住，使他动弹不得”。其实，沉重的可能不仅仅是自行车，而且是生活突如其来、铺天盖地的打击和压力，但作者偏不多提心情。

再后来，一对男女在他出租的小屋疑似自杀了，丁师傅面临罚款判刑的危险。作者用平实的语言白描了他的震惊焦虑：丁师傅先是“双腿一软，瘫在铁屋子的铁门前……”进而轻轻敲门乃至狠命砸门、哀求怒骂：“我是个六十岁的下岗工人，家里还有一个生胃病的老伴，混到这一步已经够惨了，你们可不能给我雪上加霜了。……连你们这样的人都想死，那我们这些下等人可咋活？”后来去求助徒弟，“他骑着沉重的自行车仿佛梦游般地冲下山包，他没有捏车闸，他想就这样摔死了更好”。见到徒弟后，他神态激动：“他像个受了天大委屈、突然见到了爸爸的小男孩似的，嘴唇打着哆嗦，眼泪滚滚而出。……双膝一软，跪在了徒弟家门口，泣不成声。”告诉徒弟：“小胡，大事不好了……比你师娘死去糟糕一千倍…… ”这样不言自明，丁师傅视重罚判刑如灭顶之灾。

《上校》的情节更为平淡，作者多次用“陷入沉思”、“彻夜难眠”、“感到痛苦/难过”、“叹了口气”等简单的词汇表达人物内心经受的折磨。有时作者还用“此处无声胜有声”的留白手法，例如一次上校没领到信，回家后与一直在等他的妻子进行了简短对话：“‘什么也没有？’妻子问。‘什么也没有’上校回答说。”虽然笔墨不多，我们仿佛看到夫妻俩习惯于失望的平静和悲哀。

此外，他用平淡的语气，深描了上校在漫长的等待岁月里，每周五要经历一次特别的折磨，从焦灼的期盼一步步过渡到失望的沉重，其心情仅从上校对环境细致入微的观察和对邮差行踪的如影追随流露出来：“他发现了船顶上的邮包，邮包系在排气管上，上面覆盖着一层油布。……从邮差登上船到把邮包解下来背在背上，上校一直目不转睛地盯着他。”继而他紧跟着邮差后面，穿过一条大街，到了医生家里，往各个信箱里分装信件。他注视着邮差的每一个动作，直到邮差把邮件分给了在场的收件人，他还“凝视着他的信箱，盼望着邮差在它的眼前停下来”。一次遇到盖有火漆邮戳的信件，“在一种抑制不住的焦急心情的趋势下，上校向后倒退了几步，力图看清”信上的名字。但最终结果总是邮差走了过去没有停，最多回答一句“上校什么也没有”。此后，上校寄希望于医生收到的报纸，希望从报纸上获知选举的信息，因为选举意味着可能政局变动，政府许诺的退休金可能兑现，他的期盼通过他花掉整个晚上浏览报纸每一个信息、连广告都不放过的细节透露出来，其失望则通过身体不适反映出来：“竭力设法使自己的胃病不要发作”，难以入睡甚或彻夜未眠、发烧说胡话，直到“精疲力竭，那一个个不眠之夜使他的身体垮了下来”。这些期盼心情延伸到无处不在，哪怕是回去的路上，上校似乎还在寻找“以他惯有的方式走着，如同一个人顺着原路走回来，寻找一枚丢失的硬币”。

此外，马尔克斯在描写上校和妻子忍饥挨饿的细节时也独具匠心。例如，在决定最后的五角钱买鸡食还是饭菜时，他用非常平淡的话来传达人物紧张的内心活动：“上校坐在床上，双肘撑在膝盖上，把硬币在手里弄得铮铮作响。……目不转睛地看着妻子在屋子里踱来踱去。……她拿着装有杀虫剂的喷雾器在屋子里绕了一圈……有点神情恍惚，似乎在召集屋子里的幽灵，以便与它们商量。”作者也没有直接形容接下来的三天他们如何挨饿，而是写下午吃饭时间，上校照样说“现在开始做弥撒了”，而妻子用了三个下午的时间，分别来梳理她那蓬乱的头发、篦掉患病期间头上长出的虱子以及“用熏衣草水洗头发，晾干后把头发扎起来绕了两圈盘在脑后，用一个压发梳把它固定住”等似乎毫不相干的细节，把充分的想象空间留给读者，让他们猜想夫妻俩在饥肠辘辘中，如何从容地消磨度日。

## 三、写法共性的溯源与意义

莫言和马尔克斯对故事人物的苦难都没有大篇幅地直接描写，而是通过变迁的时代、曲折的境遇，通过人物强作欢颜的幽默和近似白描的动作描述等等，侧面或隐晦地渗透、渲染出来人物境遇之痛苦、心情之沉重。作家们写法如此不谋而合，与人类/文化具有共性是密不可分的。

### （一）写法共性与人类/文化共性

人类共性（human universals），也称“文化共性”（cultural universals），是指人类情感体验和表达是有共性的。进化主义心理学家从文化的视角认为，在所有文化都共有的行为或特征具有进化适应的优势。[①] 近现代西方，法国的社会学家爱米尔·杜尔凯姆（Emile Durkheim，1858～1917）、法国的社会人类学家和哲学家克洛德·列维·斯特劳斯（Claude Lévi-Strauss，1908～2009）也都讨论过人类共性。美国人类学家唐诺德·布朗（Donald E. Brown）的专著《人类的共性》*Human Universals*，（1991）论述道，人类的共性，“包含了人类无一例外地普遍存在的文化、社会、语言、行为、心理等特征”[②]，可分为四个层面六十三项这样的特征：

---

① Schacter, Daniel L, Daniel Wegner and Daniel Gilbert, *Psychology*, Worth Publishers, 2007, pp. 26-27.

② Brown, D. E., *Human Universals*, New York: McGraw-Hill, 1991.

一是语言与认知层面，例如语言、思维抽象、二元认知区分、象征、禁忌、计划等。

二是社会层面，例如婚姻家庭、亲友同伴、优劣不平、地位角色、冲突合作、性别角色、男性游历更广、公众领域男性为尊、表达和感知情感、区分善恶对错、知错即纠、道德心、羞耻心、讲究礼貌、许诺发誓、崇尚好客等等。

三是神话、仪式和审美层面，例如魔幻思想、施用魔术从增加生命或赢得爱、关于生死疾病的信念、关于幸运或不幸的信念、解梦、预言占卜、信仰故事、名言谚语、医药治疗、生死仪式、音乐舞蹈等等。

四是武器、工具、容器、生火、做饭、住宅等等技术层面。

可以说，无论是语言与认知层面、社会层面、技术层面，还是神话、仪式、审美层面，《师傅》与《上校》两部中篇小说都有所涉及，并呈现大量相似的特征。例如都深挖了人物的语言、计划（语言与认知层面），都重点刻画了婚姻家庭、亲友同伴、地位角色、善恶对错、道德荣辱（社会层面），都少量涉及了神话、仪式和审美层面（如信仰、幸运的信念、医药治疗、生死问题等），以及技术层面（如生火、做法、住宅等等）。[①]

而两位作家在苦难情节描写方法呈现如此多的共性，显然与人类/文化在语言表达、抽象思维及情感体验等方面存在很大程度的共性有关系。

比如说，古往今来，人们对变幻时局有相似的认知："宁为太平犬、不为乱世人。"和平时代受到变革影响的丁师傅、乱世残局中的上校，都不过是时代变迁冲击中的芸芸众生之一。

再如，逆境逼身为苦，最苦不过逆境迭出且持续，这是通常情况下人类共同的体验认知。尽管丁师傅夫妻苦难程度远逊于上校夫妻，但也没少过山车一般的担惊受怕，唯有这样跌宕起伏的情节才能唤起人们对苦难的强烈共鸣和深切同情。

又如，让人哭笑不得甚或边笑边哭、边哭边笑的悲剧色彩的喜剧式表达，源远流长。从公元前 5 世纪古希腊阿里斯托芬的喜剧到拉伯雷的《巨人传》、塞万提斯的《堂吉珂德》、伏尔泰的《老实人》，再延续到 20 世纪卡夫卡的《变形记》、约瑟夫·海勒的《第二十二条军规》、冯内古特的《第五号屠场》等，体现了人类对黑色幽默效果的心意相通。

此外，以平淡的语调衬托悲哀和沉重，不仅仅是莫言和马尔克斯的善用写法。从中国老子的"大巧若拙，大辩若讷"、庄子的"道昭而不道，言辩而不及"到法国蒙田的"小悲戚戚，大悲寂寂"……可以说，相关共识枚不胜举。

（二）苦难情节的书写动机与意义

为什么两位作者都十分注重对人物苦难的描述呢？显然作者们有动机共性。

① Brown, D. E., *Human Universals*, New York: McGraw-Hill, 1991.

悲天悯人，是有良知的作家的天职，无论国别年龄皆然。莫言在谈获诺贝尔文学奖新闻发布会上曾说："我的作品是中国文学，也是世界文学的一部分，我的文学表现了中国人民的生活，表现了中国独特的文化和民族的风情。同时我的小说也描写了广泛意义上的人，我一直是站在人的角度上，立足于写'人'，我想这样的作品就超越了地区和种族的、族群的局限。"①

同样，马尔克斯也极为关注世事人生。虽然被称为文坛上的魔幻现实主义大师，但他本人却一直不屑于这种说法。正如阿根廷著名文学评论家安徒生·因贝特指出的："魔幻现实主义中，作者的根本目的是借助魔幻表现现实，而不是把魔幻当成现实来表现。"马尔克斯声称："现实是最伟大的作家，我们的任务，也许可以说是如何努力以谦卑的态度和尽可能完美的方法去贴近现实。"他在接见记者采访时曾说："我所写的一切，都是我熟悉的事、我认识的人。我并没有做什么加工分析 。"②莫言也认为，马尔克斯"站在一个非常的高峰，充满同情地鸟瞰着纷纷攘攘的人类世界"③。

对苦难的描述，具有特殊的社会功能，这也是跨越国界与时代的人类共性。毋庸置疑，尽管民族和种族各异，社会层面人类情感的体验与表达具有某些共性特征。在中国，《中庸》提到人皆有"喜怒哀乐"四种情态，《左传·昭公二十五年》中有"六情"(好、恶、喜、怒、哀、乐)、《礼记·礼运》提出四种情态、三种心态合为"七情"(喜、怒、哀、乐、爱、恶、欲)，庄子在《齐物论 》中列举了"喜、怒、哀、乐、虑、叹、变、慹、姚、佚、启、态"(喜欢、恼怒、悲哀、快乐、忧虑、伤叹、诡变、恐怖、轻佻、纵逸、放荡、作秀等)多种情感共性。除了喜怒哀乐为各种分类法的共同点，王船山自佛家思想出发，在《相宗络索》还谈及"喜忧苦乐舍"的五种常见情感共性："忧"，逆境未至而先逼心；"喜"，顺境可得而先悦心；"苦"，逆境逼身；"乐"，顺境乐身；"舍"，不逼不悦，若一切随缘应得受用，忧喜苦乐俱不相应，名为舍。④

以上种种表明，痛苦悲哀是人类共有的重要负面感受。而描述这种苦难、表达受苦人的体验，又具有特别的社会功能。莫言用下面一段话阐释了他如何看待书写苦难的意义：

> 对作家来说，重要的不是拯救万民的灵魂，而是拯救自己的灵魂。怎样拯救自我呢？怎样从痛苦中挣扎出去呢？……我非常希望非常渴望我的痛苦矛盾与

① "莫言谈获诺贝尔文学奖新闻发布会实录"(2012 年 10 月 12 日)，http://book. sina. com. cn/news/c/2012-10-12/0032344659. shtml.

② [阿]路易斯·哈尔斯：《我们的作家》，阿根廷南美洲出版社 1975 年版，第 393 页。

③ 莫言：《两座灼热的高炉——加西亚·马尔克斯和福克纳》，《世界文学》1986 年第 3 期。

④ 王夫之：《船山全书》第 13 册：岳麓书社 1996 年版，第 548 页。

民族的矛盾痛苦产生一种合拍。如果我的痛苦与民族的痛苦是一致的，那么，无论怎样强化我的个性意识，我无论怎样发泄我个人的痛苦，我无论怎样把我的一切都喷吐出来，我的个性就得到一种更大的共性，发泄的越厉害，爆发的越厉害，我就越了不起。[①]

相似的是，马尔克斯将故事置于历经暴力蹂躏和专制统治的一个小镇上，营造出阴郁、殖民、压抑真实的拉丁美洲色彩。此外，"《上校》中这部作品也是作者当时心情的写照，据说他原来打算把上校写出一个喜剧式的人物，但是，就在他动手写这部作品时，哥伦比亚政府封闭了派他出访巴黎的《目击者报》。这时，他在巴黎，由于收不到报社的汇款，生活立刻捉襟见肘。于是他在写作时，再也没有笑的心思，即使偶有笑容，也是像上校那样强装笑颜，以此抵御饥寒交迫的威胁……"[②]显然，关于生活和人生苦难的体验给了马尔克斯最好的素材和灵感，也给了他让故事人物在生活磨砺中成长、人性日臻伟大的动力。正如莫言所评论其小说的救世作用，"他之所以能如此潇洒地叙述，与他哲学上的深思密不可分。我认为他在用一颗悲怆的心灵，去寻找拉美迷失的温暖的精神家园。"[③]

可以说，马尔克斯与莫言关注的是个人痛苦与民族痛苦的合拍；自我与他人的苦难和痛苦是具有共性的，而他们想唤起对这种共性的共鸣，并引导"小我"汇聚到"大我"的洪流中。

## 结　语

莫言与马尔克斯都把目光聚焦在社会的底层、"失败"的小人物身上，他们在塑造人物苦难情节方面，呈现出很多共性，都用朴实平淡的笔调勾画出人物所处的风云变幻的时代、坎坷曲折的遭遇、沉重如铁的内心，并都以欲哭无泪的幽默烘托了他们在逆境中孤独苦楚、悲哀压抑的情感。

当然，两位作家的意旨是否止于描绘生活的苦难和沉重呢？其实远远不止这些，苦难使尊严更为挺拔、品质更为升华，这些关于苦难的人类处境共性和作家的写作手法共性，反而烘托出某些珍贵的价值共性，包括艰难中挺拔的尊严、失败时坚韧的乐观、潦倒中淳厚的感恩和希望，逆境中美好的亲情和友情等等。凭借这些闪光的价值

① 莫言：《创作是痛苦的挣扎》，《文学评论家》1989年第2期。

② 赵德明：《加西亚·马尔克斯与"爆炸文学"》，《加西亚·马尔克斯中短篇小说集》，前言第5页。

③ 莫言：《两座灼热的高炉——加西亚·马尔克斯和福克纳》，《世界文学》1986年第3期。

共性，他们塑造了艰难的忍者、失败的胜者，讴歌了伟大的平凡、家常的英雄，这似乎才是作家们的本意。先重笔描写苦难，再有力刻画应对苦难的美好品质，这对芸芸大众读者，能唤起深沉之同情、施助之愿望；对现实生活中有相似遭遇的人们，无疑是巨大的安慰和鼓舞；对为富而不仁不乐的人们，能引起反省和深思；对施政者和管理者，则是有力的警醒和鞭策——造福黎民百姓，是在位者应谋的政治。

可以说，莫言与马尔克斯的小说具有现实的价值，是推动人臻于成熟、社会走向进步的发动机。那些艰难挫折、沉重抑郁，成了炼造善良、乐观、友爱、希望等美丽品质的熔炉。“不受折磨不成佛。”两位作家关于逆境造英雄、穷苦唤变革的思路动机，对苦难情节的描写手法，等等，都呈现出很多相似之处，体现了人类在社会、语言和认知等层面的共识通性。在他们笔下，主人公丁师傅和上校所经历的坎坷卑微和展现出来的美丽人性，唤起无数世人的共鸣，变得鲜活，得以永生。

# 《生死疲劳》德译本对中国文化的翻译和传播

◇杜卫华 *

中国文学在德国有一定的市场，但是不大；所以出版社只能有选择地翻译出版某些中国作家的重要作品。德国的汉学家发现好的作品之后就尝试翻译，然后联系出版社。郝慕天(Martina Hasse)就是这些文化人中的一员，她先后在汉堡和台湾两地学习汉语，之后从事中德翻译工作。她在读到莫言的《生死疲劳》[①]之后，大受感动，翻译时"一边哭，一边笑"，费时尽力地把 500 多页的中文小说翻译成 806 页的德语著作(《中国新闻周刊》)。虽然担心西方读者不理解书中所写的(佛教的)六道轮回，但是柏林的一家小型出版商霍勒曼出版社(Horlemann Verlag)还是于 2009 年出版了德语译本，后被瑞士联盟出版社(Unionsverlag )于 2012 年重新出版，莫言这部小说的德语名字只有两个单词:Der Ueberdruss("烦恼、厌世"之意)。

小说仍然以高密县东北乡作为故事背景，通过主人公西门闹的六次转世轮回，描写了山东(或者中国)近五十年来的土地改革和生活在这片土地上的人的荒诞而又悲惨的命运。它不仅是一部反思性的历史小说，也是一部可读性很强的富有地方特色的通俗性小说。不同的人在这部小说中可以找到自己的关注点。这部小说同莫言的其他作品有着某种程度的互文性，很多故事或者情节都可以在其他小说中找到，熟悉莫言其他作品的人自然会联想到以前读过的某些作品。但德文译本的读者很难联系到莫言的其他作品，这在文学翻译和接受过程中是难以避免的。

郝慕天的德文译本在处理小说中涉及中国文化(山东区域文化)的时候，采取了一些变通的办法来翻译关键的句子，特别是一些俚语、习语和专有名词。这些专有名词一方面是产生于中国那个时代特有的政治话语，另一方面是某些植根于山东区域文化和中国传统文化。本文按照这两个分类来分析《生死疲劳》德文译本对于中国文化的

---

* 杜卫华:南开大学外国语学院讲师，博士。

① 莫言:《生死疲劳》，作家出版社 2012 年版。

翻译和传播，在分析中一方面给出德语句子，另一方面反向翻译德语译文，以达到比较分析的目的。

## 一、中国政治话语的翻译

《生死疲劳》通过西门闹的不同身份，描述了中国农村在建国后五十年来的变革，期间经历了农业合作化、大跃进、家庭联产承包、土地工业化经营等发展阶段。除此之外，书中的高密县东北乡作为一级政府机构展现了政府和共产党组织之间的关系，间接地反映了中国各个时代的政治生态。

在第一章中西门闹作为地主被穷人"五花大绑推到桥头上，枪毙了"。德文翻译时省略了"五花大绑"，翻译句式也由被动态转化为意义较弱的主动态："他们把我赶到桥上然后就在那里把我枪决了"(Sie trieben mich auf die Bruecke und exekutierten mich dort)。在洪泰岳劝说蓝脸时，"我代表党，代表政府，代表西门屯的穷爷们儿，给你最后一个机会，再挽救你一次……雇农啊，一块镶着金边的牌子"，前面的话语是典型的"文革"话语。德文译本中，"代表"被翻译成了不同的词汇，以突出强化洪书记的权威："我代表了党，我站在政府的角度"(Ich repraesentiere die Partei, ich stehe fuer die Regierung)；后面那句话翻译出来大多数德语读者也可能不懂："农民，这是在牌子上用金边写下的地位"(Feldarbeiter: Ein Status, der auf eine Tafel mit Goldrand geschrieben gehoert)。在第九章中的"大炼钢铁"、"遍地小高炉"、"人民公社化"、"右派"等词汇翻译是按照字面来翻译的："钢铁大冶炼"(Grosses Stahlschelzen)，"遍地高炉"(Ueberall Lehmhochoefen)，"人民公社"(Volkskommune)，"偏右的人"(Rechtsabweicher)；如果没有一定的中国知识，德语读者很难理解这些是什么事物。

对于第十六章中"四清运动"的翻译，德文译本给出了具体的四个清理："清思想、清政治、清组织和清经济"(Vier Bereinigungen in Politik, Ideologie, Organisation und Wirtschaft)，这有助于德文读者理解。第十七章关于红卫兵造反的描写很具体，翻译时也是忠实于原文翻译。"毛主席语录"被翻译为"毛的圣经"(Mao-Bibel)，德语读者可以通过这个词汇的运用感受到毛主席语录的影响力。在第二十一章，关于领会毛主席大养其猪的精神时，洪泰岳关于典型的描述也是翻译中的一个难点"文革"中的著名典型大寨、大庆是按照拼音翻译过去的；书中的另外两个典型："丁家村种果树"译者加上了自己理解的内容"我们省龙口附近的典型水果种植区"(die Modell-Obstplantagen von Xiadingjia bei Longkou in unserer Provinz)，"徐家寨组织老太太跳舞"就翻译为"祖母们跳舞的模范村徐家寨"(das Modell-Dorf Xujiazhai, wo die Grossmuetter tanzen)。

第二十三章的凭票买自行车则描述了当时物品的稀缺，德语译文为“只有支部书记们才能买到自行车，而且要凭票”（Nur die Brigadeparteizellensekretaere konnten ein Fahrrad erwerben，und das auch nur auf Bezugsschein）；接下来对于“记工分”的描写则距离外国的读者更远，外国读者根本不会把工分同生活或者生命延续联系到一起，从修辞上看，也有了一些变化：陈大福申诉说：“你难道想通过扣工分让我的老婆孩子挨饿吗？”这句德语译文要比原文中“你扣我工分，想把我的老婆孩子饿死吗”更加书面化，汉语中的这句更加口语化，符合中国人的说话习惯。

## 二、中国俗语和文化词汇的翻译

书中对于政治生态的描写是间接的，更多的描写是围绕主人公西门闹的生死轮回和他的苦难展开的。在表述这些苦难和体验时，莫言使用了很多汉语的俗语、俚语和惯用语；同时他通过不同的场景，展现了中国人丧葬礼仪、历史典故、神话传说、迷信行为、经典著作，中间还有很多的农民智慧、犯罪行为、价值取向等等。

（一）俗语的翻译

第十二章中蓝脸卖牛时，遵循了一条古老的准则：“卖牲口不卖缰绳。”德语译为“在买牛时，缰绳不会一同被买来”（Beim Viehkauf wird das Zaumzeug nicht mitgekauft），用“买”来翻译“卖”。对于牛的称呼“热鳖子”直译为“热的乌龟”（eine heisse Schildkroete），多亏汉语原文随后有解释，不然德语译者也不会理解这个流行于山东区域的词汇。译者在翻译蓝脸对于工作组使用“熬大鹰”这种方式来劝他入社时，用了一整句话把原有意思表达出来：“用这种方法来对待我，把我像训鹰一样，看谁能够坚持住”（mit deren Methoden，mich wie einen Falken abrichten zu wollen und zu sehen，wer den laengsten Atem hat）；翻译“牛不喝水强按头”时也是使用了一整句“人们是否应该强迫不愿意喝水的牛喝水，通过把它的头固定住的方式”（Soll man ein Rind，was nicht saufen will，zwingen，indem man ihm den Kopf festhaelt）；“拿鸡蛋往石头上碰”也是一整句话：“把一只鸡蛋用力地碰向石头”（Ein Huehnerei kraeftig auf einen Stein werfen）。

第十五章中翻译“虎毒不食子”，用的也是一句话“即使是最凶残的老虎也不会吞食它自己的幼崽”（Auch der boesartigste Tiger frisst seine eigenen Jungen nicht）。“打不瘸的狗腿，戳不瞎的牛眼”也成了“人不能把狗腿弄瘸，把牛眼弄瞎”（Hundebeine kriegt man nicht lahm und Rinderaugen nicht blind）。第二十四章中“一山不容二虎，一个槽头上难栓两头叫驴”译为：“一座山上容纳不了两只老虎，就像一个槽不够两头驴一样”（Ein Berg fasst nicht zwei Tiger，genauso wie in einer Box keine zwei

Esel Platz haben)。

第二十六章出现的俗语和歇后语“出水才看两脚泥”、“骑驴看账本——走着瞧”分别翻译为：“只有当一个人从水里出来，才会看到，他的脚上是否沾满了污泥”(Erst wenn einer aus dem Wasser kommt, sieht man, ob seine Fuesse voller Schlamm sind)，“如果要在骑驴时就要查账，那么必须能够等待时间”(Will man beim Eselreiten die Rechnungsbuecher pruefen, muss man abwarten koennen)。这两个翻译基本上阐述了汉语中的意思。

第二十七章中迎春受伤时写道：“屋漏偏逢连阴天”，“黄鼠狼单咬病鸭子”。德文译为：“房顶不密封时却来了坏天气”(Zu einer Undichte im Dach kommt es mit Vorliebe an Schlechtwettertagen)，“黄鼠狼只咬病鸭子”(Der Marder beisst nur kranke Enten)。第二十八章中写刁小三的顽强和坚持用了一个不很文雅的俗语“瘦驴拉硬屎”，德文翻译为“像一头病驴排便那样”(wie ein kranker Esel harte Scheisse aeppelt)。第三十章写刁小三的荣誉感时，作者使用了“士可杀不可辱”这一个句子，这个句子中的“士”很难翻译为外语，译者把这个句子翻译为“人们可以在战斗中杀死一个勇士，但是人们不能侮辱他”(Man darf einen Krieger im Kampf toeten, aber man darf ihn nicht beleidigen)。

第三十七章鬼卒乙讥笑西门闹的行为时用了两个俗语“猫改不了捉鼠”、“狗改不了吃屎”，沿用了德语中表达同一个意思的俗语“猫不会放过老鼠”(Die Katze laesst das Mausen nicht)和“狗不能不养成吃屎的习惯”(Ein Hund laesst sich das Scheissenfressen nicht abgewoehnen)。第三十八章蓝脸劝说自己儿子蓝解放不要“休了前妻费后程”，这句话汉语中“前”和“后”存在一个时间上的对比，这一特点翻译时不好再现，德文译本仅仅把意思表达清楚了“一个人如果同他的妻子离婚，那么他就会失去自己的后半生”(Wenn man sich von seiner Frau scheiden laesst, so hat man den Rest seines Lebens verspielt)。第三十九章出现了一个俗语“狗不嫌家贫”，德语翻译为“一只狗不会关心贫富”(Ein Hund schert sich nicht um arm oder reich)。

第四十七章西门金龙教育自己儿子要“一言既出驷马难追”，德语也有类似的谚语“如果一句话从一个人的嘴里说出来了，即使是四匹马也不能赶上”(Wenn das Wort eines Menschens den Mund verlaesst, holen es auch vier Pferde nicht mehr ein)。第四十八章中西门金龙劝说蓝解放时，用了“兔子不吃窝边草”这句俗语，德语翻译为“兔子不吃自己窝旁边长起来的草”(Der Hase frisst kein Grass, der um sein eigenes Nest herum waechst)。

对于某些惯用语，译者在不影响理解的情况下就没有翻译，如第十四章中的说话像“博山的瓷盆——成套成套的”，德文译本只出现了“用完整的句子发言”(in volls-

taedigen Saetzen sprechen)这一说法。

第二十六章出现的俗语“三十年河东，三十年河西”译为“黄河历史上一再改换河床，三十年往东流，三十年往西流”(Der Gelbe Fluss hatte immer seine Bette geaendert, dreissig Jahre fliesst er ostwaerts, dreissig Jahre westwaerts)。这句话原意是指某些地方原来在河的东边，黄河改道后，这些地方就成了西边，指的是变幻无常；而且三十年也不是准确指三十年，所以这一句话的翻译容易引起误解。

第四十三章蓝解放妻子黄合作生气时揉面做饺子，用了“打出来的老婆揉到的面”，原文中接下来就解释了这句话的意思“老婆越打越贤惠，面越揉越劲道”，译者理解出现了偏差，译为“由被丈夫打了的女人揉出的面特别劲道”(Teig, von einer Frau geknetet, die von ihrem Mann geschlagen wird, fuer besonders harten und wohlschmeckenden Knetteig)，语句的断句可能有误。

第四十九章黄合作悲悯自己命运时，用了“人善被人欺，马善被人骑”，德文译为“善良的人被他人所欺骗，就像好马总是被人骑一样”(Die guten Menschen werden von den Menschen betrogen, so wie die guten Pferde von den Menschen geritten werden)。这里汉语中的“欺”，一般理解为“欺负”、“欺辱”，“欺骗”的含义也有，但是不能概括所有的可能。

(二)文化词汇的翻译

这一部分大都是同中国人的信仰和神话传说有关，有的莫言已经点明了，有的没有说出来，所以很多地方的翻译也颇费精神。

在第一章中出现的文化现象是阎王殿相关的民间信仰，小鬼用油炸人，各种酷刑等等。德语译文基本上忠实地传递了原文的信息，阎王爷(Fuersten Yama)一句“放你生还”，西门闹重新投胎，获得新生。德文译本用了“我们送你回到上面的世界”(Wir schicken dich zurueck in die Oberwelt)，这一种翻译忠实了原文，但是对于德文读者来说可能就是一种奇幻的故事。如果读者读过卡夫卡的《变形记》(Verwandlung)，或许能够在这两本书之间建立某种联系。在轮回转世时，需要喝孟婆汤，莫言没有点明名称，只是说“老婆婆的汤”，这汤的功能在于“喝了这碗汤，你就会把所有的痛苦烦恼和仇恨忘记”，西门闹打翻了碗，他要把“一切痛苦烦恼和仇恨牢记在心”，开始了他的轮回之旅。在第二十五章，莫言出生时，文中说是“他曾给阎王老子当过书记员”，这一情节也暗合了书中人物莫言同西门闹之间的复杂的关联。

第二章西门闹回忆迎娶二太太迎春，主要是因为他的太太白氏不能生育，而迎春又是白氏的陪嫁丫头，所以“被我收了房”，成了二太太，德语也很简单“我就把她要了”(ich nahm sie zu mir)，“肥水不流外人田”(Gutes Wasser laesst man nicht auf Nachbars Acker fliessen)。接下来，迎春生了龙凤胎，西门闹冲撞了太岁，“冲撞了太岁，主着婴儿不利”(Wenn man mit dem Gott Taisui zusammenstoesst, geschieht dem Kind ein Unglueck)，译者没有解释太岁是什么，只是把它看作是一个神(Gott)。第五章写白氏独守空房，“诵经念佛，敲着我母亲敲过的木鱼”(Sie hatte angefangen, zu Budda zu beten und Sutren zu sinden, dazu schlug sie den Holzfisch meiner Mutter)，这段话对于德文读者也是不容易理解的：这种压制自己欲望，把自己束缚在有规律的宗教生活之中，并以之为逃脱的生活方式，在中国古代家庭里很常见。在第二十八章写“冲喜”这一中国迷信观念时，译文用引号做出了特殊的标记，“以喜冲邪”(Das Glueck spuelt das Unglueck weg)。

第十四章中写父子关系时，莫言引用了周文王被迫吃下自己儿子，然后回到封地吐出兔子的典故。这个典故译者也是直译为德语，这种处理方式很难让德文读者有所领会。第二十七章写蓝解放发疯后的巨大力量时，用了一个神话“共工头撞不周山令天柱折断”，德语翻译时加上了神话出处：“道家经典淮南子记载：共工用头撞向不周山，因此天柱折断”(der taoistische Klassik Huainanzi vermerkt: Gong Gong schlaegt seinen Kopf gegen den Buzhoushan-Berg, dadurch brechen die Himmelspfeiler)。第二十八章写庞抗美的美貌及其社会地位时，汉语采用了一句话“就像月宫的嫦娥一样高不可攀”，德语直接翻译为“就像月亮宫殿中的月亮仙女嫦娥那样难以靠近”(unerreichbar wie die Mondfee Chang'e aus dem Mondpalast)；中国人想象中嫦娥是美女，但是这个中国传说中的美女能否在德国人印象中发挥类似的作用，这个问题不难回答。第四十二章写蓝脸的脸“半边关云长，半边窦尔顿”，德文翻译时扩展了信息“半边红，像关羽将军那样；半边蓝，像比剑英雄窦尔顿”(Halb rot, wie der General Guan Yu, und habl blau wie der Schwertkampfheld Kou Erdun)；由此虽然德语读者不知道关羽和窦尔顿是谁，但是可以有个大致的理解。

书中有一些关于山东地方的词汇和风俗。第十七章，蓝宝凤送给小常精心刺绣的鞋垫，“我们那里的姑娘送给谁鞋垫，就意味着以身相许”(Wenn Maedchen den Jungen solche Einlegesohlen schenken, bedeutet es, dass sie sich ihrem Liebsten ganz schenken und hingeben wollen)。这一习俗今天在山东的很多地方仍然保持着。第四十三章写到入乡随俗，北京狗来到高密第一件事就是要学会“吃大蒜”(Knoblauch essen lernen)，这里预设的背景是很多山东人喜食大蒜，而大蒜味道比较浓郁，并不被其他地方的人所喜欢。第五十章，庞凤凰骂庞春苗为“大破鞋”，德文翻译为“你这个大又破的鞋，你这个荡妇”(du riesiger kaputter Schuh, du Flittchen)，多加了一个德语中表示“破鞋”的词汇来补充解释中文的破鞋之意。这一说法流行于中国北方地区。

德文译本对于气功或者内力的翻译也是很有意思的。第二十四章写同刁小三的战斗时，“我运足力气，以气功大师头撞石碑的勇气……”这里译者用“Qigong-Meis-

ter"来翻译气功大师。第二十五章形容西门猪的能力时，西门金龙说"这家伙果然有些道行"，德文表达为"这家伙有功夫的天分"(Der hat Kong Fu－Begabung)。

莫言在书中多次描写了死亡以及丧葬和丧礼仪式。在第三十二章写毛主席去世时，屯子里的人都头插白菊，这一点同德国葬礼使用白菊也是一样的。第五十二章对比地描写了西门闹葬母和西门金龙葬母。西门闹的时代是共产党统治之前，"那四寸厚的柏木棺材啊，要二十四个壮汉才能抬起。道路两旁的帐子连绵不断，隔五十步就扎着一个席棚，席棚里摆设路祭，整猪整羊，西瓜大的馒头"。德语译文基本上忠实地再现了传统中国的葬礼，只是译者最后一句理解有误，译为"整猪整羊，西瓜，特别大的馒头"(ein ganzes Schwein, ein ganzes Scharf, Wassermelonen und extra grosse Dampfnudeln)。当然德国的馒头是有馅的，不同于中国北方的馒头。接下来写西门金龙葬母："金龙、宝凤、互助、合作身穿重孝，坐在棺材两端的草席上，日夜守灵。蓝开放和西门欢，则对面坐在棺材前面的两个小方凳上，就着一个瓦盆，烧化纸钱。棺材后边的方桌上，供着你娘的灵位，点着两支粗大的白烛。……前来吊孝的人络绎不绝。许大爷带着老花镜，坐在杏树下的一张方桌上，一笔不苟地登记着赙金和奠礼。亲朋乡邻赙赠的烧纸，在杏树下摞成了一个小垛。"出殡时"跟在棺后的，便是手持柳木哀杖的孝子贤孙们……在衣服上套了一件白布褂子，头上缠着一缕白布"。

## 结　语

《生死疲劳》的德文译本比较忠实地翻译了汉语原文。在处理某些政治词汇时通过解释或者转化的方法让译文易于理解。在翻译汉语中的习语和俗语时，尽量地把它们分解为句子，基本上能够传达汉语原文的信息，只是在某些习语的理解方面译者可能出现了偏差。在翻译富有中国特色和地区特色的段落时，能够扩展性地解释中国的文化现象，并把它传达给读者，展现了译者比较丰富的跨文化理解能力和表达能力。

# 后　记

作为一位国内外都享有盛誉的作家,莫言的作品题材广泛,内容深刻,其获奖之多、作品被译成外文的数量之多,在国内作家中是不多见的。

越是民族的,就越是世界的。综观莫言的作品,可以发现民间文化资源是莫言创作的重要动力源,他的创作可谓本土性、民族性的世界写作。[①] 莫言的乡土小说,根植于原生态的民间,建构了"现代的我"和"原始的他"之间的文化血缘关系。[②] 他用自己独特的创作方式使其传达的信息超越了狭义的乡土概念,超越了日常生活的简单自然主义,并赋予之真正的民间气质。

当然,莫言的创作营养源也是多元的。除了"高密东北乡"原汁原味的乡村生活体验,莫言的创作也受到了西方现代作品的影响。他读了马尔克斯、福克纳、卡夫卡等人的作品,发出了"小说原来可以这样写"的喟叹。[③] 从莫言的创作历程来看,他开始创作时,正是文学劫后复苏的80年代,国外的各种文学思潮和创作流派,都以不同形式译介到中国,给中国文学带来巨大的冲击与多样的借鉴,莫言深受启发,借此找到了新的自我和艺术突破口。

莫言作品在世界上的广泛影响也得益于其作品被高质量地译介。文学作品在翻译的过程中往往会丢失一些东西。本土语言的风格节奏、修辞方式、习惯表达、特殊文化蕴含等文学肌质或神韵都很难完整传达。[④] 幸运的是,翻译

① 参见刘江凯:《本土性、民族性的世界写作——莫言的海外传播与接受》,《当代作家评论》2011年第4期。

② 参见罗关德:《人类学视角下的民族文化观照——莫言乡土小说的文化意蕴》,《东南学术》2005年第6期。

③ 姜智芹:《西方读者视野中的莫言》,《当代文坛》2005年第5期。

④ 参见姜智芹:《西方读者视野中的莫言》,《当代文坛》2005年第5期。

后的莫言作品大多能够表现中国文化的特有气质，又能体现人类在精神上、物质上的共同的向往和追求，这是其作品对外国读者有难以抗拒的魅力之源。

可以说，中国当代像莫言这样“走出去”的作家，为数并不很多。莫言之所以许多作品被翻译成多种外文版本，在世界文坛有相当的认知度与影响力，是因为他的作品具有“可译性”：其作品的主题内容和艺术表达，能与国外的文学创作接轨。因此，莫言获奖，对其他中国作家有很大的启示。一个作家要“走出去”，需要代表作品的连续推出；作品本身要有个性化的艺术风格，又要有民族化的文化底蕴，还应有世界性的题旨表达。①

莫言曾说：“世界需要通过文学观察中国，中国也需要通过文学来展示自己的真实形象。”莫言及其创作之所以被世界认同，除了其国际化的视野之外，更主要的是其小说对中国人独特的生命体验和中国历史、文化的深刻理解与书写。因此，中国作家要走向世界，需要对自己民族本土文化的理解和书写，同时要具有国际化视野和对全人类共同价值观的深刻理解和升华。

本土性、民族性、世界性乃是中国文学走向世界的基础和前提。作品的译介与跨文化交流，则是与世界接轨的重要桥梁和手段。

编　者

2013 年 8 月

① 参见白烨：《莫言获诺奖引发的思考》，《人民日报》(海外版)2012 年 11 月 13 日。

**图书在版编目(CIP)数据**

莫言与世界:跨文化视角下的解读/王俊菊主编.
—济南:山东大学出版社,2014.1
(莫言研究书系/张华总主编)
ISBN 978-7-5607-4980-8

Ⅰ.①莫… Ⅱ.①王… Ⅲ.①莫言—文学研究 Ⅳ.①I206.7

中国版本图书馆 CIP 数据核字(2014)第 003963 号

责任策划:马　新
责任编辑:尹凤桐
封面设计:牛　钧

---

出版发行:山东大学出版社
社　址　山东省济南市山大南路 20 号
邮　编　250100
电　话　市场部(0531)88364466
经　销:山东省新华书店
印　刷:山东新华印务有限责任公司印刷
规　格:720 毫米×1000 毫米　1/16
11 印张　2 插页　207 千字
版　次:2014 年 1 月第 1 版
印　次:2014 年 1 月第 1 次印刷
定　价:25.00 元

---